创意写作书系

开始写吧！
推理小说创作

NOW WRITE! MYSTERIES

Suspense，Crime，Thriller，and Other Mystery Fiction Exercises from Today's Best

Writers and Teachers

雪莉·艾利斯（Sherry Ellis）
劳丽·拉姆森（Laurie Lamson）
编

孙玉婷　郭秀娟　译

中国人民大学出版社

·北京·

"创意写作书系" 顾问委员会

劳丽·拉姆森记

我姨母雪莉·艾利斯于2002年进入文坛，开始采访她所钦佩的小说家，包括普利策奖得主、国家图书奖得主和美国全国教育协会奖得主。她作为社会工作者的背景以及她对文学的热爱使得她的访谈录写得深刻且有活力，这些访谈录发表在《布鲁姆伯利评论》、《微光列车》、《凯尼恩评论》、《作者纪事报》等报纸杂志上。

2006年，塔彻/企鹅出版了第一部"开始写吧！"文集《开始写吧！——虚构文学创作》，共收录了89篇小说家和教师提供的写作练习——我姨母对其中很多人都进行过专访。接着她又写了《开始写吧！——非虚构文学创作》，于2009年同样由塔彻/企鹅出版。同一年，红母鸡出版社出版了她的作家访谈集——《照亮小说》。

自始至终，我都在一旁为她加油。当我提议下一部"开始写吧！"可以谈影视剧本创作时，她慷慨邀请我和她共同编写；如今，《开始写吧！——影视剧本创作》已于2011年出版。

姨母为《开始写吧！——推理小说创作》收集练习时，被告知需要做心脏手术。她找我谈话，说如果她无法完成这本书的话，请我作为编者接管此书。那次谈话对我来说很难受。我从没想过真的会有这个必要。不幸的是，姨母在手术几天后就去世了。

我要发自肺腑地感谢不吝赐稿的所有作者，感谢你们参与到本书中来。

接受这项工作情感上对我而言极具挑战，感谢你们在此过程中对我表现出的同情。 没有你们的支持与善意帮助，我根本无法完成这项工作。

我为我的姨母雪莉感到骄傲，这些书是她创造的灿烂遗产，无疑会为未来几代作家提供服务与灵感。

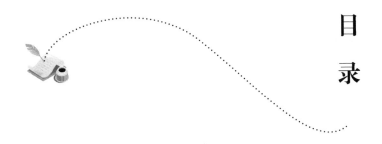

目 录

3. 扩充情节：引人入胜的故事结构

4. 案件调查员：了解你的侦探

5. 犯罪嫌疑人：人物及人物关系

6. 叙述声音：语气、视角与对话

7. 环境与氛围：故事的背景

11. 杀手连载：从单本到系列

1

侦探工作：调研的艺术和科学

你简直恨透了调研不是吗？

斯蒂芬·J·施沃茨（Stephen Jay Schwartz），畅销小说《林荫大道》和《辖区谜案》的作者。曾任沃尔夫冈·彼德森的故事开发总监多年，协助策划了《空军一号》、《恐怖地带》、《红角落》、《机器管家》、《巨猩乔扬》等影片。斯蒂芬是《探索》频道的作者，同时也是一名自由编剧和剧本医生。如今他正创作第三部长篇小说，并肩负改编一部 3D 僵尸电影的任务。他已经亲自采访了半打僵尸，还能活到现在，运气实在不错。

我大概属于少数派，因为我喜欢做调研，特别喜欢。还记得大学的时候，有一次我说服了五位老师，让他们同意我翘课两周、改期中考试的时间，去纳瓦霍族保护区做调研。

剧本创作课的老师甚至教电影文学的那位老师对此没有异议，这我能理解，但是教美国历史、天文学和社会学的三位老师怎么就被我说服了呢？反正不知怎么，我得到了他们所有人的支持，于是上了路，沿途经过了加利福尼亚州、犹他州、亚利桑那州北部，这正是我当时正在写的剧本里的主人公流浪时的行程。

天呐，我到底在做什么？当时我名下全部财产只有一部故障频频的本田花冠和一百美元。我这是要逃避一切责任，企图亲身演绎凯鲁亚克的《在路上》吗？

正是这样！不过这可是百分百、货真价实、由大学盖戳同意了的，还打着"调研"的幌子。

接着有意思的事情发生了。这趟公路之旅成了一次人生课堂。我结识了一群了不起的人，有印第安人，也有盎格鲁人。在成功渡过了莫哈维沙漠的几次暴洪，从车里吸出已经淹没了化油器的雨水之后，我在新年夜来到亚利桑那州温多罗克的一个熟人家里，安顿下来，枕头下还放着一把 0.32 英寸口径的左轮手枪。第二天，我就在一片沙漠雪原上被绑到了一头野兽背上，当时一个纳瓦霍孩子问我："想骑一下我爸的竞技马吗？"我回答了一句："行啊，有何不可？"

危险吗？也许。好玩吗？呵，当然。最后我来到一个叫拉夫罗克的地方附近，那里没有电，没有管道，也没有自来水，围在我身边的是成百上千只狗和成千上万只羊，它们在山间信步游走，寻找着灌木。我和一个纳瓦霍古法医生合作二重奏——他吹他们部落的长笛，我吹高音萨克斯；我后背不舒服，他给我吃佩奥特仙人掌，并用雪松树皮和老鹰羽毛为我祈福，很快，在他家厨房地板上铺着的油毡上，我看到了幽灵。

我骑着马，穿过谢伊峡谷，亲眼看到了阿纳萨奇印第安遗址，我还采访了不少纳瓦霍教师、先知、政客和农民。最后一天，我被送到远郊（其实那里处处都是远郊）一位纳瓦霍教育家的家里，此人之前答应开车送我回盖洛普。我到的时候已经很晚，天又冷，他看了看我说："你知道，纳瓦霍有个古老的传统，就是睡在一张床上取暖。"这时我意识到，我遇上了有生以来认识的第一个纳瓦霍同性恋，于是我说："谢谢你，我待在这边这张床上就好……"我醒来的时候，发现他站在旁边，眼睛盯着窗外："天看起来不好，我们要被大雪困在这里好几天……"他说的没错，我们的小世界下雪了，我被困在了那里。

早餐的时候，我见到了他的父母，他们以为我是 60 年代流行过一阵的那种嬉皮士，会停下来帮他们放几个礼拜的羊。他们问我愿不愿意帮他们放羊，我拒绝了。待那儿的那段时间，我发现那个纳瓦霍同性恋（需要提一下，他一直尊重我的原则）是一个很棒的作家，毕业于圣约翰大学经典著作学院，年轻的时候还在纽约跳过专业芭蕾，是安迪·沃霍尔①的好朋友。

---

① 美国艺术家、印刷家、电影摄影师。本书脚注除标星号（＊）的为原书注外，均为译者注，不再一一说明。

当你自称作家时，人们愿意向你打开话匣子。他们会告诉你最奇妙的事情。每个人都希望被记住，每个人都有自己的故事。如果你愿意听，那可要留意了！

每开始一个写作计划，我都喜欢做一件我称为"沉湎于调研"的事情。有时候我也称之为"溺水"、"吸水"或"潜入深水"。就是做一些实地考察的工作，你会对你自己、对你的角色有一些新的发现，这些发现是你永远无法从网上或书里获得的。假如你没出过书，你也许会觉得自己没有请求采访的资格。荒唐！作家就是要问问题。作家需要获取信息。将自己视为一个作家，出发前进。很有可能你认识的某个人认识某个知道你想要知道的事情的人。联系那个你认识的人，启动这个流程。

我向来认为，我们与知道我们所有问题答案的那个人只隔了三度。话虽如此，在创作我的第一部长篇小说《林荫大道》时，我还是发了疯似的希望能在洛杉矶法医处找个联系人。我给所有我认识的人打电话，问他们是否能把我安排进去。没人有头绪。最后我崩溃了，给首席死因调查官发了封邮件。我没想过能得到回复，但是，瞧瞧，他回信了，邀请我去实地参观，并对他个人进行采访。半个小时的时间里，我见到了200多具尸体和6个同时进行的尸检，这些加起来，已然涵盖所有你能想象的死亡和腐烂的景象。整个过程异常平静，这次经历彻底重塑了我描写死尸的模式。回家后，我把之前写好的所有法医处的场景重写了一遍，因为从书中读到的东西并没有抓住我刚刚看到的那个世界的精髓。

我的第二部长篇小说《辖区谜案》将《林荫大道》的主人公海登·格拉斯带到了旧金山。好几个月里，有好多天，我都追随着旧金山警察局的执法人员。我与缉毒警察、警司、巡警同坐一车，访问了不少警监和市议员，在田德隆区参与打击陋习、巡逻，采访了每一个有观点的人。在北滩，当地人目睹我跟那么多警察在一起，一口咬定我是个卧底。

当我遇见他们，我就变成了他们。调研过程中，我曾是国际空间站的宇航员、深潜器潜航员、俄罗斯和平号空间站宇航员、获诺贝尔奖的物理学家、保护妇女不被人贩子拐卖的组织成员、联邦调查局的特工，等等。

为《辖区谜案》做了六个月的调研后，我才突然意识到，离交稿日期只剩三个月了。我当时在想什么？

调研。我想的还是调研。

练　习

从你正在写的小说里挑出至少两个主题，找一个该领域的专家当面进行访问。比如，如果你的书里有一个国际象棋冠军，那么查查看你周边有没有国际象棋大师，找到这个人，邀请他/她和你共进午餐。如果你在写你所在城市里发生的罪案，那么找一个警察或侦探当面访问。不要依赖他人的研究，自己做一些实地调查。

跟这些顾问保持联系，间或给他们发邮件进一步问几个问题。如果他们不介意的话，请他们读几段你的小说，确保你准确而真实地还原了他们的世界。

另外，记得在书的致谢部分写上他们的名字。

侦查技巧

安德烈·康贝尔（Andrea Campbell），拥有犯罪学/刑事司法学学位，是一位训练有素的法医雕塑家（forensic sculptor）和素描师，同时也是《阿肯色鉴定新闻报》的编辑，著有多部犯罪学和法证学方面的书籍，她的《轻松学法：刑法、证据与程序指南》被用作大学教材。安德烈也是一个刑事司法领域职业女性博客（"犯罪类女性作者"）的法证专家，该博客点击量超过 20 万，是《华尔街日报》指定的"必读"博客。

法证科学的研究以及真实的刑法案例是那种你在刑事司法领域之外找不到的故事。我在《轻松学法》一书中说过："法律确实是一面镜子，镜面照出社会变革的种种样貌。绝境中的男男女女发生的各类事件，被法律以一些有时让人感觉匪夷所思的方式纠缠在一起，向我们展示了一个持续进行的故事，讲述一个国家如何处理人口增长、资源和机会不足以满足所有人的需求、移民扩张、边界开放、极端仇恨等问题。"还有什么能比这更激动人心呢？

我是迂回着进入法证行业的。初时我跟一个天主教牧师学习笔迹学——分析笔迹的学问——他将这门学问用在给夫妻、女校学生和男监囚犯提供心理咨询中。我当时不知道，原来科学家们把笔迹学当做一种歪门邪道，比读报纸上的占星术好不了多少。尽管如此，我还是凭着这方面的知识成为了美国法证检验员学院的一员，我是第 471 名成员，如今该机构已经拥有 15 000 多名专业同仁。进入这里，让我有机会研究在职执法人员、联邦调查局特工以及科学家们，写他们的事情，跟他们一起学习。我开始以疯狂的速度按时间记录下这些领域的知识——这是一个全新的、令人振奋的世界。我获得了院士以及研究员头衔，理由是我的写作推动了犯罪侦查学的发展。很快我便师从联邦调查局特工、著名犯罪侧写[1]专家约翰·道格拉斯学习行为侧写，与在法医雕塑界率先使用头骨复原的贝蒂·派特·加特利夫一起捏陶土模型，在著名法医美术师、《全美通缉令》常客凯伦·泰勒的监督下，根据目击者的描述画图。

倘若你要在推理小说、惊悚小说以及其他更细分支的小说中写刑法和法证侦查，我强烈建议你做到准确无误。通过调查研究，你能在发展和分析处在绝境中、做着绝望的事情、陷入癫狂的人物时，加入很多经得起推敲的细节。下面是一些能帮你解忧的侦查技巧小贴士。

逼真：这是一个很大的词，你必须了解。这个词的意思是事物呈现出来的样子应是真实的。你的推理或惊悚小说的人物怎样一步步向前推进，他的侦查过程有哪些细节，他对一个犯罪案件如何陈述，所有这一切都必须听上去真实可信。读者里有太多专家，你若是试图捏造事实或写一些不可信的东西，你就已经失去了作为一个作者的可信度，同样重要的是，你可能会丧失读者。书面的错漏是无法消除的，不管是白纸黑字印在纸上，还是以数字文本形式出现在电子阅读器上，它们都与口头上的失言不同，口头上的错误可以道歉，书面的错误则会伴随你整个出版生涯。

作为作者，你最好不要采用某种固定模式。固定模式是陈腐的写作标签，往往已被用滥，且不管时间如何变迁，它们似乎从不改变。在执法机关工作的人读推理小说或看电影时会因为这些老掉牙的警察形象而感到愤怒。

我曾为《作家》杂志写过一篇文章，并做了一个颇受欢迎的边栏——《警察希望你不要提到的10件事》。我列举了一些老套且常常有失偏颇的人物特征描写，包括警察总是吃着甜甜圈、总是在与酒瘾作斗争。如今，警察一样有可能坚持健身，喝瓶装水，帮助他人戒酒。他们也基本上不会做出诸如命令他人把枪扔过来举手投降或者在

---

① 犯罪侧写是根据罪犯行为判断和描绘罪犯心理特征的一种调查手段。

面临枪击时躲在车门后这样不现实的举动，除非他们想要找死。

你现在已经知道了在描述警察、侦查过程以及犯罪现场时正确把握程序和特征细节有多么重要，那么该怎么具体进行一项侦查呢？做下面的练习，对**你自己的**写作程序进行微调。

练 习

也许你是个终极侦查员，你会问本地警察局能否让你随同警车巡逻，不过这其中责任重大，警察局无法为你上保险，因此这个想法很可能难以实现。

收集细节的第二个好办法是与执法机关的官员交朋友，向他们询问。你心里要有数，这种机会很可能只有一次，因为警察也有自己的生活，他们只能抽出一点有限的时间来帮助作家们。你可以通过问有分量的问题以及向多人询问来缩短访问时间。

在没有实时信息源的情况下，还有一个办法，就是行使你作为美国公民的权利，在法庭对公众开放的时候去旁听刑事案件的庭审。公诉人一般会要求警察和法证专家概述他们的"一天"，也就是说，你可以听到事件的线性发展过程，因为案件一般都遵循着一条可理解的时间线。

另一个获取事实的渠道是阅读学术或业内书籍与期刊。如果你有刑事司法学学位或者某种刑事侦查学方面的背景，可以加入一个专业机构，订阅这个机构的期刊、简报，参加他们的例会和培训。作为一名受过专业培训的法医雕塑家和美术师，我是国际鉴定协会的成员，因而有机会参加每年的培训研讨会，在那里我学到了几十种门类的知识，从采集十指滚动指纹到冰毒是怎样制成的以及搜集证据的正确方式等，接受的培训多到即使它们对公众开放，靠我自己的能力也根本负担不起。

不管你采取何种方法学习侦查技巧，有几点会对你有用。首先你要知道不存在什么固定标准，不同辖区侦查技巧也不同。阿肯色州温泉城的探员搜集证据的方式肯定不同于得克萨斯州奥斯汀市、加利福尼亚州圣巴巴拉市或者纽约州纽约市的执法人员。根据手中资源、时间的分配以及具体部门的培训投入的不同，任务和方法也各不相同。

综合我前面提到的方法：采访多位负责人，包括警官、探员以及公诉人；与刑事司法行业的其他人取得联系；阅读业内书刊；学会一门专业或读一个学位；加入一个专业机构，参加该机构的各种会议；去本地法庭旁听案件审判。倘若你这么做了，你将会顺利走上正轨，收集到你需要的信息，从而在写作中最大可能地准确还原警察的工作程序和侦查过程。

环境与氛围：立足环境写作，加入环境要素

张亨利（Henry Chang），唐人街三部曲《唐人街巡区》、《狗年》、《红玉》的作者。这三部小说颇受好评，主人公是纽约市警察局探员美籍华人于杰克。目前"侦探于杰克"系列的下一部作品正在创作中。

立足环境写作。没错，有很多优秀的作家，他们足不出户，埋头案边、坐在电脑前，就能创作出最畅销的长篇。

而我不在他们之列。

于我而言，没有什么比处在当时的情境中更为真实生动，彼时现实冲破想象，创造力发自肺腑、源自情感，而非智力产物。这正是为什么一些作家会追随警察巡逻或与消防员一起奔赴火灾现场的原因。这也是战地记者深入作战部队的原因，就是为了对地狱般的战争有一个近距离的感受。

这种体验式的方法很适合我，因为我在纽约的唐人街长大（我的犯罪推理小说就以这里为背景），身边到处是街头帮派、赌场、黑警、帮会匪徒、毒品贩子以及华人集团的犯罪活动。唐人街巡区对我来说是一个自然音符。

我经历过唐人街穷街陋巷中的暴力，这是一个到处是赌坊、卡拉OK俱乐部和夜店的世界。我对附近的街区非常熟悉，在曼哈顿下东城不同种族人群的领地巡游收保护费。早在我找到合适的方式讲述、创作这些故事之前，我就生活在这个环境里，对这个环境甚为了解。

就故事而言，并没有太多需要我凭空想象的东西。

我的写作风格是水到渠成的，我喜欢尽可能多地去感受、去经历我要创作的角色所生活的环境。（暂且按下不表，后面会提到。）

　　然而记录唐人街黑社会的运作——包括画面、人物、情感等，却是另一回事。通常你会带一个可以放在口袋里的录音机或照相机进行准确记录。但在地下犯罪组织游走时，这些设备是禁止的。

　　在赌坊或毒品工厂，周围全是帮会大佬和黑帮分子，这种时候你显然不能掏出个平板电脑进行记录。你需要观察，融合周边环境并且参与进去，除非对你自己或其他人构成危险（遇到这种情况，请找最近的出口）。我会利用去卫生间的机会将一个小时内观察到的所有东西浓缩成几句话或几个关键标题写在前臂上。看起来确实神神秘秘、偷偷摸摸，这我知道。找不到碎纸片的时候，我就在掌心草草记下几个数字和符号。我有时也会从现场拿几样免费使用的小东西，像是火柴盒、扑克牌之类的，能在过后触发某种回忆、某个画面或某个构思。

　　基本上你需要依赖记忆，即使这记忆在与可疑的同伴们畅饮一夜之后只剩下零零星星的碎片。

　　很多次，我都是凌晨 3 点到 6 点之间才有机会回顾一天的经历，此时赌坊和夜店已经关门，黎明懒洋洋地飘浮在唐人街上空。这时候我们聚集在通宵营业的唐人街廉价酒吧里，饥肠辘辘地点几盘炒饭，在这些街头古惑仔们的嘲讽声中，我奋笔疾书，匆匆将笔记记在一沓餐巾纸上。

　　到那时候，他们已经比较信任我了。

　　"又在讲故事。"他们窃笑着说。

　　"必须的，"我回答，"我们的故事太重要，不得不讲。"

　　与我的唐人街"兄弟们"在一起的夜晚总是夹杂着一些黑暗而真切的特殊都市经历，总有些性画面和暴力场面。我被别人欺负过，也还击过别人，所以很显然，我能够将这些事件中经历过的恐惧和愤怒投射到我所描写的人物和他们的行为上。你永远不会真正明白那些情绪，直到心怀不轨的人拿着刀向你走过来，直到有人拿枪指着你的脸。

一切源自经历，源自经验。

重申一下，我并不建议开展这种危险系数高的研究，但如果你正在写的作品属于或者涉及这个领域，你就需要试着去捕获这些情感上或者身体上的创伤。这些经历会帮助你理解人的状态，帮助你在描绘背景和人物时渲染情绪。

加入环境要素。对于故事中的主要组成要素，我喜欢走到大街上，感受吹洒在脸上的风雨、阳光，感受纽约唐人街呈现出的一切。

仔细构思你故事中的场景。主要事件发生在哪个/哪些季节？假设场景设定在户外，想象一下整个场景的外观，感受一下天气会不会变化。

纽约一年有四季，每个季节之间差异明显。春夏秋冬天气各不相同。不管你的故事背景有哪些元素，好好利用天气这个元素对故事总是大有裨益。你有必要详细了解你正在创作的故事环境，你选择加入其中的细节将会提升故事的真实性。

下雨天看到我在唐人街主干道某处雨棚下创作不要觉得奇怪。这是我愿意看到的景象。

大雨开始倾盆而下，影响到街上的每一个人。一种新鲜的紧迫感升起来了，华人脚步开始加快，快递员匆忙赶路，卡车、汽车等交通工具慢了下来。少数人不介意被淋湿，仍按自己的节奏前进。路边小贩推着小车出来卖伞。

我过去也曾见过这条街，见过一月份它被两英尺深的雪覆盖时的样子，这时人们在烂泥和冰水中干着各自的营生。到了七月，当黑色的柏油马路上蒸腾起热气时，人们在高温、湿气的压迫下，行动也迟缓了许多。同样是这条街，春节时则因为各种庆祝活动变得热闹非凡。到处是代表好运和喜庆的红黄二色。烟花、舞狮、载着选美皇后伴着游行乐队的花车。人多到你都无法沿街行走。

我所观察到的这些景象让我在创作时可以选择如何利用这个背

景。就情节而言，零度以下的寒冷天气，而非 105 华氏度①热浪滚滚的天气，会不会引起什么非比寻常、富有戏剧性的事件？这种变化给生活在这个环境中的人物带来了怎样的影响？

小说《狗年》中一次关键的枪战就是这么发生的：天气状况引发了一系列暴力死伤事件。

而在《红玉》中，所有事件都包含天气因素，想要知道更多细节的话，你就得读一读这部小说了。

练 习

选一个在你的故事中地位较为突出的外部场所，观察这个地方在早晨、中午、早晚高峰、晚上等不同时间段的变化。在不同的时间里，人们的行为有什么变化？不同的时间发生的事情，对你的人物在某个场景的行为有何影响？

这个地方冬天时是什么样子？这里的夏天或者秋天给人什么感觉？雷雨天气这里会发生什么？这里有什么定期举办的应季/传统活动（如街头集市、游行等）？这些问题的答案会为你的创作增加自由度，为你故事中的相关要素增色。

随时记笔记，不管是用脑还是用其他方式。

再就是：观察，但是也要用上你的其他感官。

你看到了哪些颜色？（明亮欢快的还是暗淡的？）这是不是一个情感丰沛的场景？（比如送葬）？

你听到了哪些声音？（交通噪音、不同语言、街头音乐？）

你闻到了什么味道？（食物诱人的香味、花的清香、垃圾散发的恶臭？）一位评论家评论《唐人街巡区》时写道："你几乎可以闻到炸豆腐的味道。"

---

① 约等于 40.5 摄氏度。

空气给人什么感觉？（热还是冷？黏糊糊、湿润、潮湿？）

有没有什么特色食物让你可以从味觉上感受一下这个场所？（水果市场、面包店、街边小吃摊?）

这些练习会帮助你对所选环境有一个真实自然的感受，从内心了解到这个背景环境如何能够为你和你的故事服务。试着在这个鲜活的环境背景下发挥你的想象力，就像很多人经常提到的，这也会是一大特点。

调查研究的重要性

彼得·詹姆斯（Peter James），畅销全球的"罗伊·格雷斯警长"系列小说的作者，这个系列已经被翻译成 34 种语言，全球销量超过 600 万册。此外他还创作了另外 15 部惊悚小说，也都有相当不俗的表现。他的三部小说已被翻拍成电影，目前正在创作的这个系列作品将被拍成电视剧。2010 年 11 月，弥诺陶出版社出版了他的长篇小说《似死之罪》，2011 年 11 月又出版了他的最新长篇《死者之拥》。

对我而言，创作小说时，调查研究与人物、情节同等重要。我将这三大要素视为三位一体、不可分割的整体。"罗伊·格雷斯警长"系列的每部小说都源于真实的故事或者调查到的事实，事实上我之前的所有小说皆是如此。"罗伊·格雷斯警长"系列的第一部小说《简单死亡》就起源于我儿时对爱伦·坡的崇拜，起源于活埋这个可怕的概念，以及我对现实生活中是否会出现无心造成活埋这种情况的调查研究。

作为一名犯罪类小说家，我对那些看上去很普通却犯下可怕罪行的人特别感兴趣。很多最恶劣的恶魔额头上并没有刻着"强奸犯"或者"连环杀手"的字样；相反，他们穿着西装，戴着眼镜。他们常常是成功的专业人士或者商人，大部分都有深爱着他们的妻儿，他们在朋友、邻居眼中是团体的栋梁。

哈罗德·希普曼医生杀害了 250 多条人命，于 2000 年被判处 15 个终身监禁。然而他所有的病人以及他的妻子都非常尊敬这位沉默寡言的家庭医生，大曼彻斯特郡的一位警察形容他是"有生以来遇到过的最无趣的杀人犯"。1983 年因杀害并烹食 15 名男童及成年男子获罪的丹尼斯·尼尔森被称为"温柔的杀手"，曾先后当过警官和公务员。泰德·邦迪是一名帅气的大学毕业生，曾经的法学院高材生，一度为共和党效力，却因奸杀据估35位年轻女性于1989年被执行死刑。2005年，威奇托①的丹尼斯·雷德被判十项谋杀罪，此人自封为"BTK"（Bind，捆绑；Torture，折磨；Kill，杀害），是当地政府的一名监察主任，已婚，有两个崇拜他的女儿，五十来岁，长相端正，作为童子军领袖和教会委员，深受当地人的尊敬。

我很好奇是什么导致这些人犯下了这些罪行。从创作一部扣人心弦的小说的角度来说，他们的智商、狡猾以及保持冷静、保持条理清晰的能力给警察侦破案件、将他们捉拿归案带来了更大的困难。

三年前，我听了一个关于DNA最新发展的犯罪实验学讲座，其间听说了"罗瑟勒姆②鞋控强奸犯"（Rotherham Shoe Rapist）的案件，这为我创作"罗伊·格雷斯警长"系列的第六部小说《似死之罪》提供了灵感。

1983—1986年间，多名女性（18～53岁不等）从南约克郡罗瑟勒姆与巴恩斯利的俱乐部或酒吧出来后，回家途中，被一名头套长袜的男子强行从大街上拖走，而后残忍地强奸。这名男子将她们捆起来，脱下她们的鞋子当做战利品，偶尔也从她们身上拿走珠宝首饰。

1986年他突然不再犯案，警方的追查也随之冷却。调查这个案件的警察一致认为这个行凶者必定是个已知的性罪犯，要么已经死了，要么因为犯了其他事进了监狱，或者跟某些连环罪犯一样，仅仅是处在一个较长的冷静期。而实际上，詹姆斯·罗伊德这个离了婚带着个孩子的男人停止作案的原因要隐蔽得多：他再婚了，并且很快又添了两个孩子。

此人犯下的强奸、杀人案件警方一直未能结案。20世纪90年代初，DNA分型检测开始被用于这些悬而未决的案件，但没能找到与

①　城市名，位于美国堪萨斯州塞奇威克县。
②　城市名，位于英国英格兰南约克郡。

"鞋控男"匹配的类型。到了 21 世纪初，法医 DNA 分析技术取得了重大突破：家族 DNA 分型出现了。这样一来，就可以从罪犯的亲属身上获得与罪犯部分匹配或存在家族关联的 DNA。美国执法机关也因此打出了这样的标语："假如你有兄弟在监服刑，请不要作奸犯科！"

南约克郡警方重办了这个案件，并第一次被运气眷顾。此前从一个酒驾的女子身上取得的 DNA 显示与这个强奸犯存在家族关联。警方多方打听找到她家，问她是否有个兄弟，她回答说有，又说她兄弟是个体面的商人，是一家大型印刷厂的经理，从未惹过事，所以不可能是他。然而当她给兄弟打电话说明警方的来意后，他的第一反应就是给他父亲打电话，请他父亲帮忙照顾家人，接着便在车库企图上吊自杀，不过没有成功，被他儿子切断绳子救了下来。

警方搜查罗伊德的办公室时找到了一扇隐蔽的地板门，撬开后发现里面藏着 126 只细高跟女鞋，每只都用玻璃纸单独包着，还有数不清的长袜和紧身衣，以及一些受害人的首饰。

罗伊德，一个 49 岁风度翩翩的男人，同时也是共济会会员，与家人住在离南约克郡罗瑟勒姆不远的瑟恩斯科一幢价值 57.5 万美元的四居室独栋别墅里。高级刑侦警官、侦缉督察安吉·莱特说："这个男人无论从哪一点来看，都是一个有家有业、十分体面的商人，是社会的栋梁。"从家人到他身边的所有人，从来没有人怀疑过詹姆斯·罗伊德会是那个臭名昭著的鞋控强奸犯。"他一直都是一个好丈夫、好父亲，工作勤勤恳恳。没有任何一点迹象让我觉得他能做出那样的事情。"他的妻子如是说道。

罗伊德的故事之所以吸引我，有多方面的原因。我早就想写一部围绕强奸展开的犯罪小说。与我所有的作品一样，我希望从各个角度探索问题——罪犯的角度、受害人的角度、警方的角度，而这个耐人寻味的恋鞋癖案件满足了以上所有条件。这个案子还有另外一个吸引我的点：我的主人公侦缉警长罗伊·格雷斯一方面负责萨塞克斯犯罪调查科的未了悬案，另一方面也是调查现时案件的凶杀案警探。这个故事在我看来是一次难得的机会，可以展现这十年间警队内部对强奸案特别是强奸案受害人态度的变化。

15年前，受害人很可能会碰上一个尖酸刻薄的男性警官，受到这样的质问："你就穿着这迷你裙出去的？那就是你自找的了，不是吗？"如今，向受害人问话的会是同性警官，整个谈话在医院附属的专用私密会面套间进行，在这里她/他会感到安全，会受到妥善照顾和善意对待。英国的每个警察局如今都有这样的会面套间。

受害人很少意识到的一个事实是，他们本身也变成了"凶案现场"——从精液、唾液到微小如皮肤细胞、衣物纤维，这些关键的法庭证据都存于他们身上或者身体里。对于强奸案受害人的法证检验，埃德蒙·罗卡开创的"凡有接触，必留痕迹"原理比对大多数其他罪案更为适用。

除了受害人本身，人们普遍低估了强奸的恶劣影响，这种状况直到最近才有所改变。玛吉·莱特在温彻斯特开了一家慈善强暴救治中心，她告诉我说："对一个人来说，被强奸就像是遇上了严重车祸。上一秒你还开开心心走在路上，过着自己的小日子，下一秒就已经躺在了车祸现场。由此受到的心灵创伤是一辈子也愈合不了的。"玛吉接着跟我描述了很多受害人事后所承受的痛苦，一些人甚至会选择自残。"我见过不少年轻女孩为了除掉罪犯的痕迹，用钢丝绒和漂白剂擦洗阴道。"她对我说道。

詹姆斯·罗伊德案以及我小说中写的那些强奸案都属于"陌生人强奸"，这类案件在现实中相对比较少见。80%以上的强奸案都是熟人作案——可能是亲属，也可能是受害人在酒吧、派对或者脸书等社交网络上认识的某个人。被熟人强奸造成的伤害往往很严重，甚至更为严重，很多受害人的余生都很难再相信任何人。

我在调查研究过程中有幸获得了特蕾西·爱德华兹督察和她在萨塞克斯警局强奸预防组的同事们的大力相助。我问过她一个问题：

"强奸犯从中能得到什么呢？"她的回答出乎我的意料，并非显而易见的那个答案。"对很多强奸犯来说，得到的是对受害人的控制而非性快感本身，"爱德华兹督察说，"有些强奸犯在行凶过程中根本无法达到性高潮。"

对于导致一个人变成强奸犯的因素更是存在各种各样的解释，而恋物癖却无法简单解释清楚。心理医生、作家丹尼斯·弗莱德曼说："原因可能很简单，就好比一个年轻的男孩，他的母亲总是离开他去见情人，母亲高跟鞋渐行渐远的声音就会吓到他，因为高跟鞋将母亲带去别人那里，从别人而非他身上寻求爱。所以他首先将高跟鞋的声音与爱联系起来，然后将鞋子这个概念与性行为联系在了一起。"

练 习

调查研究做得好，一个关键的好处在于能够让你的写作更为全面，充分发挥所有感官而不仅仅是视觉的作用。比如，"小狗蹦跳着过来了"，"她弯下腰拍了拍它"。这件事可以涉及全部五种感官——视、听、触、味、嗅："小狗满脸幸福地朝她蹦了过去，身上散发着潮湿的毛毯一般的气味，像蒸汽机一样大口喘着气。它的毛又潮湿又柔软，它转过头来舔她，她几乎能尝到它口中腐烂的死兔子肉的味道。"

因此，我的练习是写一段话作为一个恐怖故事的开篇：大街上一个女人被人一路跟踪着走向她的车。将视、听、触、味、嗅五种感官全部写进这段话。加入你通过调查研究得到的关于这个地点的细节，加入尽可能多的信息让这个女人变得鲜活。我们对她了解得越多，对她身处险境这件事就越是担心。

文化背景与文化侦探

克里斯托弗·G·摩尔（Christopher G. Moore），长篇小说作家，自 1988 年开始定居泰国。他共创作 22 部长篇小说，以 12 种语言出版。2011 年出版的《9 颗金子弹》是"文森特·卡尔威诺探案"系列的第 12 本，这个系列的主人公是一位来自纽约市的私家侦探，一位犹太裔美籍意大利人。目前，一部由"卡尔威诺"系列改编的故事片正在制作中。此外，摩尔还创作了 7 部独立的长篇小说、《微笑的国度》三部曲以及包括《文化侦探》在内的三部非虚构作品。

如果你正在创作一部以国外为背景的推理小说，地点就会成为这部小说的一个重要方面。文化是指构成当地人身份基础的语言、宗教、习俗、礼仪、历史等。因此，当一个美国侦探出现在曼谷，故事如果讲得跟发生在波士顿或多伦多一样，就不具有说服力。

这个侦探走在曼谷的大街上，他会注意到"灵屋"和屋前的供品、摩的、贩卖从食品到盗版光碟各式物品的街边小贩以及泰语标志。这些是泰国文化外在的、可视的部分。一旦他开口与泰国人交谈，或者走进一间泰国办公室或泰国房屋，泰国文化的其他方面就显现出来了。

对任何类型的作家来说，好奇心和近距离观察都是必不可少的。当故事背景是国外时，这些技能和天赋更是决定了叙事的成功与否。犯罪小说依赖于深入了解刑事司法系统、了解社会经济结构中半淹半浮的社会冲突、洞悉促使部分人犯罪的动因。贪婪、野心、机遇、软弱、缺乏教育、恶邻、丧父/母、各种形式的虐待等都可能导致犯罪。

你也许会认为，人就是人，在哪儿都差不多，你这样想也不全错。人与人之间的共同点比我们愿意相信的要多得多。尽管如此，那些源自语言、宗教、文化和历史的细微差异还是关系到一个人终极身份的确立。换句话说，人以共性为主。小说家的任务是为人物的人生目标和选择增加可信度，同时再现一个人在特定文化中面临的真实困境。

小说不是社会学教材，也不是历史或者语言教科书。通过观察、问询、调研等手段学习这些方面的知识，最终目的是要描绘在这些因素影响下的人物，而非让读者觉得自己是在读长篇背景介绍。小说家通过创造符合其生活和工作的文化背景的人物，带领读者进入并领略那个"异国"世界。一旦身临其境地处于那个世界，读者也会乐意去思考自己国家的文化，思考自己处理事情的方式会有什么不同。

人与人之间的文化冲突可能带来戏剧性或喜剧效果。我有一个很好的泰国朋友是在美国读的高中，他人很聪明，英语也相当流利。我暂且称他为坤登（"登"是"红色"的意思），尽管这不是他的真名。有一次，两个朋友到泰国拜访他和他的家人。他母亲邀请这两个美国人去家里喝茶。他的母亲也操一口流利的英语，性格颇有贵族风范。两个美国人来之前肯定也对泰国习俗做了一定的了解，所以一到她家门口就开始脱鞋。这的确是泰国一项古老的、流传甚广的风俗。进入私人住宅前，每个人都必须脱鞋。这两个美国人弯下腰开始脱鞋的时候，坤登的母亲坚持让他们不用麻烦。这两个人抬起头看着她，告诉她说他们不介意把鞋脱掉。但是这位母亲再次坚持，于是两个美国人站起身来，穿着鞋进了屋，享用了一次美妙的茶点。

那天晚上晚些时候，坤登接到了母亲的电话，母亲对他和他的两个朋友颇为不满。母亲为什么不满？原来她觉得这俩人太无礼了，竟然穿着鞋进了她的房子。他们对泰国文化没有半点了解吗？她简直不敢相信他们竟然穿着也许踩到过路旁最肮脏排泄物的鞋子在她家里走来走去，把细菌病源带进了她的生活。"可是，妈妈，我当时就站在他们旁边，是你告诉他们不用脱鞋的啊。你说了不止一次，而是两次。"

她的回答却很坚决："他们绝不应该穿着鞋子进泰国人的家。"

这就是典型的文化上的失礼，可以写进故事里。这位泰国母亲仅仅是表示客气，泰国人最重视礼貌和待客之道，他们希望给客人留下一个好印象。但客人应该明白，当泰国女主人坚持说他们可以穿鞋进屋时，她心里并不希望他们真的按她说的做。她希望他们不管她说什么，坚持脱掉鞋子。他们不应该把她客气的话当真。但这两个美国客人又怎会知道这些呢？泰国旅行手册里又没写。

这就是故事的重点。小说家要有能力在故事里加一些能够体现人物文化层面的事件，那些读者在旅行手册里读不到的东西。旅行手册跟《探索》频道讲述泰国乡村的节目一样，对文化生活的描绘只能停留在表面。要想读者对你足够信任，愿意跟随你来到一个陌生的国度，你就必须带他们见识问题的核心，揭开神秘的面纱，在故事中揭示当地人如何对待现实生活。

换句话说，你变成了一名文化侦探。不是搜寻失踪人群的那种，作为一个作家，你的工作是追踪那些造就一个社会的心理和信仰的原动力，它们打造了这个社会的人，支撑着人们的一举一动。一名优秀的文化侦探会从他人的行为、人们相互间的关系以及人们的日常生活（从早餐到办公室到饭馆或酒吧直至夜生活）中寻找线索。一旦你成为那个文化侦探，那么自始至终，你都会一直权衡、评估你所获得的证据，在进入下一步之前再三验证你的推论。读者跟着你经历这个过程，也跟着你一起在心里盘算。

难点在于做这件事时要尽量减少细节说明，尽量少用外来词或当地俚语——因为过多着墨于异域风情会给读者造成困惑，也可能他们对此毫不关心。因此，最优秀的作品会将这些细节融入故事和人物当中，让它们随着叙事的推进自然而然地出现。读者并不指望你将他们培养成专家。他们是在读故事。他们阅读的目的不同于阅读那些旅行手册、回忆录、传记、文化史或者语言指南的读者。

下次如果你决定以香港、西贡①、曼谷或东京为背景写书，一定记住有很多人对这些地方十分熟悉。他们知道的不仅是诸如哪家酒店最好、哪家餐厅的黑鲈最好吃这类旅行手册上的信息，他们了解这些地方的文化、语言和历史，就像音乐家能够立即听出缺了哪个音符或慢了一个拍子一样，在你还不知情的情况下，他们已经关了音乐、合上了书。成为一个优秀的文化侦探能够很好地帮助你不让读者失望。如果你有朋友来自你要写的那个地方，那么遇到要不要脱鞋这类问题时，他们会是很好的参谋。

练 习

你想要写一个葬礼上的场景，这个葬礼在泰国曼谷举行。逝者是一位长期旅居国外的人，死后丢下了一位泰国妻子和两个孩子。一些泰国人和外国人每天晚上七点半到庙里参加葬礼仪式，仪式为期三天。

用本子记下在这座佛教寺庙里进行的活动。僧人扮演什么样的角色？给客人们准备的食物从哪儿来？这些外国人和泰国人之间有什么联系？他们有没有坐在一起、有没有交谈，他们相互之间是否友好？逝者的遗孀和孩子在这个过程中起什么作用，以及这对人物、文化、地点等方面有什么启示？查明火化当天清晨的情形——仪式有哪些人参加、由谁主持，棺木是什么样的外观，具体有什么样的仪式？详细描述前前后后所有事件。

假设故事的中心人物是逝者的弟弟，从纽约来。他此前从未来过泰国，这些年和哥哥关系也很疏远。葬礼的第一天他来到庙里，他会有哪些印象？他能理解这个仪式的本质吗？还有一点很重要：他能通过哥哥的遗孀、孩子以及朋友了解哥哥的一生吗？

在这个背景下如何表达弟弟失去亲人的悲痛？

---

① 越南胡志明市的旧称。

真实藏于虚构

罗伯特·S·莱文森（Robert S. Levinson），九部畅销小说的作者，包括《华尔兹时段的伦巴舞》《我们中的叛徒》《死亡音调》《谎言开始的地方》《向死者发问》等。他的《埃尔维斯与玛丽莲谜事》曾获好莱坞新闻俱乐部最佳小说奖。莱文森长期为《阿尔弗莱德·希区柯克推理杂志》和《艾勒里·昆恩推理杂志》撰稿，其短篇小说《敏捷的棕毛狐狸》曾获德林杰（Derringer）奖。他的小说连续六年被收入《年度最佳》选集，他的非虚构作品曾刊登在《滚石》《洛杉矶》《西路》、美国编剧工会的《创作人》和《名人签名》等杂志上。

十多年前，我的第一部小说《埃尔维斯与玛丽莲谜事》出版后，《国家询问报》的记者来访，打听在这部推理小说里起推动作用的爱情故事有几分真实性。这两个名人是不是真的彼此倾心？如果是真的，具体我是怎么知道的？记者对此很是好奇。

来之前她做足了功课，了解到我在电影和音乐方面有着丰富的知识背景，能够经常接触到影视行业的高层大佬。

她知道我偶尔会和埃尔维斯·普雷斯利①等人玩在一起，当然次数不多，关系也不够密切，还不足以被视为他圈子里的一员；她也知道我跟一些与玛丽莲·梦露关系莫逆直呼小名的人打过交道。

"鲍勃，你怎么看？"她问我，逼着我给她一些答案，好让她往赶着写的专题报道里加点儿猛料，让她有更大的发挥空间。我要爆点儿什么料才能让她的读者冲到附近的书店买一本《埃尔维斯与玛丽莲谜事》呢？

我顿了顿，没出声，似乎在跟自己较劲，应该怎么回答，然后我说："真实藏于虚构。"

---

① 猫王，美国摇滚乐歌手、演员。

她的脸拧做一团，表情难以捉摸，她在琢磨自己刚刚听到的话。

"你是说，50 年代他们一起给福克斯拍戏时确实有过一段轰轰烈烈的恋情，是吗？"

"是我的书这么说——故事这么说，不是我。"我说道。

"但是写小说的第一法则不就是写你知道的事吗？"

"是有这种说法。"

"我就当你承认了。"

"关于我的创作，是这样，但仅此而已。"

"那你是说埃尔维斯和玛丽莲两个人没有上床？"

"书你也读过了，你来告诉我。"

她伸出一只手示意我不要继续说下去，然后从装得满满当当的大手提袋里搜出本书。书的书脊已经破了，书页上贴满了那种黄颜色的小便笺条。她随意挑了一个，翻到标记的那个章节，从画线部分找了一段大声朗读起来："我不认为这是真正的爱情，说是偷情又有点严重。不过是一时纵情。持续不过几个月就结束了。她追逐着他，像一阵飓风，来去匆匆。不用我说你也明白，这样一位成熟的性感女神向自己投怀送抱，对埃尔维斯这样的年轻人会产生多大的影响，即使他身边也不乏女人任他挑选。"

她抬起一条形状堪称完美的眉毛。

我说："说这话的不是我，是书里的一个人物。"

"你写自己知道的事，真实藏于虚构。"她用我自己的话回击我，速度和精准度堪比温网冠军。

"我还写谋杀呢，可我不认识任何杀人犯，我自己也从来没杀过人。"

"你跟塞缪尔·谢帕德医生有过交情，他因杀妻被判过罪。"

"山姆①的罪名后来被推翻了，"我说，"二审时他被判无罪……

---

① 塞缪尔的昵称。

而且，他也没在书里。"

"也许精神上存在？存在于你的认知里，既然是写你知道的事情的话？或者换了个名字存在？你确实有把真人真名跟虚构人物混在一起的习惯，这些虚构人物很可能也是真人，不过改了个名字而已。这事你又怎么说呢，鲍勃？"

我只能重复自己的话："真实藏于虚构。"

我们就这样又扯了半个小时左右，她走的时候还是没能从我这儿得知埃尔维斯和玛丽莲的恋情到底只是作者脑洞大开的臆想还是确有其事。

然而，一年后她又找到了我。这一年我出版了"尼尔与史蒂薇"系列的第二部小说《詹姆斯·迪恩①谜事》，这个系列的主人公是报纸专栏作家尼尔·加利弗与号称"肥皂剧性感女王"的女演员史蒂薇·马里纳。

这次她在电话里质疑这个故事的基本设定——迪恩是连接一连串离奇、神秘、可疑的死亡事件的关键，事件中的死者都曾与迪恩交往甚密，后来迪恩驾着他的名为"小混蛋"的保时捷斯派德死于车祸。这些事件中的死者包括外界认为自杀了的演员尼克·亚当斯、警方宣称死于街头抢劫的演员萨尔·米涅奥以及在卡塔利娜岛意外溺亡的女演员娜塔莉·伍德。

"你的书是唯一一本将这些人的死与吉米·迪恩联系起来并且对事件发生的过程和原因提出疑问的书。这是你虚构中的真实，或者不过是更多真实的虚构？"

"我写了我知道的，"我说，"我知道他们都死了。"

"你曾经与演员工作室有过联系，和迪恩的许多同行朋友都认识、打过交道，甚至包括李·斯特拉斯伯格本人。他们是你作品背后的信息来源吗？这些故事是你从他们那儿得来或者无意中听来的吗？"

---

① 美国男演员，代表作《伊甸园之东》、《无因的反叛》、《巨人传》。

"那样的话不就成了纪实作品了吗？"

"这就得你来告诉我了。"

我没告诉她，我们就这样争论着，直到她挂了电话，她心里清楚想从我这儿套一点甚至任何可以上头条的确切消息都没可能，她再次走进了死胡同。

一年后，我的第三部"谜事"小说《约翰·列侬谜事》面世了。小说里尼尔和史蒂薇等虚构人物混迹在十几位音乐界的名人中，当然也包括怪诞、不合群的马克·大卫·查普曼，这个杀害了列侬的凶手。

同前两部作品一样，我把认识的人和知道的事融合在一起。他们中有些人扮演着比其他人更为重要的角色，他们来来回回出现在故事的某些片段或群戏中，让这些根据事实改编或纯属虚构的故事套路显得更具真实感，也在某个作者按里给出我从来不曾向《国家询问报》透露过的更为详细的解释：

> 读者也许以为他们找到了浓缩在虚构小说中的事实，以为现实的碎片在隐去姓名的纪实小说中向他们发出喊叫，事实显然并非如此。
>
> 也许回忆确实值得借用，可以当做切入点，这里用一点，那里用一点，将过去的人和事（包括我在印第安保留区旁的沙漠小镇经营一家靠近赌场的新闻社的时光）拼接成一幅画，粘贴到虚构与想象的奇妙世界里。
>
> 顶多算是巧合，仅此而已。

事实上，在这里我一直承认，不只是巧合。

我总是在假象中掺入事实、在事实中掺入假象，在虚构的故事里使用真人真事，这些真人真事由真正经历过的人记录下来，而并非依靠调查研究，后者往往会把原本用来提升某个名人自我形象的轶事用到其他人身上；隐去、忽略、伪装或美化某些令人尴尬的事实；说白了就是谎言，不过换个名称而已。

我在这个系列的第四部小说《安迪·沃霍尔谜事》（原名《热油漆》）的作者按里就我的创作过程给读者举了些例子：

> 尼尔·加利弗领着安迪·沃霍尔来到麦迪逊广场花园的舞台，站在音响背后观看摇滚偶像里奇·萨瓦吉的无座椅演唱会，这时围绕摇滚偶像里奇·萨瓦吉展开的偶遇沃霍尔的情节达到了高潮。类似的场景现实中曾经发生过，只不过当时摇滚偶像是肖恩·卡西迪，而尼尔·加利弗是作者本人。

相当长一段时间我都暗自认为，自己发明了一种全新的文体，我称之为"自传体小说"。其实不然。真见鬼。事实不过是我和我的自我为了一己之私将虚构的故事加诸现实而已。

但这样做的远远不止我一个，这种做法至少可以追溯到 19 世纪。查尔斯·狄更斯、路易莎·梅·奥尔科特甚至托尔斯泰都写过反映本人生活的小说，只不过换掉了人名和地点，为了增加戏剧冲击力重新创作了事件。他们以及其他几十位在某种程度上追随他们的作家都以自己为原型创造主人公。

他们把现实生活中的事件抽出来注射到故事主线当中去，并不一五一十地给出全部真相，而是根据艺术和主题需要对事件进行调整。早在我出现之前，自传体小说就已经是一个久经试验、合乎规范甚至老生常谈的概念。

除此之外，还有一种类型，被无所不在的"人们"称作"历史小说"。这类作家包括埃德加·劳伦斯·多克托罗等，他们将现实人物与虚构人物放在一起，作家利用他们惊人的想象力使这些虚构人物栩栩如生。

在《拉格泰姆》一书中，多克托罗借用了亨利·福特、哈利·胡迪尼、埃玛·戈尔德曼、布克·华盛顿、斯坦福·怀特以及美女伊芙琳·内斯比特等人的人生。在《比利·巴斯盖特》中，他写托马斯·

杜威长期坚持不懈地与达基·舒尔兹和绰号幸运·卢西亚诺的查理·卢西亚诺等黑手党斗智斗勇。

与多克托罗以及前面提到的其他作家不同的是，我在主角身上融入的是自己经历过的生活，是与我相处过的人，而不仅仅是我知道的人。这也许就是我的四部"谜事"小说以及之后的五部推理/惊悚小说为这个体裁增添的一点新鲜元素。我不知道我的这种做法有没有一个名称。我不觉得它需要一个名称。说到底，名称有什么要紧呢？

练 习

选出你人生中一次难忘的经历，安在故事的主人公身上。这个主人公的其他方面没必要跟你相似。引入第二个人物，使用真名和真实描述，这个人实际上在那次经历中出现过。加入其他虚构的人物或现实生活中好几个人的复合体，创作一个真实与虚构交融的场景，让读者去猜什么时候是真、什么时候是假。

2

谨防陷阱：开发故事

设计惊悚情节时最常犯的错误
(一个犯过所有这些错误的人的经验之谈)

里斯·赫尔希（Reece Hirsch），其第一部法律惊悚小说《知情人》于 2010 年 5 月由贝尔克利图书公司出版，入围国际惊悚作家奖最佳处女作奖。他是摩根路易斯律师事务所旧金山办事处的合伙人，专攻隐私法、安全法、医疗法。

刚开始着手写小说时，你可能会自视甚高，妄想自己将要创造的是世界上前所未有的、能永久改变推理和惊悚小说阅读与写作方式的独一无二的杰作。然而很快你就会发现规则的存在。

"规则"这个词有点严重，说是"期待"可能更准确一些。创作和修改我的第一部小说《知情人》时，我从试读读者和不断拒绝我的经纪人的反馈中逐渐得知自己违反了一些规则。直到我学会在界限内操作，我才最终敲定了经纪人和出版商。

惊悚小说就像是摇滚歌曲。二者都高度重视快速这个特质，当基本要素确定下来以后，在这个框架内就可以有几近无限的变化和表达空间。你可以选几种基本和弦，设定三分钟左右的时限，就能得到从《我想服用镇静剂》到《永远的草莓地》等各种歌曲。但像甲壳虫乐队的《革命9》那样偏离规则太远，就会听上去有点意思，却永远不会在电台播出。

以下是设计惊悚小说情节时常见的六种错误，大部分都让我栽过跟头。

1. 上来先发一通牢骚。 想要抓住经纪人并在之后抓住编辑的注意力，你的书需要有一个快节奏的开头。要非常快，来一次重磅出击。第一章通常决定了经纪人会不会继续读下去。开头不够精彩，结尾再好也没多大意义。当然，要是能早点死个人就再好不过了。

2. 消极的主人公。主人公试图通过行动解决故事矛盾的时候最有意思，像一个软木塞一样在事件的海洋中漂浮摇摆时最没意思。那种因犹豫不决、消极倦怠而丧失行动力的人物在文学作品中比比皆是，但在惊悚小说中却不多见。

3. 不讨喜的主人公。一个贯穿全书始终的人物最好能讨读者喜欢。作为作者，你可以积极思考（最好在故事前期）通过怎样的方式才能让读者跟你一样关心你的主人公，帮助读者与人物建立感情。可以展现人物高尚的、勇敢的、搞笑的甚至是脆弱的一面。没错，是有人为操纵的嫌疑，然而写惊悚小说（以及大部分虚构作品）本身就是人为操纵。

4. 只写自己知道的（或者只写自己不知道的）。惊悚小说本质上就有些夸大其词，依赖速度和紧张刺激的动作戏。如果你能依据某个你从里到外都十分熟悉的环境或人物创作故事，那么这种真实感的光芒也会感染到故事中那些虚构的部分。

举个例子，我的主人公是旧金山某个大型律师事务所的公司法律师，这个领域是我非常熟悉的。但是如果我一味拘泥于这个领域的真实性，那么我的惊悚小说将无异于一篇尽职调查①总结。但我希望自己对律师事务所日常工作的描述是足够真实的，可以让读者对我多一点信任，等到后面我涉足俄罗斯黑手党这个领域时不要上来就质疑我，而这个领域，我很高兴地说，我并不怎么熟悉。

5. 提前交代故事背景。在第一章介绍主人公的时候，你会忍不住想要告诉读者关于这个人物的一切。克制住这种冲动。没有什么比拉

———————————

① Due Diligence（DD），又称谨慎性调查，是指投资人在与目标企业达成初步合作意向后，经协商一致，对目标企业的历史数据、人员背景、各项风险等所做的深入调查与审核。

长的人物历史更能快速地在第一章造成戛然而止的效果（参见第一条）。这类信息通过故事呈现出来会比直接陈述效果要好，逼不得已必须陈述的时候，也应该一点一点慢慢讲，而不是一下子全倒给读者。

6. 写一堆情节点，没有场景。 惊悚故事倾向于由情节推动。事件以激烈的方式接二连三地发生。有些惊悚小说会变得过于机械，只因作者将注意力集中在把故事从一个情节点推向另一个情节点，而不注重刻画那些能让故事鲜活起来的场景和人物的细节。

尽管保持快节奏是首要任务，但保证每个情节点对读者来说生动有趣也同样重要。在设计情节时，按场景构思会对你大有帮助。尽可能保证每个章节因其自身价值可以独立成为一个场景。如果你创作出来推动情节的场景在背景环境、人物互动、人物发展等方面引人入胜，那么读者极有可能会一页一页翻下去，说到底这才是惊悚小说的意义所在。

练 习

给书的前五章列一个大纲。你的初稿能不能征服经纪人和出版商，主要靠这几章。大纲写好后问你自己以下几个问题：

1. 第一章能不能迅速揪住读者的领口、抓住他们的注意力？我知道这么问有点公式化，但还是要问：第一章有没有人死掉？

2. 你的主人公是主动出击还是被动行事？

3. 前五章结束后，我们喜不喜欢这个主人公？

4. 你有没有令读者相信他们进入到一个你熟知的趣味世界？

5. 主人公的背景你交代了多少？最好既能让读者充分了解当前发生的事，又不至于让他们觉得已经知道了这个人物的全部。

6. 前几章是不是每章可以自成一个场景，是否有特征鲜明的背景环境和人物互动？

公路之旅

肖恩·杜利特尔（Sean Doolittle），犯罪、悬疑小说作家。他的小说《污垢》被亚马逊评为 2001 年最佳百部小说之一，《燃烧》获《前言》杂志神秘类金奖，《清洗》获巴瑞奖、提名安东尼奖，同时获《犯罪狂热》杂志的读者评选奖、惊奇奖及内布拉斯加图书奖。他的最新作品《相对安全》受到《纽约时报》、《华盛顿邮报》、《人物》杂志盛赞。杜利特尔的作品已获授权，将被翻译成多种语言。

书评人有时将故事分为两种：由情节推动的和由人物推动的。作为读者，我们基本知道这些术语意味着什么（情节＝动作，人物＝情感）。作为推理与惊悚小说作者，我们懂得扣人心弦的情节是至关重要的。

然而，即便在一部优秀的、曲折离奇的、严肃硬气的推理或惊悚小说中，最好的情节——最好的故事——也不会在牺牲人物的前提下展开。它们从人物中发展出来。并且倘若你真正投入到你所讲的故事中去，你会发现这句话也可以反过来说。

编剧约翰·格尔（代表作《六度分隔》）曾说过："我一度非常喜欢费多①的一条剧本创作准则：'角色 A：只要不见到角色 B，我的生活就是完美的。敲门声响起。角色 B 走进来。'"

我喜欢这条准则提炼剧情和人物关系的方式。假如角色 B 不来敲门，就不会有剧情。为什么角色 B 的到来会给角色 A 的生活带来转折呢？这些人是谁？

假设你写的是家庭剧，那么角色 B 可能拖着行李出现；如果你写

---

① 即乔治·费多，19 世纪法国著名喜剧大师。

的是推理小说，那么角色 B 可能拿着手枪走进来；如果你写的是惊悚小说，那么角色 B 拿的可能是机关枪。

但只有当人物线与情节线交织在一起时，整条故事线才是最牢靠的。试做下面的练习，为实现二者结合练练手。

练 习

第一部分

三个人同乘一车驶向某地。

曼蒂（司机）：艺术史专业博士，目前就职于某公司人力资源部。她身上有文身，但藏在衣服里。她结过一次婚，现在单身。她没有孩子，尽管她希望有一天能做母亲。

蕾妮（坐在副驾驶）：服务员。她也有文身，且没有藏起来。她有时会想回学校读书，但内心觉得可能性不大。她最近刚戒烟。

贾斯汀（一个人坐在后座）：他比曼蒂和蕾妮要小，但小不了多少。他高中毕业，但从大学辍学了。他父母死于车祸，留给他一大笔遗产，目前他一分钱都没动。

你的任务是根据这个阵容在一个小时内创作出一个推理或惊悚故事的大致情节。可以从以下问题着手：

1. 他们要去哪儿？

2. 这三个人为什么坐上了同一辆车？

3. 这些人希望/预期从这趟旅程中得到什么？他们各自的希望会不会存在冲突？

4. 关于这趟旅程（或关于彼此）他们当中有没有人知道得比其他人多一些？

5. 在这三个人与他们的目的地之间存在哪些障碍？

6. 他们能按时到达他们要去的地方吗？或者他们能到吗？

这些问题只是为了帮助你思考和设计情节，并没有严格要求你必须提问或回答这当中所有或任何一个问题（当然你无意中肯定会回答几个）。只要记住：如果汽车从地点 A 开到地点 B，一路无事发生，那么我们就没有情节。

至于应该创作什么样的情节，则不用死守成规，但你回答这些问题的方式应当能够加深神秘感（考虑问题 1～3）或者加强惊悚感（考虑问题 5）。

小建议 1：考虑问题 5 时，想一想车外的障碍（爆胎、挡路的麋鹿、糟糕的天气、军事空袭）以及车内的障碍（见问题 3）。

小建议 2：如果你卡壳了，回到问题 5。

第二部分

在完成第一部分的过程中，你已经从人物中发展出了情节。现在，带上现有情节，回到车里。给每个人换一下座位。最重要的是：换一个人当司机。

在不改变情节、不大改第一部分给出的基本人物设定的前提下，再给自己不超过一个小时的时间，看看能不能合理地把曼蒂、蕾妮、贾斯汀各自安置到新位置上。

小建议 3：要完成这项任务，你需要对人物有更进一步的了解。

最后，审视一下你的成果。你构思出的这两个版本的故事是由情节推动的还是由人物推动的？运气好的话，这将是你迄今为止遇到过的最难回答的问题……

钓钩：推理小说中扣人心弦的开头

威尔·拉文德（Will Lavender），《纽约时报》畅销书作家，小说《失控的逻辑课》作者。2011 年 7 月，他的第二部小说《深夜的文学课》由西蒙-舒斯特公司出版。毕业于巴德学院，获创意写作方向艺术硕士学位。目前他与妻子和孩子们住在肯塔基州的路易斯维尔市。

悬疑大师阿尔弗莱德·希区柯克曾经拒绝拍摄真正意义上的推理电影，因为这类电影过于注重结局。作为作家，我们清楚希区柯克拒绝的理由：结局对推理小说的重要性是与生俱来的，重要到可能对其他情节元素构成威胁。我们中有多少人写书时卡在一半痛苦不堪，只因不知最后的反转要怎么写？这个压力像一团乌云，在前方忽隐忽现。

有一次，一位经纪人让我提交两页初稿。两页！我的第一反应是：**只读两页，这个人能知道什么呢？** 现实是这正是现如今人们购书时的心态。设想一个读者在书店里拿起一本书、扫一眼折口、翻一翻第一章，实际上能读几页呢？最多一两页。我们作者要做的就是要把这个读者从书架带到收银台。在书店咖啡馆式浏览与电子书样章阅读盛行的时代，在每做一个经济决定都很艰难的时代，一本书的前两页就变得至关重要。

我在写作坊授课时，就讲过钓钩的重要性。所谓钓钩，就是抓住读者、将他们强行引入故事中的奇异世界的开头。课后，听课的人看着我，通常会问两个简单的问题。第一个问题："我原稿现在的开头有什么问题？"

一个人想要解决问题，首先要承认问题的存在。在阅读学生的稿件以及在自己写小说的过程中，我发现大多数推理小说的原稿主要存在以下三个问题：

1. 无事发生。

2. 事件不足。

3. 事件发生顺序有误。

如果说一个故事或任何故事的开头其目的是向读者提供信息和戏剧冲突，那么上述三点则是关键所在。将动作戏纳入考虑范围，听上去虽然很简单，却几乎无一例外地会将小说的钓钩打磨得更加锋利。作者的有些观念会毁掉一部小说，比如："一切进展从中间开始"；"我写的不是动作小说，是推理小说"。

这些都是谬论，所有小说前几页都应该发生事件以推动故事发展，这些事件可以是外在的，也可以是人物的内心活动。节奏缓慢、情节平淡的开头总让我迫不及待跳到下一本书。

关于故事开头我被问到的第二个问题是："怎么写？"怎么写才能让开头有趣事发生且按正确顺序发生？好的开头有哪些基本特质？怎样才能让你理想中的经纪人买账、给你的原稿一次机会，以及最终怎样变翻阅者为购买者？

如同所有关于写作的建议一样，这个问题也要从多层面来谈。创作一个好的开头仅靠一项技巧是不够的，需要使用多重技巧。作者的叙述声音必须很强，必须建立起节奏感，主角或某个重要配角必须以华丽或者激烈的方式登场——所有这些得在几百字以内完成。从来没人说写小说是易事。

不过确实有一条小窍门可以助你写一个好的开头：**不要去想罪案本身，想一想罪案造成的影响**。推理小说本质上来说是关于罪案与罪犯的，而许多原稿的缺点在于只关注犯罪事件而不关注事件的后果。这个事件对哪些人产生了影响？人们的生活因此发生了哪些变化？这一恶劣的罪行给人们的身体和心灵造成了怎样的伤害？

举个例子。著名作家托马斯·哈里斯的《沉默的羔羊》是我眼中

20 世纪后半叶最优秀的类型小说，在这部小说中，哈里斯用了两个聪明的手段引读者上钩。第一，他提供了足够多的动作情节来取悦读者。这些动作情节并没有明确指向案件，要到大概 50 页以后，主要的连环杀人案及犯罪嫌疑人才会显露出来。哈里斯的主人公参与的行动是一项任务，而这项任务不过是一项心理评估。短短三页，我们读到了：任务、克拉丽丝接受任务、她对这项任务的疑虑。就像这样：没有速度的动作戏。没有爆炸、没有刀枪、没有鲜血、没有尸体。只有散落一地的拼图碎片，而在哈里斯手中有这些已经足够。

开头这几页还发生了另一件有趣的事。来到监狱内部，我们隐约知道了汉尼拔所犯罪行的性质。根据他犯的罪我们了解了这个人：他是怎样的人、他毁了谁、他有多残忍。哈里斯是一位出色的作家，只是通过讲述、推断和暗示，他就不着痕迹地完成了这一切。他什么都没有明确展示——目前为止没有。他太有才华了。

有太多时候，作者急于进入常规程序，恨不得立即投身于"是谁干的"这个问题。他们希望放出尸体，引入负责案件的警察，然后让情节向前推进，直到案件解开。我认为一部推理小说的开头应该更细腻一些，事实上可以将重点更多地放在没写出来的已经发生的事情上，而不是书中正在发生的事情上。

下面的练习可以助你打造一个更坚固、更锋利的开篇钓钩。

练 习

写一个讲述女警官调查纵火嫌疑犯的短篇、中篇或长篇小说的开头。长度两页，难点在于：不能包含审问室里发生的任何事；必须完全围绕审问开始前或结束后发生的事情来写。

利用这次机会，在一个没有剧烈动作、没有好莱坞式速度的框架内构思一个钓钩，从手头任务引起的复杂情感入手。想想至关重要的开篇应该怎么写，才能让读者投入其中，愿意一路跟着你去发现两页之后的故事。

　　然后，当故事写成，想一想发生了几件事。动作情节是不是足以满足书店里翻阅的人？情节发生的顺序对不对？如何在不使用倒叙（我建议作者尽量不要用）、在情节不显山露水的前提下加入足够多的内容来吸引读者上钩？

　　祝你好运，写作愉快！

开头几行

苏菲·汉娜（Sophie Hannah），国际畅销书作家，《被偷走的女儿》、《诚实人的谎言》、《犯错的母亲》、《坟墓中的摇篮》等心理惊悚小说的作者。令人费解的是，她的部分小说在美国和英国名称不一样，但开头几行内容是一样的。苏菲同时也是一位诗人，她的诗歌作品既叫好又叫座。现住英格兰的剑桥郡。

我遇到过这种情况不下 50 次：有人推荐我读一本小说，当我追问这本他们逼着我读的书的细节时，他们的回答是："噢，这本书太抓人了——只要你坚持读到 157 页。"

"哈哈，"我说，眯起眼睛，深表怀疑。"我就想知道——157 页之前是什么样的？有点抓人？略微迷人？或者说只是可以忍受？"

"噢，天啊，简直难以忍受！"他们笑道，"前 156 页浮夸、乏味到我几乎想要刹手，但我坚持下来了，太值了。从 157 页到结尾，都是杰作。"

呃……不，这不叫杰作。一本只有下半部分精彩的小说半点儿也不杰出，只能算是失败之作。正如我最喜欢的犯罪小说作家鲁斯·伦德尔所说，小说家的任务是要从第一页的第一行就抓住读者。伦德尔对自己相当严格，她认为一本书中每一行都很重要。其实每个作家都应该这样要求自己，应当一行比一行让读者欲罢不能，根本不会考虑放下这本书。读伦德尔的小说（或她以芭芭拉·薇安这个笔名创作的任何一部小说）的开头第一句话，你都会感到有一股真实存在的拉力将你卷进去。

例如，她的小说《女管家的心事》是这样开头的："尤妮斯·帕切曼杀了科弗代尔一家，因为她不识字，也不会写字。"犯罪小说使用这么冒险的开头简直不可思议，因为它似乎已经把本该在结尾揭示的一切提前告诉了读者：谁杀了谁、为什么。尽管如此，这句话却聪明之极，它把一切告诉了你，却又什么都没说。你意识到知道谁做了什么、为什么做只是个开始，你需要更多细节，你渴望全面了解那个由这句话概括的故事。说起来，伦德尔表面上一开始就把"一切"告诉了读者，实际上却增强了悬念。读者会略微有点惊慌，心里会想：**稍等片刻。慢一点——好好给我说说。**作者以一种迅速的、草率的方式将事件的真相赤裸裸地呈现在读者面前，让读者觉得自己被愚弄了，这样一来更激发了他们要了解整个故事的决心。

现在我要表达一个颇受争议的观点：对于一部小说，尤其是惊悚小说来说，好的开头比好的结尾更为重要。先别急着发火，听我快速说完理由：显然，在理想世界里，我们读的或写的小说从头到尾都应该很棒，我们应该以此为目标。但这个世界并不理想，所以我坚持自己的观点：在噩梦般艰难的二选一的情况下，我一定会选精彩的开头而非精彩的结尾。

我最喜欢的一个推理小说作家（这里不提她的名字）写了一系列小说，每部结尾都让我失望地叹气。但是每年她有新作品出版，我总是立即冲出去迫不及待地买一本。为什么？因为我喜欢她小说的开头超过任何其他作家，她小说的中间部分也相当不错，读她的书，99％的时间我都在充分地享受。没错，如果小说的结局同样精彩，我会更喜欢，但世事没有十全十美。如果结局惊世骇俗但开头一般，我可能永远不会读到 10 页以后。

我在写心理悬疑小说的开头时，从第一行开始，采取的方法是越神经质越好。我想起伦德尔的话，并在心里想："好吧，外面有几百万几千万多到数不清的小说。大部分可能都比你的好。一个人拿起你的书，立即就会产生这样的猜测，并且想要从中找到证据证明自己的想法没错，从而找到借口把你的小说放在一边，去读别的更出色的作家的作品。你如何阻止这样的事情？你在书的一开头写些什么才能产

2. 谨防陷阱：开发故事 | 45

生超强力胶水或顶级可卡因一样的效果，让读者欲罢不能、根本停不下来？"

第一行就应该让读者对小说上瘾。第二行、第三行应该同样令人着迷。就像我们希望房顶每一处都防漏一样，我们必须保证原稿的每一部分都能够防止读者弃读。小说的第一行应该充分展现你的才能，尽力做到最好，让人觉得后面会有更多、更好的内容。仿佛在说："看看我！第一眼已经这么好了，如果你肯花更多时间读下去，天知道后面会有多好！"

《女管家的心事》的开头还有一点做得很好，事实上它是在向读者夸下海口："既然我敢把其他作者不到最后绝不轻易透露的一切现在就向你和盘托出，想想我还藏了多少好东西，准备在后面一一道来？"

一旦你确定自己已经足够神经质，下一步就是在神经质的基础上加一点悲观。构思能够征服读者的完美开篇语时，不要将读者想象成善良、包容的那种类型，那种愿意给你的书一线生机的类型。假定他们是那种坏脾气、没耐心的读者，特别容易感到无聊。这些就是你必须取悦的人群——意味着你必须更努力地去尝试、做更多取悦他们的事。对一个作者而言，最不留情的批评家往往是他/她自己，因此，要审视你对自己作品的反应。换作是你，看到一本书的开头是你刚刚写的那样，你会继续读下去吗？注意看你自己会不会觉得无聊，如果会的话，那么，停！

除了抓住读者的注意力，第一行还应该提出一个问题以及/或者奠定整部小说的基调。《女管家的心事》的第一行就非常出色地做到了这一点——我想象不出伦德尔还能用什么更有效的方法来暗示读者他们读的是一部心理犯罪小说。达芙妮·杜穆里埃的小说《丽贝卡》的第一行——"昨晚我梦见自己再次回到曼陀丽庄园"集精致、悲凉、不祥于一身，向你诉说了太多关于这本书的信息。它告诉你有一座叫做曼陀丽的庄园在小说中很重要，告诉你一个关键的主题是过去如何滋扰现在，告诉你这本书的基调与氛围将会是富有感染力的、忧虑的，而非俏皮的、轻佻的。

作者应该尽最大努力让开头几行生效——是的，它们必须能够抓住读者，同时它们也要提供信息、隐瞒信息、挑逗读者且听上去有节奏、有韵律。第一行引起的期许之高须得连作者自己都会吓到，高到难以实现——继而努力去实现。一本书如果有一个完美的开场，那么它获得完美结局的可能性也会大大提高。

练　习

本练习分几步。每一步都必须完成。跳过任何一步，练习都会没有效果。

1. 为你想要写的小说写一条用作宣传的简介，假定是在理想世界。注意是简介，不是大纲——也就是说不用考虑结局，不用解决任何问题。你可以天马行空地许诺，然后在结尾用上省略号，意思"等着瞧接下来会发生什么"。问一些你回答不了的问题，给一些你也许兑现不了的承诺。你所需要的只是一个创意的开头，而不是整个创意。

尽情发挥你的想象力，不要在开始前就惧怕达不到预期。在现阶段，先不要管会不会令读者失望——必要的时候，你总还是能逃走，躲开那些愤怒的读者。利用这篇简介制造巨大的期待值——一旦你不再恐惧，你会发现自己渐渐达到了这些期待，你会庆幸自己没有打安全牌。

2. 简介写完后，假装整本书已经完成，且是部杰作。（不必为一个人物的故事线如何收尾或者想不出一个奇妙的反转而烦恼。）给这本还没开始写的书写两篇评论——来自两个虚构的书评人。你愿意的话，可以给这两个人分别起个名字。两篇评论都要把你的小说夸上天，可以笼统地夸，也可以具体地夸，随你自己。

你想象中的书评人可能会写："这本书惊心动魄的最后一个场景在我脑海中萦绕了好几个星期。"这下好了，你得到了部分秘诀。现在你知道不管最终小说有些什么内容，最后一个场景是精彩至极的。具体是怎样精彩的场景？那就取决于你了——不过这会让你知道这个场景就在那儿，等着你将它构思出来。

3. 现在来写你的第一行。不要干坐在那儿企图写出一句让人拍案叫绝的精妙开场白，即便那是你想要达到的效果。如果你这么做，那你只会盯着空白屏幕几个月却写不出一个字。相反，试着写一句普通甚至差劲的话，或者，只要你愿意，糟糕透顶都可以。把这句话放在你那精彩小说的开端，可能会毁掉你希望达到的一切。把它写在纸上或敲进电脑里，然后问问自己这句话有什么问题。改进它。不断改进它，到了某个点，它就会被彻底改变。

4. 这时候会出现两种情况。第一种是经过不断改进后，你得到了精妙的第一行；第二种（出现这种情况的可能性更大）是在你忙于修改的时候，某个极好的句子突然冒了出来，重要的是，你根本没有绞尽脑汁去想。你爱这句话、确定它是完美的，以至于你已经不会在乎我说什么。你的句子已经不能更好，好到我可以滚蛋了。那么恭喜你——你做到了！

第一章怎么写

朱迪丝·范·吉森（Judith Van Gieson），作品包括以阿尔布开克[①]律师/侦探尼尔·哈默尔为主角的八部推理小说，以及新墨西哥大学图书馆馆员兼案件调查员"克莱尔·雷尼尔"系列的五部小说。朱迪丝的小说在区域市场表现突出，曾被美国独立侦探小说书商协会评为最佳畅销书。

时间在犯罪小说中至关重要，作者需要尽快确定主角和主角的助手。坏人可以等一等。背景环境也很重要，也要在第一章交代清楚。在系列小说里，如果处理得当，环境几乎会成为书中另一个角色。

需要让读者知道主人公出于什么原因进行案件侦破。如果案件调查是这个侦探的职业，那么展示他/她的工作场景。如果你写的是一名业余侦探，职业仍可能是导致他/她进行案件调查的原因。小说里甚至举止温文尔雅的图书馆管理员都可能在工作中遇上罪案。如果侦探不是主人公的职业，那么展示给读者看具体是什么原因导致主人公参与到案件调查中。

侦探往往有助手，助手与他们一起工作，给他们提供帮助。助手可以与侦探形成一种平衡，所以让他们在第一章出场大有用处。侦探紧张、严肃的时候，助手可以说点俏皮话来缓解紧张气氛；反之亦然。展现二者之间的互动可以很好地在第一章揭示人物性格，也有助于后期表现人物的成长。

正如你希望向读者好好描绘地点一样，描述人物也会有所帮助。倒不是说必须为之，因为人物会通过对话和行动展示自己。但如果你

---

① 美国新墨西哥州中部城市。

决定对他们进行描述，那就早点进行。不然的话，读者会形成自己的印象。你总不希望读者一直以为你的侦探是黑色短发，读到后面才发现其实是金色长发。

一上来就通过你的叙述声音确定小说的语气，这一点也很重要。第一人称叙述快且干脆，常常像是叙述人直接对着读者说话，有助于把握话语的节奏和方言特征。第三人称及全知视角则更为从容，富含更多思考。

对话也是揭示信息、展现人物、推进故事的重要手段。第一章也可以加入一些对话。

对我来说，最有效的练习是观察和试验。

练 习

1. 好好看看你的背景环境。即使是你很熟悉以及/或者生活了很久的地方，也要开车或走路在那里转一圈，用你全部的感官感受一下。闻起来什么味道？你看见了哪些颜色？问问自己，这个背景环境有什么特别之处，能让读者觉得稀罕、有趣、难忘？

既然犯罪事件将要在这里发生，你就需要发掘这个地方的阴暗面，而不仅仅是好的一面。在这个过程中，想想这个背景环境对你的侦探来说将会意味着什么。

2. 如果仔细听，你就会发现话语与环境联系紧密。每个地方的人都有他们自己的行话。对一个作者而言，偷听不是什么坏习惯。

花些时间在当地商场的美食中心坐坐，听听人们说话时使用的词汇、说话的节奏等。在很多城市你会听到英语之外的很多其他语言，有时单独使用，有时与英语混在一起使用。把你听到的写进手机里或记在本子上。如果你是用第一人称写作，大声将作品读出来会对你很有帮助，这个办法也可以用来检验作品中的对话。这段话听起来地道吗？话语的节奏对吗？你所选的环境中的人是这么说话的吗？你用的俚语跟他们一样吗？

3. 如果你并不从事书中侦探的职业，那么找一些从事这个职业的人，在他们身边待一段时间。可以加入一些职业机构或者参加他们的一些会议，听听他们怎么说话。有没有什么词汇、句子或者态度是这个职业特有的？他们的交流模式中有没有什么点是你可以用在你的侦探和侦探助手之间的？这些专业人士彼此提防还是自在相处？注意这些人开什么车、穿什么衣服。刚开始写律师的时候，我的做法是去律所做兼职，借此了解他们，不过不是所有作者都愿意做到这个程度。

4. 如果你不确定自己想要用第几人称叙述的话，试验一下。你想进入多个还是一个人物的思想？试着写几段，大声读出来。哪种方法最能表达你书中侦探的想法？就我而言，把作品大声读出来一直是一个好的练习方法。

不能欺骗诚实的读者

加尔·安东尼·海伍德（Gar Anthony Haywood），夏姆斯奖、安东尼奖获奖作家，创作了12部犯罪长篇及无数短篇小说。其中，6部推理小说以非裔美籍私家侦探亚伦·冈纳为主角；两部围绕劳德米尔克夫妇乔与多蒂，夫妻俩是已退休的案件侦破员，拥有一部房车，和5个"魔鬼般的孩子"，都已成年；另有4部独立的惊悚小说。加尔为《纽约时报》和《洛杉矶时报》写稿，曾参与《纽约密探》、《华盛顿街区》等多部电视剧的编剧。他的最新作品是惊悚小说《别做任何假设》（塞文出版社，2011）。

我憎恨骗子。并不是像老话说的，因为"骗子发不了财"，我们都知道有些骗子实际上自己混得很不赖。不，我恨骗子是因为他们的懒惰。他们避开我们所有人遵循的规则，走捷径得到自己想要的；他们当着你的面撒谎，还指望你注意不到。

写推理小说的骗子也许不是这群人中最恶劣的，但也相差无几，眼光敏锐的读者常常对他们报以鄙视，如同对待老西部牌桌上的老千。因为作弊的推理小说作者违背了作者与读者之间的不成文约定，这个约定要求作者光明正大地出牌，不要为了让榫卯契合就去逾越可信度甚至可能性的界限。

一部成功的推理小说最成功之处当然就是不断让读者去猜什么是真、什么是假，但这句话成立的前提是作者充分考虑了逻辑性、可信性等问题。想要让读者惊叹于你手法的纯熟，而非你在细节方面的疏忽，或者更糟糕的是，你赤裸裸的不诚实，关键在于预测读者对你的情节可能产生的一切问题，保证每一个问题都得到了明确的、合理的回答。

与这件苦差——确实是苦差——相对的就是作弊，像是下面这几种违背自然的罪行：

前后矛盾。在某个点确定了一个真相或行为方式，到了另一个点为了剧情需要突然来个 180 度大转弯。例如：从头到尾称呼某人为"约翰尼"，却在某个地方让人称他为"约翰"，理由仅仅是为了让他看起来比事实上更无辜或更罪恶。

忘记回答显而易见的问题。你会问："哪些显而易见的问题?"下面是几个例子：

她为什么要那么做?

那件事从何而来?

他应该这样做而不是那样做，不是吗?

身为推理小说作者，思读者之思，比读者思考得多，是你工作的一部分，这就需要你提前预测到读者在读这个故事时可能产生的一切疑问。应该解释的地方拒绝解释，这种行为是不可原谅的。这里有一条经验法则：越是不可信的设想，越有责任向读者提供详细的理由，好让他们相信。

挑战逻辑。猪不会飞，狗不会说话，一个助理检察官不能用筷子发动一部新款车，不管你多么迫切地需要她开着这辆车离开。如果你给主人公制造了一个麻烦，而这个麻烦你们俩都没办法用让人信服的方式解决，那么弃掉它，代之以更易操控的设定。别作假蒙混过去，以为读者不会注意。相信我，读者一定会注意到。

凭空抛出一堆红鲱鱼①。指没有充分的理由莫名其妙让某样东西或某个人凭空出现（接着又凭空消失）。跟前后矛盾一样，这种作弊行为往往是为了强行迎合剧情，企图误导读者，转移读者的注意力。例如：你的主人公在嫌疑人梳妆台的抽屉里发现了一只红色橡胶青蛙，而这正是他/她所追踪的那个连环杀手的标志，非常具体，可是到最后发现这个嫌疑人并非那个杀人犯，却也没有就青蛙为何出现在嫌疑人家里这件事给出任何解释。

---

① 戏剧创作技巧，用以转移焦点和注意力，可理解为"烟幕弹"。

过度依赖巧合。是的，世界很小，两个只在邮局碰过一次面的人可能在同一天出生，且社会保障号码前四位完全一样。但是不要将揭开谜团的关键建立在这样不堪一击的小概率事件上，任何心智正常的读者都不会原谅你。一两个巧合可以作为小的情节点存在，但如果能够全数避免，最好一个也不用。

把读者当成书中人物。例如：哈丽特是个精神变态，她在书里一直装成瘸子来摆脱读者和主人公的怀疑。在某个场景里，她一个人在厨房做饭，走路仍然**一瘸一拐**。为什么？给谁看？当然是给读者看。你让哈丽特意识到读者正监视着她，只要读者在，她就死也不会暴露自己。新规则：不要把任何人单独放在一间屋子里，如果你不想让读者看到他/她会如何表现的话。

借助老套的手段。匆忙写在火柴盒上的电话号码，装好子弹的枪在关键时候突然卡了壳，杀人犯没来由地供认不讳——这些都是拙劣的技巧，从福尔摩斯第一次对华生的恭维说出"初级"二字开始，平庸的推理小说作者就不断在使用，从过去到现在，它们一直是业余作者的醒目标志。不要走到那一步。

放弃。你把自己写进了死胡同出不来，对故事失去了兴趣，或者临近交稿日期不能再拖延下去。不管什么原因，总之你不想再跟这件麻烦事较劲了，你想赶紧结束，所以"啪"地抛下一个结局，然后径自走开，留下未能得到满足的读者。你以为这样仓促的收尾读者看不出来吗？你想错了。避免一本书烂尾的最好方法，是将每本书当成在酒吧里打架：如果你没准备好怎么收场，就不要挑事。

上面提到的几种作弊行为在推理小说中比在犯罪小说中更为显眼，因为前者结构复杂，且读者在每个紧张的情节点都相当专注。但犯罪小说中的作弊行为也同样不可饶恕。悬疑仍旧是问题的核心，对于那些未解的疑问，不管其中包不包括"是谁干的"这个问题，如果你不能给出令人满意的答案，也就是说不违背现实的答案，那么你的失败同样惨重。甚至更严重，因为犯罪小说家有更为自由的发挥空间。没有太多条条框框约束你（不要求有线索、嫌疑人或者红鲱鱼），读者只求你诚实一点、光明正大一点，这总不是什么过分的要求吧？

重申一下我的观点，以前肯定也有老师对你说过：作弊是头脑懒惰的表现。不小心留下情节漏洞是一回事，故意用口香糖堵住漏洞是另一回事。现在起养成一个习惯，检查你作品中拙劣的补救措施，消灭它们，不管需要费多少工夫。专业人士会这么做，业余人士则不会。该说的话到此为止。

练　习

情境一

多琳杀了她丈夫的情妇希拉，把尸体藏在她车子的后备箱里。真相要到书的结尾才会揭晓。现在，她开车送丈夫乔去火车站，途中一个轮胎爆了，她不得不把车停到路边。

你的任务：用第三人称写一个两页纸的场景，写多琳如何劝说乔，阻止他打开后备箱修轮胎，在这个过程中就她的罪行埋下伏笔，让读者后期有迹可循。

需要避免的作弊行为：多琳的言行与她杀害希拉这件事相互矛盾。

情境二

凶杀案警察卢·格雷在一个谋杀嫌疑犯家黑暗的车库里搜查，突然黑暗中走出一个持枪的人，上前开枪杀了他。格雷死前看到的最后一个画面是杀人犯系的辨识度极高的领带，这条领带他的搭档威尔·贝内特曾经戴过很多次。

你的任务：假设格雷的搭档贝内特并非车库里的持枪人，写出三个合理的解释，解释杀手为什么要系这条领带。

需要避免的作弊行为：过度依赖巧合。

情境三

私家侦探安吉·温特沃斯正在现场调查一桩双尸命案。警方已经仔细对现场进行了搜查，未找到任何与凶手相关的证据，但是安吉发现了一些警方没注意的细节，将她指向某个具体地点，在那里可能会找到凶手。

你的任务：写出安吉可能偶然发现的四样东西：（1）这四个发现必须是从逻辑上来说警方有可能忽略掉的；（2）可能指向凶手的藏身之处。

需要避免的作弊行为：借助用滥了的、老掉牙的手段。

情境四

第一人称叙述者哈利·查尔兹时不时就会昏过去丧失意识，完全不清楚自己是不是警方追查的那个杀害多名年轻女性的连环杀手。

你的任务：想想读者可能会就上述设定提出的问题，至少想出五个。

需要避免的作弊行为：未能预测或回答某个显而易见的问题。

地方感与文化感

迈克尔・希尔斯（Michael Sears），南非约翰内斯堡金山大学计算机科学专业教授，迈克尔-斯坦利作家二人组的成员之一。二人共同创作了多篇以非洲南部为背景的推理短篇小说和三部长篇。他们的最新作品是《螳螂之死》（哈珀-柯林斯出版社，2011）。

在这本书的其他地方（以及其他关于写作的书中），你会看到这样一句话："要展示，不要讲述。"意思是希望作者通过人物和情节，将环境、文化、地方感等揭示出来。小说的读者要读的不是旅行志或旅行指南。吸引读者的是故事（特别是在推理小说中），让故事鲜活起来的是人物。所以地点及文化感就像是一幅画的背景，展示真实的人物做着有趣的事情。

我们小说中的主人公是博茨瓦纳刑事调查局的探员，身形高大、肥胖。他昵称库布，茨瓦纳语中河马的意思，这个国家几乎每个人都说茨瓦纳语。此时我们开始稍稍建立起一点地方感。库布很好发音，也很好记，比河马更能让人产生共鸣。

回到"讲述还是展示"这个问题上来。讲述是以叙述的方式向读者提供作者认为有趣的信息介绍与场景描述，用以构建背景或推动剧情。但书中人物也可以讲述，见下面这个例子：

> 去往杭济附近罪案现场的途中，库布在干涸的河床旁停下，将车停在一棵树下。他饱饱喝了一顿水，吃了一个三明治。
>
> 他转向莱迪中士，说道："博茨瓦纳大部分的河流实际上都是干涸的，有意思的是树木仍沿着河流边缘生长，因为它们的根伸到离地表不远的地下含水层，从那里吸收水分。"他抬眼看向

河床外绵延起伏的沙丘。"那里没有水分，"他接着说道，"那里只有肉质植物，它们贮藏露水，在松散的沙地里生长。"

库布饶有兴致地看着河床上许多动物的足迹，甚至包括鸟类。"循着这些踪迹就能知道动物的去向，"他在心里想。沙地是一张纸，上面写着过往。

读者很可能从前两句直接跳到最后三句，进而猜想跟踪沙地痕迹将会在剧情中起很重要的作用。至于其余部分，是关于沙漠生态学的一堂课。读者如果想要了解这些，他们会去修这门课。

下面的段落改编自"侦探库布"系列的第一部小说《腐尸之谜》。环境与上例一样。生态学家博纳尼与狩猎管理员安德里斯发现了一具被野兽啃掉一半的尸体。安德里斯认为这是一个在沙漠中迷了路的游客，博纳尼却不以为然。

博纳尼看了看尸体四周的环境。有几株卡拉哈里溪边常见的那种刺槐稀稀落落长在枯河边缘。河岸的泥浆被太阳烤得很硬。一簇簇草丛从河岸向外延伸，一路被沙地蚕食，变得越来越稀少。

两人站在一棵树下，树冠挡住了酷暑，树根吸收着地下水。那具尸体四仰八叉地躺着，边上是一堆经年累月落下的树的枝叶。尸体后方是早已干枯的沙漠河床，随处可见动物留下的痕迹，有些很旧，边缘已经破碎不堪，有些很新，比如刚刚被他们惊到的那只鬣狗的印记。

博纳尼向远处望去，上上下下打量着这条河。风、野兽、坚硬的溪畔都可以是没有脚印的原因，但是车辙印在这些条件下却会留存好几年。

"车在哪儿?"他问。

"他可能开车陷在了沙丘里，所以试着走路出去。"安德里斯回答道。

博纳尼转过头盯着安德里斯："那么我们来看一下。你说的这个游客对本地地形相当了解，他知道沿着河道走很容易走回营地，却不知道在河道里会遇到的野兽有多危险。另外，看来他还一心想在途中把自己晒黑，因为他是裸着走的。"

安德里斯低头看向尸体："你怎么知道他是裸着的？"

"你看到衣物碎片了吗？野兽不会吃这些，至少在骨头和筋腱没吃完的情况下肯定不会。还有，鞋子呢？野兽也不会吃鞋子。"

要说这篇选文效果好的话，那是因为我们对文中两个人的互动、对尸体周围环境告诉我们的一切感兴趣。最后的结论当然告诉我们这是一桩谋杀案，安德里斯的观点被推翻了。痕迹这个线索确实对故事起到了直接的推动作用。

文化是比环境更为棘手的问题，因为会被读者拿来与他们所了解的自身文化和背景相比较，且不可避免地做出价值判断。一旦读者将自己代入角色，很可能不仅不能理解，反而会产生冲突。

举个例子，巫医在非洲南部的部落文化中地位很高，这一点如今也体现在都市环境中。一个女人一边拿着手机打电话，一边在约翰内斯堡市中心的传统药店买药水，这样的景象根本不足为奇，但西方读者就会觉得十分怪异。然而，分析起来，这个女人对于手机技术如何运作没什么概念，对这种药水如何发挥作用也是了解甚微。非要说出个所以然的话，她很可能只是对传统疗法更为青睐。同样，向读者展示这一点比向他们讲述更能让他们信服。

"巫医"这个词本身就存在争议，涵盖范围很广，包括从传统医生到用人体器官来施展黑魔法的巫师等各类专业人士。（你会选"专业人士"这个词用在这句话里吗？）

后来在《腐尸之谜》中，博纳尼受到一个巫医的滋扰，他只知道他外号"老头子"。博纳尼所接受的西式教育和科学训练跟他与生俱来的小乡村信仰不断冲撞、斗争不止。下面是某个场景节选：

> 老头子关上门，坐在博纳尼对面。他点了点头，简单表示问候。突然，他抓住博纳尼右手里的狮皮袋，博纳尼正要往回拉，右手却被一把抓住。博纳尼紧紧盯着老头子的手。这手就像是被阳光照暖了的枯骨。
>
> 接着老头子又将左手伸过来，抓住博纳尼的左手，他们双臂交叉放在桌上。博纳尼感到这手突然变得死一般冰凉。比死更凉。仿佛这巫医刚抓过什么冰冻的东西。凉意传到博纳尼身上。他轻叫了一声，猛地抽出两只手，跳了起来。

受过良好教育的人对一个巫医做出这样的反应，会让一些西方读者觉得不可思议，但这种事在非洲南部却是司空见惯。

练　习

选一个你现居地和出生地以外的国家或地区，最好是一个与你自己国家迥然不同的地方。你在那里待过，可能只是去过几次，也可能待过较长一段时间。

当地有人发现了一桩谋杀案受害人的尸体，随后警方赶到。写一篇短文，以尸体发现者的视角描述现场。试着在接下来发生的事件中展示这个国家和该国人的某个或多个方面的特质。你会发现有些重要的信息你还不了解。上网查查，填补这些空缺。

人们跳过不看的部分

罗伯特·布朗恩（Robert Browne），用真名和笔名出过多部小说。他的最新作品是 2011 年 7 月由达顿出版社出版的《天堂预言》。

我们美国最好的作家之一埃尔莫尔·伦纳德有句名言，说他在写作的时候总是试着"略去人们跳过不看的部分"。

但他这句话到底是什么意思呢？

读者失去兴趣的时候就会跳着看，意味着他们希望你继续保持水准，意味着他们对故事已经没有应有的专注度。

作为小说家，你的任务就是要保证读者随时保持专注。你希望他们晚上十点拿起你的书，不把后面的剧情看完都睡不着觉。

那你怎么才能做到？

首先，你得知道哪些是可以跳过的部分……

练 习

我们读其他作者的作品学到的东西比做一百道这种练习题还要多，但如果你抱着学习的目的阅读，就必须带着批判的思维去读。

当你特别喜欢这个作者时，做到这一点很困难。他/她的行文让你感到舒服，你常常觉得自己被一个熟悉的温暖怀抱包围着，从而忘记你的目的是学习。所以我的建议是找一些你从未读过的作家的作品，着手开始学习。

刚开始读的时候，要抱着享受的态度。先不要把内心的批评家放出来，直到发现自己开始走神为止。这种情况一旦出现，就要问自己："为什么？"

为什么到这里我突然开始失去兴趣？

读的过程中要考虑的问题有很多，等你坐下来创作的时候，应该把这些问题应用到自己的作品中。

这些问题如下（排名不分先后）：

文风是否简单、简洁、清晰？

一个作者当然可以机灵、艺术性十足，但不应以牺牲简洁、清晰为代价去追求艺术性。这种技巧说白了就是一句接着一句、一段接着一段、一页接着一页，读者只能紧紧抠住每个字眼。而且始终要做到清晰。如果读者搞不清楚说的是什么，他/她很可能就会放弃你。

故事有没有被过多的描写拖累？

描写性段落可以非常优美，但作者需要判断这些段落是否有必要。它们有没有拖慢故事？

"古灵侦探"系列小说的作者、作家格雷戈里·麦克唐纳就曾说过，我们生活在后电视时代，不再需要描述一切。我们都知道自由女神像长什么样，我们在电视上见过。几乎所有东西我们都在电视里见过，网络上就更多了。因此，作者需要控制描写的量，只保留那些对故事发展不可或缺的描写。

承认了吧。"这地方就是个垃圾堆。几支用过的针管扔在地上，旁边是一张破旧的床垫，中间已经空了一半。"这样几句简单的话用来传达信息已经绰绰有余了。

作者有没有在挑逗读者？

我见过新手犯的最多的一个错误，就是过早暴露太多关于人物动机和故事情节的信息。这话听上去可能有点糙，但作者的工作就是要操控读者，让读者坚持读下去，一页一页翻下去。

设想一下，你第一次遇见一个人，这个人就把自己的一切告诉了你，包括在哪儿出生、在哪儿上学、有过多少私情、有几个兄弟姐妹、最喜欢的颜色、最喜欢的食物，等等。对我们而言，一个人之所以有意思，是因为这些事情是在很长一段时间里慢慢显露出来的。我们需要逐渐去了解，而不是一下子了解透。他/她应该是一个待解的谜。

讲故事也是这样。你不断在读者脑中制造问题，以此来操控他们。比如：她为什么这么做？她要去哪儿？以前发生过什么事让她如今不敢面对他？

如果一开始就什么都知道，我们很快就会失去兴趣。

书中人物有没有一系列目标？

大多数故事都会有一个心怀某种愿望的中心人物。以惊悚小说为例，可能是非常大的一个愿望。比如说主角想要阻止坏人炸掉市政厅。但如果整个故事就讲这一件事，读者可能已经在打哈欠了。

如果你给主角设定一系列目标——终极目标以及在此之前他/她必须要达成的其他小的目标（包括内在的以及外在的），读者就不会丧失兴趣。

作者有没有塑造出吸引人的人物？

我们要能创造出本身非常有趣的人物，这些人物内心的挣扎我们能够感同身受，他们的恐惧我们能够理解，他们的目标就我们个人而言也觉得有意义；倘若做不到这一点，那么不管小说情节设置得多么巧妙都无济于事。

读者不会在乎。

塑造人物有很多种方式，没有一种是适用于所有作家的，但"人物即故事"这句老格言却是放之四海而皆准。

希望上面说的这些能够帮助你理解"略去人们跳过不看的部分"这句话，以便当你坐下来审视自己的作品时，能够找到途径，让作品更加扣人心弦。

写作的第一法则：不能无趣。

显著细节

哈莉·简·科扎克（Harley Jane Kozak），处女作《与死人约会》曾获阿加莎奖、安东尼奖、麦克维提奖等多个奖项，此后出版续作《约会即谋杀》、《死去的前任》、《不能拒绝的约会》。她的小短文曾经发表在《女士》、《肥皂剧文摘》、《太阳报》、《圣莫尼卡评论》等报纸、杂志上，被收入《推理缪斯》、《此乃小妞文学》、《可怕的女人》、《屠刀与死者数》、《月光下的犯罪事件》以及尼尔森·德米勒选编的《富人与死人》等多部选集中。

推理小说和惊悚小说是出了名的人物多。通常你需要一个受害者、一个好人、一个坏人、好人的同盟、坏人的朋友、受害人家属、好人的敌人、一两个恋爱对象、几个警察以及一大堆潜在杀手。也许还有个宠物。除非你的读者已经习惯了陀思妥耶夫斯基这样的作家，否则要弄清楚这么多人可不是件容易事。

当然，别的文学体裁也可以有密集的人口，但推理小说和惊悚小说要求快节奏，这就几乎不允许有大段的人物介绍或者对鞋子一类物品的长篇描述，而这些用在文学作品或爱情小说中可能恰到好处。

加入显著细节。这类对人物（地点、心境、天气）的描述占用的篇幅相对较少，但读起来却无比令人愉悦，或毛骨悚然，或扣人心弦，或勾起回忆。

我发现显著细节可以用来解决两种截然不同的问题。

第一，冗余信息综合征。如果你用很长篇幅写一个人甚或是一个名字，你就是在告诉读者："听着，这女孩儿对故事很重要。"

但如果这女孩儿只是在第 22 页开着出租车把男主角从地点 A 载到地点 B，你不会希望读者花多余的精力在她身上，或者潜意识里指望她——我们暂且叫她乌苏拉——会在以后的故事里再次出现。而你写"乌苏拉上幼儿园的时候母亲死于坏血病，导致她从小寄养在别人家，只能上社区大学，婚后受到虐待，移居他国，最后开了一家自己的出租车公司"就会适得其反。

除非乌苏拉第五章会死，或者会在第三十四章出现拯救主角，否则不要浪费读者的情感投资，把它们留给你的主角，或者主角的猫。也许我们只需要知道这个开出租车的女孩儿戴着纽约大都会的棒球帽，而故事发生的地点是盐湖城。

与这个问题相对的是"斯蒂夫是谁"这个困境。我们假设说斯蒂夫这个人你在前期介绍过，这人每隔一百页出现一次，干点儿什么重要的事，然后就回到巴西。如果到了这些关键时刻，读者冒出一句"斯蒂夫？该死的，谁是斯蒂夫？"，他/她就会被这个问题带出戏。

但如果每次斯蒂夫一出现就带着诸如"斯蒂夫，哈瑞特的嫂子的兄弟"这样的标签，会让读者大脑麻木。不是所有细节都是富有个性的，有些无聊透顶。知道某人的年纪、眼睛颜色或者身高一点也不让人激动，所以我们不要考虑描述驾照信息。

同理还有老套的描述和用烂了的形容词。比如，你可以形容一个女人"金发，美丽"，或者你也可以像雷蒙德·钱德勒写《再见，吾爱》时那样，形容她是"金发女郎。一个可以使主教在彩色玻璃窗上踢出个洞的金发女郎"。

因此，也许斯蒂夫，哈瑞特的嫂子的这个兄弟，是个中年人，长相普通到不会引起任何人的注意，除了一个细节：他的指甲。斯蒂夫修了法式指甲。

或者我们说说威廉。威廉体毛很重，从衬衫领口处露了出来，手臂上、手背上也全是。萨拉被他的体毛惊呆了，在他扣紧医用手套的时候她就盯着看，看走了神，几乎没听到他说的那些关于宫颈癌的话。她想：威廉体毛那么多，照理说该是个汽车修理工或者大型猎物狩猎人，而不是妇产科医生。这就给了我们一个思维书签，等后面再碰到妇产科医生威廉时，我们很可能会记起他，至少记起萨拉对他的感觉，而不需要一页页翻到前面去找。

练 习

练习如下：找一些人。最好是现实生活中的人（相对于电视里的人而言）：排队的人、地铁上的人、星巴克里为你服务的人。快速记下尽可能多的显著细节，包括每人一个。

避免下面这些词：漂亮、帅、美、丑、可爱、棒以及任何你会在小广告或竞选词中见到的词汇。简洁挺好，但不是必须。有时候显著细节会以一个词为中心扩展开来。"体重过轻"说成是"她很瘦。不是'我在控制碳水化合物的摄入量'那种苗条，而是'我吃下了一条绦虫'那种皮包骨的瘦"。"年老"说成"她有着奶奶辈的头发，脆弱、纤细、软趴趴的，像是从烘干机里扯出来的棉绒丝，黏在她的头上。"

世界充满异类，常常超过我们坐在电脑屏幕前所能想象到的。这个练习的目的是在电邮、推特和在线档案（如"喜欢家庭观念和沙滩漫步"）的时代找到一种新鲜的方式来描述一个人，更好地塑造人物，给我们自己制造惊喜。

无涯苦海：列提纲的艺术

安迪·斯特拉卡（Andy Straka），已出版五部小说。他的"弗兰克·帕夫利切克"系列曾获夏姆斯奖，并提名安东尼奖、阿加莎奖，该系列的主人公是弗吉尼亚州一名私家侦探兼驯鹰人，曾为纽约市警察局探员。斯特拉卡是一位持照驯鹰人，是每年弗吉尼亚图书节上"犯罪狂潮"板块的合伙创始人，他的《罪行记录》被《推理现场杂志》评为"一流的惊悚小说"。他与家人住在弗吉尼亚州。

一部犯罪小说的创意终于开始成形——至少在你脑中成形。这时候你会怎么做？

打电话给老妈？找你的作家小组谈一下？绞尽脑汁想一句概括性的神句或是一个一鸣惊人的标题？匆匆写下几个发人深省的想法？何不立刻坐下来开始写故事？

很多人会反驳说，写小说，特别是推理小说，第一件事是要列一个详细的提纲，充实每个人物的细节，精心布局每一个情节转折。毕竟，没有蓝图造不了房子。详细的提纲能让你预见到所有潜在的矛盾和难点，从大局出发，而不被每个场景的细枝末节压倒，避免在可能走进死角的次要情节上浪费宝贵的时间。的确，从网上随便一搜就能发现几十种工具，声称能帮你完成这项显然很重要又很艰巨的任务，从图书到软件，应有尽有。这一切听上去都很有逻辑，不是吗？

别这么快下结论。

列提纲确实有很多值得称道的价值。我自己有时也列提纲。但我不列的时候也很多，而且根据我个人的经验，你去问出版过作品的犯罪小说家，包括相当成功的那些，问他们列不列提纲，你可能会大吃一惊：他们的答案可谓五花八门。

伟大的唐纳德·维斯雷克①就曾在某重点大学举办的颇负盛名的图书会议上被问到有关列提纲的问题。听会的人当中有许多文学作家，每个人都希望从这里或者那里收集点信息，帮助他们创作自己的小说。

"我崇尚一个我称之为'叙事推力'的技巧。"维斯雷克一本正经地回答。

"叙事推力？"提问者从座位上倾斜身子，问道："那是什么？"

四周其他听会者，至少那些严肃的作家，也都坐直了身子，准备好了纸笔。他们满心以为这个提问者发现了维斯雷克的神秘配方，正是这个秘诀助他写了一百多部虚构和非虚构作品，三次获得埃德加·爱伦·坡奖，并获美国推理作家协会颁发的终身大师奖这一殊荣。

"其实很简单，"维斯雷克解释道，"我边写边构思。"

不管维斯雷克的技巧对你有没有用，事实是我们都读过这样的书或看过这样的电影：情节以完美的节奏剪辑、铺陈，人物典型到仿佛是从演员选派部直接拉过来的，所有的一切都理应融合在一个宏大而华丽的计划中，注定光芒四射，让我们为之倾倒。

但是没有。故事不仅没有光芒四射，反而遇冷。写剧本、写书时用力过猛——我们观众/读者感到故事的生命力已被抽走。我们感觉被忽悠了。鲜活的、有呼吸的人物不会是那样的表现，情节和事件不会那么整齐地堆叠。我们也没有体会到那种浑然天成、不露痕迹的高超手法和出其不意。

所以，列提纲还是不列提纲，这是个问题。那么（用莎士比亚的妙语来说），"究竟哪一种更为高贵？是默默忍受残酷命运的明枪暗箭，还是拿起武器反抗无涯苦海？"

答案就在你自己。

创作小说的真正魔力在于：每个作者都必须拿着手中白纸，经过

---

① 美国著名推理小说作家。

尝试和失败，继而找到最适合自己的技巧。有的作者会用一沓笔记卡；有的用故事板；有的一头钻进去立即开始写，直到写不下去；而有的则可能在昏暗的屋子里坐上几个小时，构思故事，然后在写故事之前一丝不苟地列一个详细的大纲。

还有一些，比如说我自己，可能会采用一种混合技巧：写一点，然后列一点提纲，将组织好的笔记加进文章，以故事为主导，但偶尔回过头来提前为后几章列好提纲。

不管采用哪种方法，你设计出的细节必须能够支撑故事、让故事更生动。一部布局精妙的推理小说会一层一层地建立起紧张感、悬疑感，而且读者还意识不到。最好的犯罪小说包含各类意想不到的情节，可能会有一个让人瞠目结舌的转折，外加一个红鲱鱼。要达到这种神奇的效果，并不是通过什么公式化的方式，而是通过忠于人物和背景本身。一个情节点如果对故事而言并非顺理成章，就必须将它排除。

很多人问我在写作时脑子里有没有一个结局，我总回答说有，但常常是一个模糊的概况，用埃德加·劳伦斯·多克托罗那段常被引用的名言来形容再合适不过："写小说就像在夜里开车。你目力所及不过是车头灯照得到的地方，但你却可以沿着这条路走完全程。"以我的小说《冰冷的猎物》为例，我开始写的时候一无所有，只有这句开场白："那个戴着滑雪面罩的男人用颤抖的手稳住指向我太阳穴的那杆12号口径莫斯伯格强制型霰弹枪的枪口。"我当时想到，这个男人可能是个年轻人，是某个极端或非法军事团体的成员，除此之外，再无其他。甚至这个持枪人的生活细节在一开始都是不明确的——说到底，他藏在面罩背后。

作为作者的你需要了解自己心中所想，才能找到最适合你的方法。最开始你心中可能只有一个轮廓——一个特殊的人物、一件极富煽动性的事件或者一个出人意表的结尾。从模糊形状到彩色电影并非易事，但却值得一试。

最后你会发现，自己成了一部成功的犯罪小说的作者。

练 习

1. 选一部小说中让你为之苦恼的某一章节或整个板块。试着列个提纲，使用笔记卡为每个场景添加细节。同时用笔记卡进行人物素描。

2. 接下来，针对同一章节，试着用传统的格式概述情节，即由标题逐渐分解成越来越多的细节。

3. 看看能否找到一个你喜欢的提纲或写作软件。（这类软件大部分可以免费试用。）试着用这个软件给同一章节列个提纲。

4. 还是这个章节，试着把小说往深处写，边写边构思，写不下去的时候就停下来，加入一些提纲中的细节。

5. 完成以上步骤后，判断哪种技巧对你来说最有效，或者创造一种你自己的混合技巧。

6. 选你最喜欢的小说或畅销书来试用这项技巧。看看你列出的这本畅销书的章节提纲与你自己的有何不同，找到头绪，以便改进你自己故事的脉络。

3

扩充情节：引人入胜的故事结构

在探寻征程中发现情节与人物

南希·明斯·莱特（Nancy Means Wright），已出版 16 部作品，其中包括五部推理小说，最新作品为《午夜火海：玛丽·沃斯通克拉夫特推理系列之一》（2010）及它的续作《午夜噩梦》（2011）。她的儿童推理小说曾获阿加莎奖，并获阿加莎最佳儿童/青少年小说提名。她的短篇小说曾发表于《美国文艺评论》、《艾勒里·昆恩推理杂志》、最高水准图书合作社[①] 的犯罪小说选集等。写第一部小说时已执教多年，并且是米德尔伯里学院[②] 布雷德洛夫作家创作班学员。南希与爱人及两只缅因猫一起住在佛蒙特州的米德尔伯里镇。

从九年级学习希腊、罗马神话，然后读到荷马的《奥德赛》开始，我就对神话痴迷不已。大学时我又在艺术、文学以及心理学家卡尔·荣格的原型意象中再次发现了这些神话。后来我读到尼采，他声称在睡梦中"我们经历着先前人类的一切思想"。我感到很惊奇，想到我所有的恐惧、疑惑、欲望，先辈们在他们探寻自我成就时都已经历过，原来我在梦中竟然踏入了伟大的潜意识！

但直到多年后，我出版了自己的第一部推理小说，我才算完全理解了这种探寻。经历了离婚的惨痛，我背井离乡，离开了佛蒙特的亲友，来到纽约州哈德逊河谷中部的一所很小的文科学校教书。我感觉自己是个被扔进游离境的贱民。我想要写作，但我必须有一份全职工作。离婚前我开了个头的小说躺在未拆封的箱子里。反正我也不知道怎么写下去——何必继续？当时的我除了 T. S. 艾略特说的那种结尾"没有惊世巨响，只有一声呜咽"的短诗，什么也写不出来。

---

① Level Best Books，美国一家独立出版合作社，每年出版一部新英格兰作家的犯罪小说选集。

② 亦称明德学院。

直到我生日那天，朋友送了我一本约瑟夫·坎贝尔的《神话的力量》。其中有一章叫做"英雄的探险"，我读了一遍又一遍。在这一章，坎贝尔写道："当我们想要向外旅行探索时，我们会回到自我存在的中心；而当我们想要独自一人时，我们会与整个世界同在。"

这可能吗？我开始研究这个探寻征程，发现男/女主人公尽管不情愿，最后也都会不顾一切艰难险阻，离开原本安全、熟悉的环境，踏上冒险征程，去寻求某样失踪或丢失了的东西。这趟旅程既是身体上的，也是心灵上的：找寻内心的一些答案。当探寻者来到这个神秘的"地下世界"，他/她会遇到各种考验、测试、需要抵挡的诱惑和需要击败的妖魔。也会有怀疑、绝望的时候。但凭着一点运气，主人公会遇上一个无私的人来助他达成目标，这个人可能是男人，也可能是女人，说不准会成为主人公的恋爱对象。（巧的是，我自己不久就遇上了，这是后话了。）

探寻者最后胜利了，回到了"家"，对自我、对世界、对自己在这个世界的位置都有了全新的认识。主人公以前一直用一种方式思考，现在必须发现另一种方式"生存或成长"。坎贝尔列举的探寻者接受考验的例子可谓无奇不有：佛祖、奥德修斯、亚瑟王、耶稣、约拿和他的鲸鱼、马丁·路德·金、托马斯·曼和詹姆斯·乔伊斯小说中的主人公，甚至《星球大战》的主人公，等等。

我被迷住了，心想："为什么不把这个探寻征程的原型用到我流产了的推理小说中呢？"离婚前，我读过一篇报道，讲的是一对不信任银行的兄弟，有一天晚上他们遭到袭击，死了。后来警察抓到了行凶的人，说是因为他们在酒吧和小饭馆四处挥霍这些现金，而这些钱散发着一股牲口棚的恶臭。我觉得我必须据此写一部推理小说，尽管在此之前我只出版过主流小说。我把兄弟换成了夫妻，小说以行凶者闯入他们家开头。我引入了一个要强的奶农邻居，此人作为业余侦探，铁了心要找到那几个恶人。然后我离婚了，小说被弃在了 26 页。

现在我迫不及待要重新将它拾起来。这次我的主要关注点不是故事线，而在于这个叫露丝的农民。我要让情节通过她的情感、优点和性格缺陷铺陈开来。尽管露丝最初并不愿意从没完没了伺候牲口的农活中抽出身来，但是被丈夫抛弃的愤怒、邻居遇袭的冤屈以及对佛蒙特农场减少的担忧还是将她拽进了故事。随着时间的推移，她经受了残酷的考验：牛棚着火，家族中一个狂热分子对她的调查暗中使坏，年幼的儿子被欺负而后失踪，向急切的开发商出售农场的压力不断增加。出来帮助她的是曾经的恋人，两个人一起战胜了邪恶力量，回归到"正常生活"。但是创伤改变了他们的思想，就像莎士比亚在《暴风雨》中所写的："他们的眼睛化为了珍珠。"

脑中想着那个探寻征程，我不需要列提纲——我让故事就像露丝的农场那样有机地健康地发展，我给这个故事取名叫《疯狂的季节》。圣马丁出版社一共出版了五部"露丝·威尔玛斯"系列小说，在这个系列的结尾，露丝的奶牛因患疯牛病被隔离了（不是所有冒险都会以喜剧收场）。我后来又写了两部少年推理小说，继续讲征程。现在我又开始了一个新的系列，这个系列的人物是火一般的玛丽·沃斯通克拉夫特。1792 年，她创作了《女权辩护》这部极富开拓性的著作，也因此很多人称她为"穿裙子的鬣狗"。她的一生就是一段寻求妇女权益、社会公正以及严肃作家身份认同的征程。而这段征途却布满荆棘：挚友死于难产；法国大革命时怀孕却被情人抛弃；两度试图自杀；38 岁死亡，这时她刚与作家威廉·戈德温结成良缘，生下未来《弗兰肯斯坦》的作者玛丽·雪莱。

玛丽·沃斯通克拉夫特有着如此聪明、爱探究（但又充满矛盾）的头脑，对不公与虚假毫不忍让，让我觉得她可以是一个非同凡响的侦探。将真实历史与神秘推理相结合当然是一项挑战——某种意义上说，两个探寻征程合二为一。但到今天为止，我已经完成了这个系列的两部作品，其间写作转变了我的思想。我希望它也能改变你的思想。

练 习

创作一个神秘的探寻征程。设想它包括起点、开始（灾难）、归来和转变这几个部分。过程中，考虑下面这些想法和问题。

起点：小说开头时"家"在哪里？以真情描绘这个家，从头至尾把它放在心中。你的主人公追寻的是什么？找出杀手？或者不仅如此，还有其他目的，比如找回工作、健康、从前的爱人、疏远了的家人、信仰或是自信？一个让探寻者踏上征程的理由，让这趟旅程不仅是身体层面的，也是思想（精神）层面的。这个人最想得到的是什么？（写每个场景时都考虑一遍这个问题。）你的小说要以这些问题（追求）开头来吸引读者吗？

也许探寻者追求的是一件实实在在的物件，一件可能会造成更大规模伤亡的物件（想想亚瑟王的圣杯）。让探寻者在找寻过程中使用一样东西或道具，比如某种法宝或者幸运符。别忘了让侦探掌握一些秘密，这些秘密必须在探寻过程中一一解开。最后，这个开头应该写多长？假设整本书的长度是三百多页，开头顶多只能有十几、二十页。

开始：现在紧张感开始增强，探寻者途中将要遇到的障碍也在增多。探寻者将会经受怎样的考验？征程中探寻者将会遇到哪些对手，他们是谁？是杀手？各自心怀鬼胎的其他人？一个折磨着探寻者、试图破坏探寻使命的讨人厌的亲戚、上司、同事？主人公自己会不会变成嫌疑人？有没有人企图谋害探寻者或伤害他/她所爱的人？探寻者会不会深陷自我怀疑甚至想到放弃？

这时候可以引入帮手，可以是个恋爱对象，虽然一直在身边，但探寻者刚刚开始懂得欣赏他/她。这个帮手可以陪伴探寻者度过艰难的黑暗时期，务必在这段时期里加入一些折磨、诱惑和情节转折。让每个场景朝着目标更进一步，给每个场景一个存在的理由和吸引人的结局。一些作者将一部小说当成连起来的一幕幕场景（我在剧场工作过，我也这么认为）。让探寻者的这个"地下世界"在每一幕（总共3~4幕）达到高潮、遇到反转、得到缓解（而非幕间间歇），继而下一幕重新向上攀升，直至戏剧最后的总高潮，我称之为"义不容辞的舞台效果"。

归来与转变：现在黑暗的地道开始往上走，向着光明进发。解开谜题的最终场景节奏要快，至多不过两三页，可能的话还可以加一个终极反转讨读者欢心或让读者惊讶。探寻者得有一个灵光一现的瞬间，像是某种顿悟：原来如此！原来是他！我当时怎么没想到……这个顿悟不仅涉及找出凶手，也涉及侦探本身的意识转变。什么样的转变？最开始天真无邪的他/她意识到了世界的甚至是内心的阴暗面？探寻者本人是不是也杀了人（或者几乎杀了人）？

最后，记住要将所有这一切展示出来，尽量少讲述。最重要的是，改变了的探寻者需要回到家。即使家已经不复原来的模样。就像朗费罗①说的："事物并非表面看上去那样。"

---

① 即亨利·沃兹沃思·朗费罗，美国诗人、翻译家。

控制信息传递

西蒙·布雷特（Simon Brett），写过 80 多本书，其中相当一部分都是推理小说，包括"查尔斯·帕里斯"系列、"帕杰特夫人"系列、"费德林村庄"系列以及"布罗托和特温克丝"系列。根据他的单本惊悚小说《系统震撼》改编的同名电影由迈克尔·凯恩担任主演。

作为作者，跟读者或观众比起来，你有一个巨大的优势：你知道整个故事，而他们不知道。不过在极少数情况下，你着手写时并不了解整个故事。你从一个想法着手，这一个想法很可能引发其他想法，以这些想法为跳板，又会产生进一步的想法。人物在发展，人物之间的冲突也在展开。背景环境在你脑中变得更加清晰、相关度更高。情节开始浮现出来。渐渐地，你的故事成形了。

建构故事的方式没有对与错。有些作家在脑中构思出整个设想前不会动笔开始写；另一些作家则从一个吸引人的句子着手，看这个句子将他们带到哪里去。有些作家将初稿视为写作过程中激动人心的部分——给自己讲故事，而厌恶后面要做的一切改动；另一些作家则觉得初稿无聊透顶，就是创造一堆原材料，然后像雕刻家对待石头一样，从中雕刻出作品并进行完善。对他们而言，写作的乐趣在于剔除渣滓，在于修饰和改造。

但不管作者采取哪种过程，到达某一点的时候，他们都会知道整个故事。这时他们需要决定叙事时在某个特定的点他们希望读者或观众了解故事的多少。

对所有类型的写作来说都是如此，特别是我擅长的两个领域：犯罪小说和喜剧。给的信息过多或过少都会削弱这二者的效果。例如，我记得我妹妹有一次对我说："我刚听说了一个关于巴黎圣母院午餐包的很好笑的笑话。"我请她给我讲讲，她提出陷阱问题："什么东西放在塑料盒里，在钟绳上荡来荡去？"我说我不知道，她揭晓谜底："巴黎圣母院的午餐包!"见我对这个笑话没什么反应，她很失望，但她实在过早给了我过多信息。

这就是讲故事的原理。作者逐渐交代故事，把线索和细节留到最佳时机披露。作者的很大一部分计划都包含这样的思想：要想让一件事在某处发生，必须在前面埋好线。

正因如此，一本书、一部戏剧或剧本最难的一个部分就是说明。需要在尽可能短的时间里传达大量信息。这对影视媒体来说要简单一些。人们的外在形象、生活环境、服饰、物品等都可以增加观众对人物的认识。大部分人物走上舞台或出现在屏幕上的那一刻，所有这些信息都会给人留下印象。

对书来说却没有这样的捷径。一切都需要描述，但需要描述多少则由作者决定。大体的法则是：追求最简化。如果某个人物的身高对故事很重要，那么告诉读者他有多高，否则就不必多此一举。以查尔斯·狄更斯式的手法花两页纸描述每个新出场的人物毫无必要。这条法则同样适用于人物曾经就读的学校、他们父母的职业以及无数其他细节。让读者自己花些工夫，让他们自己在脑中想象画面。只提供与你所讲的故事息息相关的信息。

我听有些作者说，在知道人物的全部细节、长篇累牍建立起人物个人信息档案前无法开始写一部小说。在我看来，这不过是另一种转移注意力的行为——没有人比作家更擅长转移注意力。只要是能把真正写作过程往后推延的事，他们都趋之若鹜。说明的重要性一般体现在一部作品的开头是重写次数最多的部分。在创作故事的过程中会出现新的想法，因此就必须将新的信息注入之前已经设定好的章节或场景中去。这是一项多数作家觉得有难度的工作。倘若你对自己的说明技巧没有把握，我建议你把《莎士比亚全集》从书架上拿下来，翻到《暴风雨》。在这部经典戏剧的第一幕第二场，你会读到一段史上最烂的说明片段。前 284 行用以铺垫情节的背景介绍基本上就是普洛斯彼罗的独白，他女儿米兰达偶尔插两句类似于"然后呢，爸爸?"这种简短的话。这段说明既拙劣又冗长。可见就连大师们写说明时也存在问题。

但是别无他法。你总要通过某种方法将信息传达给读者或观众。真正考验作者技巧的在于"如何"传达。特别是在犯罪小说中，情节往往依赖于某个细节，这个细节读者不能说自己不曾被告知，却是以一种不引人注意的方式偷偷潜入叙述中。看上去微不足道的事物最后经常证明有着举足轻重的作用。

迂回讲述这类信息的技巧就像是魔术师的技法。正如魔术师为了将观众的注意力从他手上转移走而喋喋不休地说话，犯罪小说家也需要找到自己的干扰手段，伪饰某些细节的重要性。你只要遵循讲故事的基本法则即可。将场景写得戏剧性、趣味性或者魅力十足，让读者对你的文字产生情感上的回应，他们就会在无意识中吸收你偷偷塞进故事里的那些真相。

切记书是一个互动的媒介。作者与读者之间的关系可能会发展、变化，但不会消失。一个技艺精湛的作家始终知道，在情节发展的任意一点，自己的言语对读者的影响如何。讲故事就是这么回事。

练 习

锻炼控制信息流的技巧有一个好的途径:写一页对话，其中包含你试图隐藏的真相。比如说，真相是:"牧师曾是职业足球运动员。"思考各种能够传递这一信息的方式，不要使用过多的言语来直接陈述。这个练习的目的是让这一小段对话场景足够吸引人，以至于读者更多关注的是情境的戏剧性，而不会去留意其中包含的真相。唯一的限制是要求你在写作时不能将重要真相隐匿于其他一堆真相之中。

　　这项练习用在作家小组中更是行之有效。导师或考官在几张纸片上写上几条不同的简单信息，参与者每人从帽子或袋子中选一张纸片。每人写一段对话。所有人写完后，对话依次被读出来，让其他参与者猜测隐藏的信息片段是什么。此练习可以将聚会游戏的趣味性与一堂教授作家声东击西策略的实用课结合到一起。

将主人公置于险境

吉姆·纳皮尔（Jim Napier），犯罪小说家、犯罪小说评论家，曾任犯罪小说和创意写作课教师。他的个人网站《致命消遣》上发布他的各类评论、文章以及与当代杰出犯罪小说家的访谈，并向读者和作者提供资源。

"这真是本让人爱不释手的书"，这句话是对一个犯罪小说家的最高赞誉，是甜美的音乐，经常还伴随着另一种让人愉悦的声音——收银机叮当作响的旋律。

诚然，丰富多彩的背景、可信的情节、沉浸于其中的有意思的人物，这些都很重要，但要做到让人爱不释手，核心是**悬念**，是对很可能就在下页发生的可怕事件的恐惧。某种程度上，读惊悚小说就像是开车路过车祸现场：我们不想看，有个声音告诉我们不要去看，但我们还是会去看。

不同之处在于，你不必因为读完一本惊悚小说而感到内疚。

给读者制造恐惧，让他们感到可怕的事情将发生在他们在意的人身上，也就意味着要创作能够引起读者积极共鸣的人物（这倒不是说主人公一定得讨喜）。然后你必须挖掘人物的弱点，可以是身体上的，也可以是心理上的，或者仅仅因为境遇——在错误的时间待在了错误的地方。

想想达芙妮·杜穆里埃的传世之作《丽贝卡》，想想富豪鳏夫迈克斯·德文特的年轻天真的新娘与阴险的自封为光明守护者的管家丹佛斯太太之间的冲突。

最有效的悬疑或恐惧是累积而成的，能够不断增加读者自身的恐惧感，预示即将到来的危险。

举两个例子。在电影《与敌共眠》中，劳拉（朱莉娅·罗伯茨饰）逃离了她的虐待狂、强迫症丈夫马丁。她伪装出海时遇难，换了个身份搬到一个小镇上。她甚至尝试开始一段新的恋情。但丈夫怀疑她没死，开始四处找她。一天，她回到家，发现厨房橱柜里的罐头被仔细重新摆放过，所有的商标一致朝向前方。她警觉地奔到卫生间，想看看早晨她随手扔在一边的毛巾是不是还散落一地，却发现它们已经被一丝不苟地搭在了毛巾架上。毫无疑问：马丁找到她了。

惊悚小说大师彼得·詹姆斯也以类似的方式设定小说《简单死亡》的中心前提：年轻的生意人迈克尔（不是主人公，但仍是个绝佳的例子）就要结婚了。四个最好的朋友给他开婚前单身派对，问题在于：他平常喜欢恶作剧，这四个人都被他捉弄过。现在报仇的时候到了。几个朋友将他灌得酩酊大醉，开车把他带到乡下一处僻静的地方，放在棺材里、埋进浅土，留了根管子伸出地面供他呼吸。然后他们前往附近的一个酒吧，想吓他几个小时。但是命运总有办法破坏最完美的计划。开车驶进附近一条公路时，司机分了心，面包车迎面撞上大卡车，四个搞恶作剧的人当中三人当即毙命，另外一个躺在医院里昏迷不醒，无法告诉任何人他们所做的事。迈克尔彻底被撇下了。当迈克尔坚信他们不会抛弃自己，等着他们归来时，命运又跟他开了另一个玩笑：地下水开始渗进朋友们为这次恶作剧偷来的廉价劣质棺材……

这些优秀的故事都是以塑造一个容易引人共鸣的人物开始，而后设置一个险境，一层层增加悬疑，将读者带入受害人的恐惧中。《与敌共眠》中，朱莉娅·罗伯茨的角色孤单、脆弱。当她意识到丈夫找到她的时候正是深夜，而她必须面对这个坚称"没有你我活不下去，我也不会让你离开我活下去"的疯子。

彼得·詹姆斯的《简单死亡》中，迈克尔面对着好几种人们常有的恐惧症：他被关在一个狭小的幽闭空间里，四周漆黑，有水渗进来，他孤立无援，没有人知道他在哪里。在这两个案例里，作者都在挖掘引人同情的主人公的弱点，让他们独自一人彻底陷入看上去毫无希望的困境。

有效制造悬疑并不仅仅是刻画一个场景的某一特定方面。一个人听到陌生的声音这件事本身并不会让读者脊背发凉。但假设近期已经发生了一连串类似事件，事件中的人物双目失明、孤身一人，无法与外界取得联系（一个精神变态切断了电话线），接着她房门外的地板咯吱吱地响了起来，这时候你就上了道，离将读者紧紧抓在你手中不远了。（奥黛丽·赫本的《盲女惊魂记》就是一个扣人心弦的经典范例。）

练 习

1. 每个人都有这样或者那样的恐惧症。想象你最害怕的事物，围绕它构建一个场景。你怕火？怕水？恐高？怕蛇？想象自己处于那个情境，问问自己什么东西会加深这种恐惧。

举个例子：假设你在树林中迷路了，夜幕降临，气温骤降，险情增加，没有人知道你在哪里。现在危机升级：你还得负责另一个人的安全——一个受到惊吓的小孩。列出当时情境下特有的声音、景象、气味，组合成一两段话，将这些元素逐一加进段落，以增强悬疑感。别忘了加入主人公对每个元素的反应。她有没有紧紧搂住那个孩子，几乎弄疼了孩子？她是出了一身冷汗，还是一脸大无畏地安慰孩子？孩子从她的行为中看出异样了吗？

2. 想象一个熟悉的、令人愉悦的故事背景，比如在一个阳光明媚的日子里驾车行驶在乡间。然后一件一件地引入意外事件。一辆黑色的大型敞篷卡车出现在后视镜里。车窗染了颜色，主人公看不见司机。卡车越来越近，直到主人公只能从后视镜中看到车的铁栅栏。路上没有其他人。卡车在身后紧追不舍、步步紧逼，撞击他的后保险杠。主人公尝试减速，但卡车力量更大。他拿起旁边座位上的手机，却发现没有信号。当他转过拐角，这时最可怕的噩梦出现了：一队养路工在正前方作业，一架坚不可摧的大型推土机堵住了整条道路。

最后我还有几句建议：当写作是（或者应当是）一份适合自己的职业，而不是非做不可的工作——尽情享受吧！记住，如果你对自己创作的东西不满意，可以随时按下删除键。这是作家相比雕塑家而言享有的一个巨大优势。

冲突！冲突！无处不在！

亨利·佩雷兹（Henry Perez），颇受评论界好评的惊悚小说《血红杀戮》与《悼念生者》的作者，亚马逊 Kindle 电子书排名第一的畅销小说家，最新作品是《让死者复生》。佩雷兹从事报社记者工作十余载，此前还曾担任电视、视频制作人。他出生于古巴，年少时移民美国，现与家人住在芝加哥地区。

心存疑惑时，不妨写一个人拿着枪走进一扇门。

——雷蒙德·钱德勒

你已经写了三四万字，目前为止你的稿子充满了各种纠葛和可能性，但现在你遇到了瓶颈，叙事开始慢下来，或者甚至可能停滞。不论新手还是老手，都可能碰到这样的情况，常常是在第二幕的某处。

这种情况的发生，原因往往只有一个——冲突，或者准确而言，缺乏冲突。这是新手面临的普遍问题，他们花大量时间打磨核心故事，最后意识到无论这个故事多么强大，总是不足以撑起一部长篇。这也意味着故事，或者很可能是人物，没有层次感，没有得到足够的发展，不能支撑读者读完 400～600 页。你需要增加冲突。

这种情况有两个基本的补救措施。第一，在主人公的前进道路上设置新的障碍。这么做会给你的故事带来一点火花，但如果过于密集或简单粗暴，就会给人造作之感，引起读者的反感。另一个措施是增加一两条副线来让主人公的生活变得复杂化，阻碍其行动。

最佳选择是将二者结合起来，让副线的故事纠葛成为主人公的前进障碍。这种处理方式会让所产生的问题看上去合情合理。

在我的第一部惊悚小说《血红杀戮》中，报社记者亚历克斯·查帕得在潜在杀人犯到达之前找到一个被打上死亡标记的女人。这是推动故事的核心情节，开启了查帕的首要任务。还有两条重要的支线。第一条是关于查帕如何在前妻不让见面的情况下努力与年幼的女儿保持联系。第二条涉及他工作中不断出现的问题，他所从事的行业正在痛苦地消亡。

我的每本书中，都有那么几处主人公日常生活中的问题会妨碍他达成首要目标。这些纠葛以及主人公的应对方式有助于让人物更有层次感，而不仅仅局限于手中的任务，同时也能起到推动剧情的作用。

次要问题及其引起的矛盾冲突也可以用来揭示人物的背景故事，这就可以避免笨重的说明或者长篇累牍地倾倒信息，避免为了将人物的必要信息告诉读者而用那些烦人的、似乎无休无止的段落让故事戛然而止。

练 习

我不止一次听到苦苦挣扎的作者说他们不知如何往一个他们认为已经完全成形的情节里加冲突。他们设了一个精彩的局，知道怎么解开这个局，但突然少了连接情节的点。设计本练习就是要激发你的想象力，使用现实世界的场景和问题来为你的故事增加冲突。

步骤一

以日记的形式记录你的日常活动，尤其关注你每天经历的那些矛盾冲突。我并不仅仅指你和另一半之间的分歧或者与邻居的争吵（尽管那些也包含在内），还有大大小小的各种冲突，任何对你想要或者需要做的事情造成干扰的事物。

你早上是不是因为睡过头而赶着去上班？这就是冲突。你需不需要停下来想一想是刷信用卡还是借记卡加油？因为一张已经刷爆，另一张上面也不剩什么钱了。这也是冲突。写下来。你有没有听到办公室里传的谣言，说公司削减预算，好几个人，包括你自己，可能会丢掉工作？把这也写下来。

几乎我们所有人每天都经历着各种形式的矛盾冲突。尽管这些矛盾冲突如我们所希望的那样并非大规模的、危及生命的，并不足以成为犯罪小说的燃料，但是这些日常纠葛可以成为那些大问题的根源。

至少记一两周日记，甚至可以长达一个月。不要因为事件太小就犹豫要不要记。在此过程中没理由修正自己。

步骤二

现在回顾你日记里的条目，选出至少半打进行展开。放任你的想象力去创作微小的情节来解释每个冲突背后可能存在的原因。

上周那天早上你之所以睡过头，可能因为隔壁邻居家传来的奇怪声响让你整晚睡不着。你现在突然意识到，自那以后你虽然看见他家妻子冲向自己的汽车后又匆匆离开，却没看见过那丈夫。

你账户里存款所剩无几的原因可能是你借了几百美元给你那游手好闲的表弟。那是两个月前的事，此后他就杳无音讯。而为什么你账户里的钱流失的数额会比你借给他的要多呢？

公司削减预算让每个人内心不安，而你知道原因可能跟几个礼拜前上了你老板车的那个年轻女人有关。你又回想到上周走进老板办公室时看到他脸上绝望的表情，当时他正低声打着电话。

日常的几个问题现在转变成了：一个可能有谋杀倾向的邻居、一个可能在偷你钱的坏表弟以及一个可能因玩弄女性陷入敲诈阴谋的老板。

对你日记里尽可能多的条目进行这项操作，并从中获得乐趣。

步骤三

现在我们将同样的方法用在你的主人公身上。暂且不要去想你已经写好的部分、列好的大纲或者头脑中已有的想法。相反，让我们回到故事开始前的一个月。

你的主人公生活中最典型的一天是什么样的？他们有哪些冲突需要处理？哪些已经解决，哪些悬而未决？关键的问题在于：哪些冲突可以发展成支线剧情，编到你的叙事中去？

给日常事件创造背景故事也是一个行之有效的方法，它能够让反派或次要人物更复杂、更有深度。

你也许会产生疑问，不确定是否可以跳过个人日记这部分，直接创建人物背景。当然可以。但以自身经历为模板常常可以带来更有用、更别出心裁的结果。

避免中段松弛

简·K·克莱兰（Jane K. Cleland），"乔西·普雷斯科特古董探案"系列的作者，该系列是美国独立侦探小说商协会最佳畅销书，曾获阿加莎奖、安东尼奖提名。这一系列常被誉为推理小说爱好者的《古董巡展秀》。《交付死神》被《图书馆杂志》列入"温馨系"推理小说核心书目，推荐给广大寻找此类图书的图书馆馆员，仅22本图书入选此名单，其中包含阿加莎·克里斯蒂、多萝西·L·塞耶斯等名家的作品。

松弛的故事中段葬送了多数推理小说家的前程。你的故事以一声巨响（一次中毒或当头一棒）开头；你介绍了人物，做足了基础工作，带着可信动机的嫌疑人也进入了读者的雷达范围；你的侦探已经展开调查。你差不多已经进展到四分之一处，此时速度慢了下来，几近龟速爬行：情节变得可以预测，你不知道如何才能让情节生动起来。

答案是将一本书分为四个部分，在中间两部分分三次增加紧张感。杀一个人、引入悬念或者加一段情节转折。当然，这说起来容易做起来难，因为你的任何作为都不能显得刻意或者过分巧合。所有事件必须以人物为基础，有组织、有秩序地发展；同理，人物发展也必须由事件自然而然地引发。

最容易引起紧张的事件发生在日常生活中。比如，你在摆放食品、杂物时发现刀架上少了把刀。半夜门铃响了，你从门眼往外看，却一个人也没有。你一个人在电梯里，电梯门正在关闭，这时突然一只手伸了进来。

如果你将小说一分为四，设计中间部分的紧张情节将会变得相对容易。前四分之一，介绍人物、设置场景、交代杀人案件。后四分之一将所有情节线编织成一个连贯的整体，破解罪案，解开其他显著疑团。在中间两个四分之一，通过加入三次险情增强紧张感。

例如，假设你的书的长度为 300 页。在 75 页（四分之一处）与 225 页（四分之三处）之间设计三个事件来撑起这 150 页。例如，在"乔西·普雷斯科特古董探案"系列的第六部——《致命线索》的中心部分，我就采取了以下办法：

1. 吓唬乔西，当她一个人走在昏暗、阴冷的仓库时，让她听到一些奇怪的响声。

2. 枪击乔西的下属格雷琴，当时乔西就站在她身旁，让读者怀疑子弹是不是射向乔西的。

3. 放火烧掉格雷琴的房子，乔西以为格雷琴在房内，试图救她。

以第一个事件为例。早在书的中段之前，你已经读到一个名叫艾娃的热心实习生。她对学习古董鉴定业务颇为上心，对乔西刚刚受雇去鉴定的那套复古服装藏品尤为痴迷。我还埋下了一个伏笔（在前面提到过）：艾娃像多数大学年纪的同龄人一样，只要有空就拿着 iPod 听音乐。

在下面摘选的段落中，乔西独自走在阴暗的、洞穴般的仓库中，这时她听到奇怪的声音，先是轻微的窸窸窣窣声，继而变为尖细的刮擦声。

"你好！"我喊道，"这儿有人吗？"

没人回应，一声刮擦声后接着是一阵轻柔的声响，也许是脚步声，而后又是一丝窸窣、一声刮擦。

不管谁在里面，为什么不作回应呢？我有点疑惑。也许是只小动物溜进来了，松鼠什么的。我也谈不上害怕，但情况确实很诡异，我一个人站在一个近乎漆黑的地方，耳朵里传来奇怪的、陌生的声响。我告诉自己别犯傻，现在是工作时间，我在自己的房子里，不可能出什么差错。话虽如此，当我开始沿着中间过道走的时候，似乎有一阵冷风吹过仓库，我打了个寒战。

乔西蹑手蹑脚地从一些人形的影子旁走过，紧张感逐渐增加，她心跳加速、脉搏加快，因为她知道有个杀人犯在逃。这个场景是能引起共鸣的——我们可以想象自己处在这种情形下是什么感觉。当她发现艾娃听着 iPod 走在一排排塑封的服装货架间的时候，我们所有人都松了一口气。任务完成——我在书的中间部分加入了紧张感。

为了帮助自己想出让人脊背发凉、紧张刺激的事件，令读者产生共鸣，不妨想一想不寻常事件对普通人的影响，并从感观层面描述出来。在《致命线索》的第一处情节转折点，乔西身处一个昏暗、阴沉的环境，意外看到一些神秘图形（视觉）；第二处，她听到爆破声和枪击声，但不知道声音是从哪儿传来的（听觉）；第三处，她看见烟从公寓里喷涌而出，闻到刺鼻的浓烟（嗅觉）。

想一想事件会给人物带来什么样的感觉，这有助于你选择那些与现实相符的、有分量、有意义的事件，制造出诱人而又危机四伏的紧张感。

练 习

写推理或惊悚小说时，你首先要决定的是故事背景、时间铺排、犯罪案件、主人公、嫌疑人、罪犯、沿途需要埋下的线索，以及你打算采用的支线情节。将这些按时间顺序写下来，就是你的情节。这一步一旦完成，为了避免中段松弛，就需要像上面描述的那样，加入三个反转情节、意外或悬疑事件，或者危险元素。

看到什么会让你的主人公感到震惊或害怕？

听到什么会让你的主人公感到震惊或害怕？

尝到什么会让你的主人公感到震惊或害怕？

闻到什么会让你的主人公感到震惊或害怕？

摸到什么会让你的主人公感到震惊或害怕？

让人物弧线人性化

格雷厄姆·布朗（Graham Brown），当过飞行员、律师、挖沟人（此事说来话长）。如饥似渴的读书欲让他决定自己写一本小说，他心想："这能有多难？"十年后，兰登书屋买下了他的第一部长篇小说《黑雨》。其续集《黑日》围绕2012启示录展开，情节转折，独一无二。格雷厄姆目前正在创作他的第三部长篇小说以及两个剧本。

一部小说的成功有多个重要的方面，我所说的成功是指有趣、难忘、令人愉悦，而不一定非要多畅销。

一般而言，我们必须着眼于整个项目的大局，即便是在打磨细节时。我们都知道思想为"王"，情节转折需要"惊世骇俗"，节奏必须快到"喘不过气来"，然而，很多作家往往过分关注这些方面，而忘了人物塑造。

有时候是有意为之。我与好多作家聊过，他们坚持认为故事是"发生的事件"，而非人物对事件的感受或者事件如何影响人物。

其他时候则是无意的。我们对人物太过了解，以至于最终竟没能清楚刻画他们的本性。他们变成了机器，仅仅用来推动剧情，在适当的时候发现线索，等等……

一些次要人物这样处理也许没问题，但主要人物一定不能这样。如果你希望读者与他们产生共鸣，希望读者记住他们、记住你的书，就一定不能这样。

如果读者与你的主要人物建立起关联、理解并认同他们、将自己放在他们的位置上，也就是说，痛其所痛，那么每当主人公克服你摆在他们面前的任何致命的、惊人的障碍时，读者就会感到脑内内啡肽激增，感到巨大的喜悦，就好像他们自己成功了一样。这样他们才能记住你的书，因为小说的成功，是读者的成功，同时也是书中人物的胜利。

不妨想一下体育迷们是如何高呼他们今年"大获全胜"的，尽管他们一场比赛未打、一次球没投。写作也是一样。

"好吧，"你说，"这个建议很好，那我具体要怎么做呢?"

第一课：击垮现有人物。你必须让他们不那么完美。必须让他们有缺点、会犯错、会后悔。必须让他们的过去有过几次失败。本质上讲，你必须让他们变成有血有肉的人。

下面我会以一些电影为例进行阐述，因为在美国每年出品电影150部左右，相比每年出版的 60 000 多本新书，更被大众熟知；也因为平均一部电影剧本包含 110 页左右的内容，大部分都是对话，成功点及失败点都很容易找到。

最经典的例子就是我的最爱之一："007"系列。我大爱这个系列的电影：大量伟大的特技和动作场面；时不时出现的精妙台词；异常美丽动人的女郎；快速不间断的节奏。这一配置畅行了将近五十年，吸金数量高达几十亿美元。它也影响了许多小说，包括我的小说。但"007"系列近些年的很多电影对我而言很大程度上只是模糊的一团。看的时候津津有味，片尾字幕打出不久就忘得差不多了。

随着新作家的加入以及丹尼尔·克雷格扮演的新邦德的出现，我们突然发现，眼前的邦德不再那么完美了。他更像是个被驱逐的流浪汉，事业也不在巅峰期，M 女士甚至视他为恶棍，认为自己将他提拔到 00 组是个错误。

因此，丹尼尔·克雷格的邦德出场时忍辱负重、急需证明自己。此后境况更是急转直下，直到这个邦德疯狂爱上了女主角薇斯贝·琳德，这点不同于以往任何邦德。他差点为她丧命，最终却发现她背叛了自己和这个国家。他所感受到的苦涩几乎渗出了屏幕（当然，对一本书而言，是渗出页面），而这个带着缺点、脆弱和失败的邦德，触动了我们的心弦。我们记住了他。我们记得他就像一把上膛的枪蓄势待发，并不因为如是我闻，而是因为我们能够感同身受。

第二课：让人物的缺点对剧情造成影响。最经典的例子来自史上最好的惊悚片之一：《谍影重重》。谁都看过马特·达蒙的这部电影，精彩绝伦。劳勃·勒德伦原著的精彩程度也毫不逊色。

这个故事里的威胁其实并不特别：一个老到的恐怖分子预备刺杀纽约的一拨人。特别之处在于杰森·伯恩这个人物。他不仅是有缺点的，而且全身都是缺点。

他最大的缺点当然是记忆缺失。这一点与剧情高度相关，因为有人想杀他，而他不知道这些人是谁、为什么要杀他。他因此变得脆弱，这又是一个缺点。他的悲剧还在于如果想不起来自己是谁，就会有恐怖事件发生（恐怖分子枪击事件），但如果想起来，真相可能会带走他生命中唯一的亮光：那个视他为朋友的女人。

杰森·伯恩的人生鲜少成功，但由于他本性善良，总是努力做正确的事，因而不管他曾经是什么身份，我们都能够认同他。谁不曾努力弥补过去的过失呢？因此读者为他打气，与他一起享受成功，并且不会忘记他。

这才是你希望人物能够达到的效果。

练　习

1. 摘出主人公。想出三种方法让他/她变得不完美、悲情、脆弱，并且很可能会失败。

2. 让这些缺陷成为情节的一部分，也就是说主人公必须至少克服部分缺陷才能战胜反派。

人物动机

凯西・皮肯斯（Cathy Pickens），她的第一部推理小说《南部炙烤》获圣马丁出版社国内悬疑奖最佳新传统推理小说奖。她在夏洛特皇后大学麦科尔商学院教授法律，是梅克伦堡法医学院的院长，目前是全美推理作家机构美国推理作家协会的董事会成员以及犯罪写作姊妹会的会长。

一天，我在一个墓地里看到一位身材高大、头发花白的老人从一辆笨重的别克车里出来，打开后备箱，拽出笤帚和修剪工具，郑重其事地开始修理一座青铜墓碑周边的杂草。他剪了又扫，而后又仔细检查自己的成果。

在怀念深爱的妻子，我猜想。

但身为作者的我开始思考，除了浪漫情怀之外，还有没有什么其他原因使他来到这片墓地。无法克服的悲伤？生前让妻子感到心烦的强迫症？杀了妻子或促使妻子自杀的愧疚？或者地下躺着的根本不是他的妻子，而是相处多年、与他一起折磨他妻子的情人？

不同的动机将故事引向截然不同的方向。

动机是人物做某件事的原因。动机以及其他人的行为如何影响人物的动机，是推动故事发展的动力。要创造吸引人的人物，作者必须知道是什么驱动着每一页上的每一个人物。

判断是什么驱动人物时，"为什么"是作者可以问的最重要的问题。你问人物"为什么"的次数越多，越能深入了解他们的动机。不要采纳第一时间浮现出的那个简单答案。我们每个人的行为都有多方面原因，最有趣的那些往往被深深掩埋，藏在我们自己都不知道的地方。

此外，作者还应考量读者的动机。是什么让读者决定读这本书？每做一件事都有强大的、令人信服的动机的人物才是能够吸引读者的人物。犯罪小说的读者喜欢解决谜题。他们希望同善与恶作较量。最重要的是，他们喜欢英雄（甚至是黑暗面向的），想要知道为什么。"为什么"这个问题在现实生活中很少能够得到令人满意的回答，所以我们转向小说，希望小说能够帮我们理解人们的行为是为了什么。

要回答为什么，我想先建立这样一个结构：我的人物因为 Y 想要 X，但却因为 Z 而得不到。Y 是动机，Z 是冲突。每一个人物、每一个场景、每一个故事弧线都需要有这样一个结构。

对一部犯罪小说来说，最重要的是侦探或者解谜者参与到案件中必须要有一个原因。相对于因为职业原因参与到犯罪案件中的侦探（律师、警察、私家侦探、记者等），为业余侦探找一个立得住的动机更难。在系列小说中（犯罪小说读者喜爱系列故事），随着情节推进，侦探参与其中的动机也会改变，特别是当这个侦探并不从事破案这一职业的时候。

人物不能只在故事里游荡，而必须在每个阶段都被一种强大的力量驱使。对一个侦探来说，目标就是破解罪案。然而为什么？买个甜甜圈、祈祷万事大吉不是更不费力气吗？职业侦探破案会得到报酬，但那是读者真正感兴趣的吗？那是小说或现实生活中真正驱动着英雄人物的动机吗？"我这么做因为这是我的工作"，这句话从一个奋不顾身、冒着一切危险的男人或女人口中说出来会更有效果，他/她个人的动机不是钱，而是骄傲、恐惧、警惕心或者保护无辜者的愿望（一个特定的无辜的人，会比无形的、身份不明的一群人更有吸引力）。

你的侦探为什么想要参与其中？因为有人向他求助？不是很有吸引力，但至少是个开始。总好过侦探漫无目的地晃入危险境地。也许他想参与其中是因为有人要求他这么做……因为他想挽回过去的某段失败经历、救赎自己；或者是因为他所爱的人受到了指控，所以他想出手帮忙；又或者……

越具体，就越私人；越个人、与侦探或故事中人物联系越紧密，动机就越强。

强大的动机还必须面临强大的阻力。如果你的人物想要的那件重要的东西轻而易举就能得到，那这不算什么故事。每个人物都必须希望得到什么，却因为某种原因得不到。冲突与动机连接起来。这时坏人或反派就该出场了。

侦探或主人公的动机固然至关重要，坏人或次要反派的动机也不容忽视。作者理解主人公可能很容易，理解坏人却没有那么顺畅。有些反派确实罪大恶极，有些只是因为意外，但他们无一例外需要一个不亚于主人公的可信动机。达不到这一点，故事就会比理想状态平淡、单薄。

多花些时间在反派脑子里（这个反派可能不是坏人，仅仅是某一场景中的障碍而已），判断她要什么、为什么，这么做能为你的读者带来一个更饱满的故事。记住，坏人或反派也面临阻碍，对他们来说，阻碍是侦探、受害人或其他阻挡她的人。

杀人犯为什么选择杀人？随便哪个刑事公诉人都会告诉你，动机不是有罪与否的必要证明，然而，同样一个公诉人会铆足了劲儿编织一个故事，向陪审团解释罪犯为什么这么做，因为陪审员想知道一个人犯罪的动机是什么。读者也想知道。

花些时间问问你的罪犯、受害人以及侦探"为什么"。人物不要塑造得像纸板剪影，轻而易举可以从一处挪到另一处。你需要的是读者能够理解的有血有肉的人物，即使读者并不十分喜欢他们。问"为什么"，一直问，直到他们告诉你真相。

练　习

1. 选你最喜欢的一本书、一部电影或电视剧，描绘出人物动机：

这个人物因为 Y 想要 X，但是 Z 挡在中间。

人物需要有承载故事弧线的动机，也需要有每个场景内的动机。在安东尼·鲍威尔的《与时代合拍的舞蹈》中，尼克希望叔叔贾尔斯离开，因为他让尼克感到难堪，而且他在尼克的宿舍抽烟，会给尼克带来麻烦，而叔叔贾尔斯希望尼克帮忙弄些钱。两个人物都有各自的动机，让叔叔去学校探望侄子这个原本简单无奇的场景变得值得一读。

在你的样本里，为什么你喜爱的那个侦探会参与到案件中？应该不仅仅是出于无聊的好奇心。佩里·梅森为什么要接令人望而生畏的案子？显然并不因为这是份工作。有时候他甚至得不到报酬。那么他为什么接难解的案件呢？因为案件中的女孩迷人且无助。因为他想当英雄。因为他想拯救弱者。因为他想折磨哈密尔顿·伯格。因为他想测试自己。侦探们参与到案件中需要有扣人心弦的、令人信服的，甚至英雄主义的原因。

坏人为什么要杀人，为什么要破坏与他人之间最基本的一项合约？骄傲被描述成终极罪孽，光明天使路西法被逐出天国皆是因为骄傲。问坏人"为什么"，问多了，你就会发现以各种形式出现的病态的骄傲：恐惧、厌恶、贪婪……

2. 现在来看看你自己书中的人物。你多久问他们一次"为什么"？他们有没有诚实地告诉你他们想要什么以及为什么想要？不断地问，往深处挖，找到是什么在驱动他们。他们的内在动机是产生精彩小说的根源。

保持悬疑

詹姆斯·斯科特·贝尔（James Scott Bell），畅销书作家，代表作有《受骗》、《尝试死亡》、《尝试黑暗》、《尝试恐惧》及其他几部惊悚小说。他是美国《作家文摘》的小说专栏作家，创作了三本关于小说写作的畅销书：《情节与结构》、《从创意到畅销书》、《作家的战争艺术》。现居住在洛杉矶从事写作。

接下来会发生什么？

你希望这个问题一直存在于读者心中。

这是他们阅读到深夜的动力。

这就是悬念。

每部小说都需要。

小说的悬念是一种对于不确定性的愉快感受。这种感受在惊悚或推理小说中毫无疑问必须贯穿始终，而在人物主导的小说或文学作品中同样不可或缺。除非读者感受到这种愉快的不确定性，否则故事就会显得拖沓，书也会被弃之一旁。

有两种方法可以避免发生这种情形。

死亡威胁。人身死亡无疑是大部分悬疑小说的基本准则。在逃的连环杀手、有强大动机要杀死主人公的反派、对知情者杀人灭口的邪恶阴谋等，这类主题变化多端、数不胜数。

戴维·莫雷尔的《保镖》从一开头就埋下了死亡威胁。主人公卡瓦诺是个职业保镖，在一个长达50页的追杀场景中，他保护着一个叫普雷斯科特的人，使他免遭杀手团伙杀害。被抓住，他们就会死，所以我们一路读下去，想看看他们能不能成功逃脱。整本书自始至终都存在那些危险。

然而也有其他类型的死亡。比如职业死亡。如果主人公不能完成任务，他的生计就难以为继。他必须成功。

想想巴里·里德《大审判》中那个潦倒的律师，他接到了最后一桩案件，这是扭转他职业生涯的最后一次机会。同样的冲突还可能发生在受辱的警察、失败的侦探或者任何从事着对社会至关重要的工作的人身上。

此外还有心理死亡。这一类型的威胁笼罩在那里，能将一部文学作品变为悬疑读物。除非人物能够找到一个活下去的理由、解答过去的一个黑暗谜题或者治愈儿时留下的创伤，否则她的内心就会死掉，生活将变得难以承受。

在珍妮特·菲奇的《白色夹竹桃》中，年轻的阿斯特丽德必须从她强势的母亲英格丽德的致命影响中解脱出来，并要战胜在一个个寄养家庭中受到的情感挑战。阿斯特丽德内心在死亡，这个威胁充斥着每一页。

任何一种形式的死亡，想让读者买账，关键都在于前期创造场景，展现那个核心问题对主人公而言意味着什么。如果你的书中还没有出现过这样的场景，那么现在加上。让读者感受到面临着什么危险。

一个引人共鸣的主人公。整部小说可能弥漫着死亡的气息，但除非我们在意主人公，否则很难真正走心。为此我们需要让主要角色能引人共鸣。

与单纯的移情（理解与认同的能力）不同，共鸣能让我们从情感上与主角站在同一边。

要产生共鸣，首先，人物要丰满，既有优点，也有缺点。没有人可以和完美无缺的人产生共鸣。

其次，人物在某种层面上必须有种。对于主要人物来说，第一法则是**不能是懦夫**。懦夫指那些坐着不动、接受一切的人，凡事只被动反应，不主动出击。让你的人物向摆在他们面前的各种反动势力发起挑战。

约翰·卢兹的《午夜来电》中，前警察伊齐基尔·库珀是个在社区里游荡的人，"没有工作，没有社交生活，漫无目的"。他在与癌症抗争，此时唯一的女儿被谋杀了。葬礼过后，他独自一人在公寓里，"陪伴他的只有悲伤……以及自怜"。

但是卢兹并没有让库珀坐以待毙。该章节结尾的时候，他会找到一个老朋友帮他了解警察到底在做些什么。"不是明天。就今天。他不能寄希望于明天。"

读者投入的情感越多，阅读体验就越棒。

练　习

1. 你故事中弥漫的是何种死亡威胁？如果不是人身死亡，那就必须是职业或者心理上的死亡。如果情势没有那么危急，那么想办法加强。对任何故事你都可以这么做。接下来就是用充分的背景故事来支撑这些危急的情势。

2. 分析你的主人公。她是不是跟所有人一样并不完美，但很坚强？她是不是有需要照顾的人，却并不因此牢骚满腹？她是不是一个勇于行动的人？做这些改变，读者就会真正地关心接下来会发生什么。

可信性

爱玲·G·拜伦（Aileen G. Baron），近东考古学家，已退休，"莉莉·桑普森"系列小说的作者，该系列以"二战"时的中东为背景，主人公是考古学家莉莉·桑普森。该系列包括小说《苍蝇有 100 只眼睛》、《丹吉尔火炬》、《为蝎所咬》。《色雷斯的金子》，她的当代系列的第一本，写的是古董行业的阴谋与欺诈，主人公是考古学教授、国际刑警的考古学顾问塔玛尔·萨蒂科伊。

读推理小说时最让我困扰、超出我忍受范围的就是发现不现实、不可能、不合理之处，它们从书页里跳出来，向我尖叫。

你会说，这不过是虚构小说。有时畅销书作家摧毁了一切关于真实感的希望，仍然不会受到惩罚。也许他们可以，但是你我不行。

你必须知道自己在做什么。19 世纪早期有两位最著名的美国作家：华盛顿·欧文和詹姆斯·费尼莫尔·库柏。华盛顿·欧文将不真实当做制造尖锐幽默和讽刺的武器，而库柏写的是冒险故事。

在他那个时代，库柏的《皮袜子故事集》畅销一时；他的人物超出现实生活。与今天很多惊悚小说一样，情节和人物塑造基于超现实。没有人可以拥有纳提·班波那样超乎常人的敏锐射击术和视力，没有人能像钦加奇那样在河床上追踪水下的脚印。

在一篇名为《费尼莫尔·库柏的文学罪行》的趣闻中，马克·吐温列举了库柏在《猎鹿人》一书的三分之二处犯下的 18 项罪行，上限是 19 项。其中一项是触犯了这样一个要求："故事的人物应该将自己限定在可信范围内，远离奇迹；倘若他们碰上一个奇迹，作者必须以一种说得通的方式写出来，让它看上去有可能、符合情理。"

对可信性来说，调查研究和精准观察至关重要。马克·吐温曾说库柏"看几乎所有事物都是透过玻璃眼，黑暗模糊"。

与《皮袜子故事集》一样，一些类型的惊悚小说以不真实为基础，在这些小说里，如果发生这样或那样的事，我们所知道的世界就会终结。有时候这类设定荒谬到你想要勒死作者。对这类书来说这也许是可以接受的，不过是对现实的一种浪漫主义逃避。

但在一部精巧构思的推理小说里，一切都必须站得住脚，不然读者脑中就会拉响警报。特别是在关键场景中，主人公不能到最后一分钟突然有了意想不到的技能。

我在小说《色雷斯的金子》中就遇到过这种情况。故事高潮的一个场景里，塔玛尔将一个油漆桶扔向敌人，打掉了对方手中的武器。为了让这个行为有说服力，表明她扔东西确实可以这么有力而精准，我必须回到前面，写一个她扔石头砸毒蛇拯救同事的场景。为了解释她这项技能的由来，我又在书的早期加入了一个小闪回，写她为了跟兄弟们比赛学过怎么又快又有力地投掷棒球。

在你自己的故事里试试这个技巧。

练 习

1. 为你的故事写一幕高潮的场景，主人公要在那个场景里展现一项特殊的能力或技能来战胜敌人。

2. 现在增加悬疑。让主人公尝试其他方法对付敌人并且均告失败。让敌人变得更加强大。这里需要注意，不要过分夸张，把他/她写成卡通人物。在灾难即将来临的最后一刻，要让主人公施展特殊技能。

3. 写一个早一些的场景，写主人公对这项技能稍加使用就救了同伴。不着痕迹地将这个场景加进你的故事。

4. 用一段的长度写一个短的闪回，展现主人公如何以及为什么学会并完善了这项能力。你怎么在故事中安置这个段落？你怎么进入以及结束闪回？是什么触动了这个记忆？一个物件？一种气味？还是一句偶然的话？

4

案件调查员：了解你的侦探

找到你的侦探的关键优缺点

道科·麦康伯（Doc Macomber），他的写作生涯纵跨 20 年，作品包括多部独幕剧、电影剧本、短篇小说、青年小说、成人推理小说等。道科在一支空军特种战术部队服役，在哥伦比亚河的一艘游艇上生活。他为《血书》和《推理小说读者杂志》撰写文章，讲述他的越南侦察员杰克·吴的发展以及这个民族侦探的历史。他的"杰克·吴"系列小说包括《杀手硬币》、《狼的救赎》和《剪》。

几年前，我还是个初出茅庐的作家，那时我决定写一个虚构的侦探，我犯了一个新人常犯的错误。我的私家侦探是一个顽固不合群的人，为社会所不容，恋爱关系总是分分合合，经济窘迫，勉强维持基本生活，当然，他还嗜酒。

那时我在读罗伯特·B·帕克、约翰·D·麦克唐纳等作家以及暴力侦探"迈克·哈默"系列小说。这些侦探就像罗伯特·米彻姆那类硬汉形象，身强体壮，对坏人直接挥拳相向，是所有女人的梦中情人，每一个都是男人中的男人。我按这个路子塑造我的侦探。我早期的尝试没能得到任何出版商的认可。他们以前见过这个形象，而且前人的水平比我高得多。很快我意识到我必须创造属于自己的独一无二的人物，一些作家刚起步就是这么做的。

说到创作主人公杰克·雷彻，李·查德表示："我观察了其他所有人在做的事情，特别是迈克尔·康奈利，因为他的作品我一读就知道会大获成功。干吗去和已经成功的竞争？所以我做了一切他人没有做的事情。我创造了一个既不是酒鬼也不是警察的人物。他没有被女人、工作或酒精摧毁，他只是有一天抛下一切四处流浪，并没有刻意要去帮什么人。但雷彻从不会从战斗中退缩。"*

* 布彻推理大会，旧金山，2010 年 10 月 16 日。

　　我当时在一个空军特种作战部队服役，所以我决定将我的侦探放在一个我熟知的世界里。我以一个一起服过役的战友为原型创作了一名军队调查员。他不是你印象中那种典型的美国大兵。他是个个头矮小的亚洲人，小时候经历过战争。他的早年生活充满了动荡、苦难以及为生存所做的了不起的挣扎。但这一切你从他平静的脸上看不出来。随着我们友谊的增进，他开始跟我分享更多他的经历，我被吸引住了。我希望知道更多他的事，慢慢地我意识到别人也会想知道。

　　我赋予书里的侦探明显的越南人特质和多样化的民族背景，让他成为空军特别调查处的一员。将他塑造成一条离开了水的外来鱼从而制造冲突，这样我就可以向美国读者展示他们不熟悉的特殊个性元素。这个系列因而火了起来。

　　我做的第一件事是审视我希望这个侦探具备的关键优缺点。我用到了军人的几个基本核心价值——正直、服务先于自我、卓越，同时也赋予了他一些独有的特质。他是个佛教徒，相信轮回和因果报应。过去的经历也造成了他的一些弱点，比如强烈渴求孤独，比如头脑顽固、肠胃敏感。成功的人物形象不仅要有我们崇拜的特质，也要有"泥足"，即让他们变得人性化的弱点，让我们能够产生认同感。

　　你的侦探可以有军队背景，可以是一个警察或私家侦探。他可以是大学毕业生或高中辍学生。她可以是 70 多岁住在养老院的业余侦探、酷毙了的赏金猎人或者强壮的黑人女同性恋。

　　不管你怎么写你的侦探，为了塑造他们个性中的关键要素，你需要了解什么样的经历造就了他们，让他们以血肉饱满的形象跃然纸上。他们童年时发生过什么？谁把他们养大？父母、祖父母还是养父母？他们崇拜谁？谁伤害了他们以及他们是怎么应对的？发生了一系列什么事情导致他们成了侦探？

　　创作一个新鲜的文学面孔，你需要决定你的侦探性格构成中的方方面面，包括好的和坏的。优点可以包括道德感、勇气、聪明、机智、自信、坚定的核心信念、顽强、坚强等。让人物变得人性化的缺点可以有自私、胆小、懒惰、嗜酒、笨拙、目光短浅、容易冲动、冷淡、孤僻等。

注意到没有？有些特质既可以划为优点又可以划为缺点。有些人会认为酗酒是性格上的优点。同样，在侦探小说中长期存在的孤僻的人，其不合群的特质也可以既是优点也是缺点。例如，你生性孤独的侦探可能正在谈一场关系稳定的恋爱，这就引发了矛盾冲突，一方面他需要独处，另一方面又渴望与他人分享内心深处的想法。人类的情感错综复杂，你可以随意混合搭配。

练　习

1. 去一个露天广场或一家星巴克。观察那里的人并做笔记。有没有谁单从衣着上就能看出性格强弱？从表情来看呢？声音？动作？写下触发你这些印象的点。

2. 列出十个优点、十个缺点，然后缩减到五项。看看你是否能够通过主人公的行为体现这些特点。

3. 下一次你读最喜欢的侦探小说或看电视时，注意一下其他作家是怎么揭示侦探人物的优缺点的。作者有没有采用背景故事来展现人物的动作、动机或行为？还是让读者/观众从别处获得这类信息？

4. 想一想你崇拜或仰望的那些人。回忆一下能够体现他们性格优点的事。

5. 试着打乱性别。想象一下给你的男女主人公互换性别。这有没有改变你对他们的认知？这个新的人物跟你想象中的是否一样？

6. 设计主人公面对反派时的三种不同反应。你有没有在主人公身上发现什么你以前不知道的优点或者缺点？

7. 什么性格特点是你最讨厌的？创作一个有这项特质的人。赋予其意义。可以将这项特质安在反派身上，但也要琢磨一下怎样让主角身上也带有不讨喜但读者可以理解的性格特点。

8. 你的人物可能被要求做某件违背他/她信仰体系的事。比如，主角的工作需要他/她做越界的、不光彩的事，这时他/她怎么处理？

9. 其他民族的人物与地道的美国式英雄或反英雄有何区别？他们展现优缺点的方式存在不同吗？

通过问这些问题，你可以更好地把握侦探人物的关键个性要素。纸板剪影是你不需要的。一个兼具最好和最坏特质的侦探才是吸引人的侦探。

别具一格的主人公

黛博拉·昆茨（Deborah Coonts），从小就是个会讲故事的人，这曾一度给她带来麻烦。给一个国家级杂志做了一段时间幽默专栏作家后，她创作了《想变得幸运吗?》，该书曾获《纽约时报》2010 年年度图书奖，续集《幸运的家伙》于 2011 年出版，第三部《真他妈幸运》紧随其后。

拉斯维加斯可以说是一座最有个性的城市——是小说家的最佳素材。我已经在这里生活了十年，认识到我们当中在这座罪恶之城找到一席之地的都是些怪胎。这个群体里没一个正常人。诚然，这给我提供了各种各样绝佳的讲故事的机会，助我创作推理小说，同时也意味着各种挑战。其中最大的挑战是选择主人公。

主人公是饶有趣味的存在。他们不仅引领读者走进并投入你构建的世界的大门，也是故事主旨与基调的一部分。理想的主人公可以让读者有认同感，读者可以由他们联系到自身、可以感同身受。他们的冲突可以让人产生共鸣，读者开始支持他们，开始关心他们的命运。

从讲故事的角度而言，主人公也反映或体现了作者所创造的那个世界。我写的是拉斯维加斯，我的主人公就不能过于正常，不能是个平凡无奇、循规蹈矩的人。但她又必须足够正常，不至于招人厌或难以让人产生共鸣。有句话说得好：古怪而正常。这不是相互矛盾吗？但你仔细想想，我们记忆中大部分人都是个性十足又不失正常的。

身为作家，我们怎么把握这个度？怎样让主人公既有记忆点又能够为读者所理解？我印象最深的人物通常都有点奇葩，常常具备一种精心打磨的机智，有意无意地引我发笑。他们还常常有点不按常理出牌。在我看来这让他们更有意思、更吸引人，而这对一个主要人物来说尤其重要。

现在看来有两种途径可以突出人物：让他们拥有与众不同的怪癖或者给他们制造一个奇特但合理的冲突。

因此，在给我的主人公打造背景故事时，我把拉斯维加斯所有的怪异、奇妙之处都想了个遍。我就想一个人如果在这里长大，会被塑造成什么样。于是乐基（Lucky，意指幸运）诞生了：一个刚刚30出头的女人，是拉斯维加斯大道一个大型度假场所的客户关系主管，事业上风生水起，处理私人生活方面却一窍不通。她由母亲带大，成长期在妓院度过，她母亲曾做过妓女，现在是这个度假村的老板。乐基不知道父亲是谁。在这种环境中跌跌撞撞地成长，乐基养成了对人性弱点的敏锐洞察力。她身高六英尺①，长得又高又壮，只能在异装癖购物区买衣服——在这个潮男潮女的王国，这是一个不那么令人舒服的所在。她最好的朋友是一个反串演员，直男，哈佛工商管理学硕士，在茱莉亚学院受过训，希望与乐基超越朋友关系，取得进一步发展。跟一个穿女装比自己还好看的男人谈恋爱，乐基对此心存疑虑。

创造一个独树一帜的主人公，难点之一是主人公周边故事人物的塑造。在我拉斯维加斯系列故事中，我必须抵抗住诱惑，不让每个人物都夸张得不着边际。因为如果我不这么做，我别具一格的主人公就会被淹没在人群中——这可不是好事。我必须仔细为每个人物挑选我希望他们身上表现出来的拉斯维加斯的某方面特质或奇葩之处。

一般而言，我喜欢在配角身上来个出人意料的至少90度大转弯。乐基的妈妈这个鸨母是怎样的呢？她身材苗条、一身名牌，为本行业充当说客。乐基的男朋友穿着女装讨生活；她的助手是个50多岁衣着邋遢的女人，跟一个35岁的澳洲帅哥谈恋爱。乐基代表着人们渴望来拉斯维加斯寻找的一些梦想，或者身处此地时人们厮混其中的种种幻想。

---

① 1英尺约等于0.304 8米。

练 习

那么，你怎么创造属于你自己的让人记忆深刻的怪咖型人物？

生活经验是一口井，我们从中汲取素材。既然如此，想一想你生活中让你记住的那些人。他们身上有哪些特质或特征将他们与其他人区分开来？

他们有没有什么让他们看上去很显眼的身体特征？长了一只猫眼？高？矮？胖？瘦？一条腿比另一条长？紫色头发？

他们有没有什么不同寻常的特殊技能？也许他们会吹短笛？或者为了生活开过挖掘机？他们年轻的时候在马戏团表演过骑马，或者某个夏天追过感恩至死乐队？他们或许开着一辆不一般的轿车？或许开飞机？或者他们紧张的时候会折纸？

也许他们的工作比较独特，比如副主厨、兽医助理、脱衣舞夜总会羞怯的前台接待或者热带赌场度假村的雏儿（不要细问）。

又或者他们的人生目标与生活方式看上去并不相符？一个跟35岁澳洲帅哥谈恋爱的50多岁的邋遢秘书。一个严重缺乏信任感却渴望找到伴侣的女人。一个为了生活模仿雪儿①的直男。

先让想象力自由驰骋，再将想到的事物降低尺度，嵌入你的故事。对我而言，大笑一场难能可贵，所以我喜欢来点乐子。

注意： 别用力过猛。人物身上有一两个奇怪的点就够了，并且这一两个点安在谁身上，需要仔细挑选。怪异的特质或者标新立异的人物太多，很容易混到一起。这就违背了你的初衷：让人物有记忆点。

---

① 美国女演员及歌手，被很多同性恋者视为偶像。

由内而外创造人物

罗贝塔·伊斯莱博（Roberta Isleib），临床心理学家，八部推理小说的作者，包括《低六杆》和《致命建议》。她的作品曾被提名阿加莎奖、安东尼奖、麦克维提奖等多个奖项。她以笔名露西·博内特创作的"基韦斯特美食评论家"推理系列的第一本于2012年由新美利坚丛书公司出版。

在开始写作生涯之前，我是一名私人心理医生。每次接触一个新病人、开始一个心理疗程都是一项颇有意思的挑战。通常我首先会问这些问题：我能帮您做什么？是什么让您今天来到这里？

病人的回答很大程度上会告诉我他们在那一时刻对自己的看法。他们是不是经受着什么重大危机，急需帮助？比如孩子生病、配偶提出离婚之类的。他们是不是已经抑郁了好几年，但突然间再也无法承受这些悲伤的情绪？是不是有很亲近的人坚持让他们寻求心理帮助？

了解到导致这次会面的直接因素后，在第一个小时后面的时间里，我会询问他们的家庭史。我会向他们说明每个人对人际关系的理解都是由他们成长过程中的经历决定的。我会告诉每一个患者，我们习惯性地带着这些过去的精神记录往前走，将它们套用到新的人际关系上，即使并不一定适用。

当然，时间长了，病人和我都会认识到，他们对自己与这个世界关系的认知并不完全精确。或许病人记忆中的好妈妈暗中偏爱另一个孩子。又或许某个家庭成员私下酗酒，对每个人的行为举止产生了不好的影响。我们会分析出这些层面的历史在病人的人生选择中起了怎样的驱动作用，以及一旦他们能够抛开这些旧日的包袱，他们的需求会发生怎样的变化。

事实证明，我当心理医生的经验完全可以挪用到推理小说写作中。首先，这个人物为什么会对破案感兴趣？如果是职业侦探，这个问题就比较容易回答（因为这是他们的工作！），而其实最成功的警察和私家侦探往往背后也有一段复杂的历史驱使着他们。迈克尔·康奈利的侦探哈里·博世就是个典型的例子，他的母亲是个妓女，在他年幼的时候惨遭杀害，因此他后来总是为弱者打抱不平。

对于业余侦探，构建人物参与破案的合理可信的利害关系至关重要。作者必须从人物的经历和心理入手，让人物感到破案的紧迫。摆在眼前的问题阻碍了人物得到其内心深处渴望的某样东西（也许他并未意识到）。

例如，在《致命建议》的开头，刚刚离婚的心理医生丽贝卡·巴特曼渴望过上常规的、幸福的生活。她想要往前走，不再回头看失败的婚姻。她的隔壁邻居自杀后，邻居的妈妈央求她调查死亡原因，她坚信这是一起谋杀。

丽贝卡同意了。她为没有进一步了解这个邻居而感到愧疚，更深层次来说，这次死亡事件让她感到自己孤身一人存于世上。这种孤独感又触发了童年被遗弃造成的心理问题。

是的，丽贝卡想要查清楚邻居身上到底发生了什么事，同时也想弄明白为什么自己觉得这么孤独。因此，她深入调查这起谋杀案，投入程度任何一个普通人都达不到。了解这种运作方式了吗？

在我即将推出的"基韦斯特美食评论家"推理系列的《嗜杀》一书中，主人公海莉·斯诺比巴特曼医生更年轻一些，家庭历史也没有那么戏剧化。她为了新男友搬到基韦斯特，男友却迅速为了另一个女人抛弃了她，这让她感到无所适从。所以现在她在寻找一种方式，帮助自己找到自信，她曾希望这段新的感情能带给她自信。这时那个第三者被杀害了。海莉自然而然成了嫌疑人，当她过度投入到推理中时，内心的波动让她变得特别脆弱。

与心理治疗一样，在你的故事进程中，人物需要重新认识自我，并且基于这些新的认识做出改变。或许她开始明白曾经想要的那些并不能真正让自己觉得满足、可爱或不孤独。于是她便可以抛弃旧的目标，把目光放在更切实际的事情上。

练　习

回答下面这些问题能够助你打造一个更为饱满的人物形象。

● 是什么将人物带进故事的？（今天我能为你做什么？为什么是现在？）

● 书的一开始人物会如何描述自己的目标？（"我能为你做什么"这个问题变成了"这个人物说自己想要什么？"）

● 人物面对了一些事情、重新认识了自己之后，会有怎样的改变？

● 你的人物与其他人有什么不同？（从内心到外在。）

● 人物参与破案的表面和内在动机分别是什么？

● 人物的家庭史如何影响她在故事中的动机？

侦探也有弱点

玛西娅·塔利（Marcia Talley），阿加莎奖、安东尼奖得主，侦探"汉娜·艾维斯"长篇推理系列的作者，该系列共十部小说。她的短篇小说收录在十多部小说集中。与她笔下的侦探一样，玛西娅生活在马里兰州的安纳波利斯，她的丈夫酷爱海上航行，而她的猫恰好相反。

是 ……也是诅咒。

——艾德里安·蒙克

我读过 个时代的很多小说，已出版的、未出版的。有一点我很确信：完 角色百分之百无趣。一个有趣的侦探一定要有优点，但同时也要有 和弱点。超人还会被氪石制服呢。

我 不是那种扛着枪、打着法律擦边球的酒鬼、烟枪侦探，也不是那 着齐大腿的靴子、喝着酒、骂着脏话、动不动就要踢人屁股的粗 主角。要从模式化的人物形象中脱颖而出，你的人物必须人性 而人是有缺点的。

那些孤僻的、深沉的、内省的侦探，如夏洛克·福尔摩斯、亚当 格利什、科特·维兰德、摩斯探长等。福尔摩斯为人傲慢、自以 是，醉心于演绎法。摩斯探长也一样。"刘易斯，我不空想，我 。我永远只推理。"摩斯探长在《沃夫寇特之舌》中说道。然而 在我看来比福尔摩斯要真实。也许因为摩斯恐高、晕血，而且跟 的作者柯林·德克斯特一样，身患糖尿病。科特·维兰德，贺 ·曼凯尔笔下时髦、忧郁的丹麦人，也有高血糖。他还跟妻子分 ，女儿性格蛮横，父亲患有阿尔茨海默症。P. D. 詹姆斯笔下的警 亚当·达格利什是一位发表过诗作的诗人，妻子和幼女的死长期折磨着他。在面对生活的挑战时，维兰德、摩斯和达格利什比起多数侦探更能感受他人的痛苦，反过来我们也就更关心他们。

你的侦探面临的挑战可以是身体上的。旧金山警探罗伯特·T·艾恩赛德中了杀手的子弹，下肢瘫痪、身困轮椅，却乘着有特殊配置的面包车继续与罪犯作斗争。新奥尔良保险调查员迈克尔·朗斯特里特是个盲人。T. C. 博伊尔节奏极快的惊悚小说《说话说话》的主角达娜·霍尔特高度失聪。

我们的侦探面临的身体上的挑战可能是暂时的。希区柯克的惊悚电影《后窗》中，职业摄影师杰夫（杰夫瑞斯）摔断了一条腿，只好坐在轮椅上。杰夫瑞斯通过每天观察邻居来打发时间。一个邻居的妻子不见了，杰夫瑞斯极力证明她失踪是因为被谋杀了，却因此让自己的生命陷入了危险中。

约瑟芬·铁伊的经典小说《时间的女儿》中，苏格兰场①的警探艾伦·格兰特住在医院里，也是断了一条腿，卧床不起。百无聊赖之际，他对备受非议的英国国王理查德三世的一幅画像产生了兴趣，开始为他洗脱杀死侄儿"塔里的王子"的罪名。类似的情节手法，柯林·德克斯特在他 1989 年出版的金匕首奖获奖小说《村姑之死》②中也用过。摩斯探长当时因出血性溃疡在牛津一所医院疗养时，读到一篇关于 1859 年运河船谋杀案的报道。摩斯坚信被绞死的那两名罪犯是无辜的，于是在病床上开始证明这一点。

杰夫瑞斯、格兰特和摩斯行动不便，因此依靠熟人、朋友协助他们调查。但没有比唐娜·安德鲁斯笔下的怪探图灵·霍普更需要双腿的了，这是一个人工智能的角色，困在一台企业电脑里。图灵没有身体！在《此处有谋杀》一书中，设计图灵的程序员神秘失踪了，图灵怀疑是谋杀，为了找到他，图灵寻遍了芯片和处理器上的每一条线

---

① 伦敦警察厅的别称。
② 又译《古案新探》、《乔安娜之死》。

索——监控摄像头、信用卡消费记录、数据档案，同时也向她的人类同事蒂姆和莫德寻求帮助。

还有一些侦探面临思想和心理上的挑战。波·布莱德利是圣迭戈青少年法院的虐童案件调查员，第一次出现是在阿比盖尔·帕杰特1996年的小说《沉默的孩子》中。私底下，她其实是个躁郁症患者。四本书的时间里，波的病让她拥有敏锐的心理洞察力，同时对她的青少年委托人怀有深深的同情。波一边与躁郁症作斗争，一边努力工作、生活，也让读者对她产生了情感共鸣。

说到心理上遭受折磨的人物，近年来没有比神探阿蒙更受欢迎的了。阿蒙患有强迫症，据他自己在第六季透露，他有312种恐惧症，需要私人助理帮他购物、开车载他到犯罪现场、手边随时备着湿纸巾。据他的创作者安迪·布莱克曼所说，阿蒙对微小细节的关注让他社交无能，有时候甚至妨碍到查案——因为他必须控制住自己不去将倒在犯罪现场的家具摆正，但这也让阿蒙成为一个有天赋的侦探和侧写专家。他有着过目不忘的惊人记忆力，能够根据同事认为不重要的细节碎片重构整个犯罪过程。

埃德加·爱伦·坡奖提名小说、斯蒂夫·汉密尔顿的《天才锁匠》用第一人称写成，叙述者是迷人的孤儿、18岁的哑巴少年迈克·史密斯。迈克是"撬锁高手"，能开任何保险箱、挂锁、门锁。毫无疑问，世界上每个罪犯都想得到他。当迈克重新回顾过去的噩梦，挣扎着想要逃脱罪恶的人生、解锁沉默的世界时，读者能感受到他的挫败——"他妈的你这个蠢货、哑巴、怪胎。说句话呀！"

"我是一个数学家，有一些行为障碍"，马克·哈登令人沉醉的小说《深夜小狗神秘事件》的叙述者、患有自闭症的15岁少年克里斯托弗·布恩陈述道。在海量信息和刺激物的轰炸下，他几乎崩溃，尽管如此，他还是成功破解了一宗杀狗案，去伦敦找到了他失踪的母亲，在高级（A-level）数学考试中取得了优异的成绩。

延续主人公越来越小的趋势，艾伦·布莱德利引人入胜的小说

《馅饼的秘密》中，11 岁的弗拉维娅·德·卢斯无视不健全的家庭，过着无忧无虑的生活；她骑着心爱的自行车格拉迪斯，破了一桩红头发陌生人的谋杀案。

有些侦探面临的挑战堪称奇葩。R. 斯科特·巴克的另类小说《犬儒门徒》的反英雄、门徒"蒂斯"·曼宁患有"超忆症"——无选择记忆："关于我你只需要记住一件事：我从不忘记。任何事。从不。"蒂斯可以"定格、快进、暂停以及重放事物……就像录像机，但不用付月租。"蒂斯要在一个末日派邪教的信徒中找一个年轻女人，他一遍遍重放调查过程，试图从细微处见真章。

要是有个侦探的问题正好相反呢？克里斯托弗·诺兰的杰作《记忆碎片》中，莱纳德·谢尔比在妻子被强奸和杀害后头部遭到重重一击，自此患上顺行性遗忘症，大脑无法存储新的记忆。在寻找杀害妻子的凶手的过程中，莱纳德借助笔记和加注释的宝丽来照片来记录他遇见的每个人，并把车牌号等他想要记住的事实资料文遍全身。

这类稀奇古怪、个性鲜明、难以预测、异于常人的侦探角色能够从条条框框中脱颖而出，在推理小说中开辟新的疆域。你的侦探也可以。你的人物不一定是杰夫里·迪弗笔下林肯·莱姆那样的四肢瘫痪者，然而不管他/她有什么优缺点，都必须能够抓住读者的眼球，并让他们的注意力维持三四百页。要做到这一点，作为一个作者，你必须从内到外了解你的侦探。试着考验一下你的人物：他找到一个被绑架的孩子，孩子现在在一个有爱的家庭里生活得很幸福，而孩子的亲生母亲却是个瘾君子、失败者。他会怎么做？你需要知道这一点。

"当我得知自己身患癌症的时候，我决定不再忍受任何人的废话"，我的主人公汉娜·艾维斯在《唱给她的骨头听》一书的开头这样说道。十个案件后，她战胜了癌症，但她仍旧不听任何人废话。

缺陷和不完美。它们为你的侦探提供前进的方向，它们是需要克服的挑战，推动整个故事向前发展。如果侦探身上的弱点能够得到你和侦探本人的巧妙处理，那么这个弱点有可能会成为他/她最大的优势。

练 习

1. 问问你自己：我的侦探身上可能发生的最坏的事情是什么？接着再问：怎样才能更坏？写上至少两页，解释你的人物是如何解决这个困境的。比如：一个靠做私家侦探维持生活的女人在跟前夫争夺孩子的抚养权。她去托儿所接孩子时已经迟到了，这时委托人打来紧急电话："快过来！我需要你。"

2. 加大注码。一个被绑架的未婚夫、一个失踪的孩子、一个恐怖主义阴谋。你的侦探在处理这个案子，时间已经不多了。这时候给他设置阻碍——胳膊断了、阑尾穿孔、收到陪审团的传票、收到白宫的晚餐邀请。以你的侦探的口吻写几页，讲述他/她是如何应对这个挑战的。

职业作家写业余侦探

凯伦·哈珀（Karen Harper），1982 年开始发表作品，《纽约时报》畅销书作家，著有 50 部长篇小说，包括当代悬疑小说和一个历史推理系列。小说《暗黑收获》获玛丽·希金斯·克拉克奖，其主人公是一位业余的阿米什女侦探。哈珀的作品已经被翻译成多种语言，近期又被翻译成俄文和土耳其文。

尽管书里和其他大众媒体都喜欢用警察、侦探、法证专家当主角，但是业余侦探在读者中一直很受欢迎，继而得到出版商的青睐。我写过很多部以业余侦探为主角的小说，经验比较丰富，这里我想谈谈怎样创造这些人物，让他们变得鲜活，从而刺激你的小说大卖。

18 年来，业余侦探一直让我如鱼得水。我的那些破了很多重大案件（也让我成为畅销书作者）的女主人公们从事着各种各样的职业，包括玫瑰种植人、阿米什老师、水肺潜水员、农民、问题少女辅导员、电视节目主持人、癌症研究博士。哦，对了，还有一个九本书的推理系列，主角是英国女王贝丝·都铎，即伊丽莎白一世。

然而首先，业余侦探的持久魅力源于哪里呢？很重要的一点是，相对于职业侦探，他们更能让读者产生代入感，而让读者亲近主角是你的第一要务。"这也可能发生在我身上，这也可能是我！"这种潜意识里的想法会起很大作用。

还有一点会增强读者与主角之间的这种情感联系。不管我们多喜欢看专职破案人员展示智商极限，但看一个业余侦探因为自身受到威胁而破案始终更有吸引力。如果不是深受某事影响，业余侦探不会去调查案件。也许是他们认识的或者深爱的某个人被绑架或杀害了。

讲一个专注的职业侦探破案的书也可以是本好书，但如果侦探调查案件是因为自身面临巨大威胁，而不仅仅为了工作，那么赌注就更大。写私家侦探或警察办案故事的编剧意识到这一策略后，有时也会跳出常规，给侦探参与情节加一个个人原因。电视上放的警匪剧里，查案人员认识受害者或者出于什么原因能够从情感上代入受害者，这种情况有多少？然而如果你写的是业余侦探，就不需要生拉硬扯，案件受害人与主人公关系越密切越好。

写业余侦探还有一个好处。很多读者已经看腻了高科技破案手法，他们更想看到精妙的传统演绎推理和脑力较量。低科技查案常常更具挑战性，对读者来说可能就是有趣，能让他们暂时从高压、重负的生活中解放出来。

最后，写业余侦探，中心人物可以有一个很有意思的爱好或职业——最好能给主人公提供必要的查案技巧的那种。除了上面提到的那些女主人公，我还写过一个阿巴拉契亚的助产士，很善于观察和访问他人的一个人，谁都别想偷走她病人的孩子。而且写悬疑场景时，业余侦探也更容易被孤立出来，常常要独自面对犯人。（也就是说最好忍住诱惑，别让侦探有个当警察或侦探的好友或对象。）现在，让我们总结几个具体的点子，帮你创作你的业余侦探。

练 习

用第一人称（业余侦探自己叙述）或第三人称（你或旁观者叙述）写1~3段话，交代案件细节：

- 谁受伤或遇害了？
- 侦探与受害人是什么关系？
- 侦探是怎么发现案件的？
- 侦探有什么反应？
- 警察介入了吗？
- 侦探为什么要自己去破案？

　　现在，用第一或第三人称写至少一段话来说明你的主人公有哪些特质让他/她能够作为一个出色的业余侦探去破解案件。一项特殊天赋或职业技巧？一条关键线索？内部消息？个人观察？

　　这样你的业余侦探小说就有了一个背景，情节和主要人物可以基于这个背景来推进。

险境中的主人公

受到托尼·希勒曼的纳瓦霍族传奇启发，黛博拉·特瑞尔·阿特金森（Deborah Turrell Atkinson）的罪案小说将夏威夷岛的传说、民间故事编成悬疑推理故事，这个角度的夏威夷是旅行指南中看不到的。目前这个系列包含四部小说：《远古秘密》（2002）、《绿屋》（2005）、《烈火祷告》（2007）、《取悦死者》（2009）。阿特金森现在正创作一个新的惊悚系列。

作为作者，我们被无数次告知值得一读的故事要有冲突。作为读者，我们从骨子里知道冲突足够精彩的小说，我们不睡觉也要去读，而效果不好的，我们就会弃之一边。这篇练习主要讲几种危险以及它们对主人公以及读者的影响。

现实生活告诉我们，人会遇到麻烦，很多麻烦。危险无处不在。有多少次，我们在报纸（自称事实）上看到一个致命险情，会被其荒谬程度惊得目瞪口呆？如果有作者写某对家长声称自己的儿子在一个氦气球里，就为了上真人秀，读者会买账吗？事实和可信度不是一回事。身为作者，我们肩负让危险事物和主人公的行为可信的重任。

传统悬疑小说的主人公不管是被迫还是自愿，都必须做一件对自己而言极其危险的事。作者必须认真打基础、做选择。主人公明知道有危险，还要去冒这个险，必须要有理由，而且这个理由必须与情感、欲望、紧迫性相呼应。人物也要对危险有所准备。

在迈克尔·康奈利的《诗人》一书中，杰克·麦克沃伊是丹佛一名罪案记者，他收到任务，报道他的孪生哥哥、重案组警察肖恩·麦克沃伊的死亡。表面上看肖恩是开枪自杀，然而肖恩的汽车挡风玻璃上却涂着埃德加·爱伦·坡的一句名言。杰克不相信肖恩会自杀，他坚信哥哥死于谋杀。作为记者，杰克不仅有查案资源，也有不少人脉和线人，他在查案过程中提升了自己的技巧和专业知识。

康奈利从不让读者质疑杰克的动机或能力，即使他面对的是一个凶残的杀人魔。随着处境变得更加危险，杰克时而会对自己产生怀疑，但读者不会。除了自身的焦虑，杰克遭遇的危险主要来自外部，即杀死他哥哥的凶手这个具体存在，面对这个危险的对手，他展现了自己的才智和技巧。

有些时候，危险更多来自于主人公自己的个性和心理，而非外部力量。在杰克·伦敦 1908 年出版的短篇小说《生火》中，一个初来育空①的无名氏和一条本地哈士奇一起踏上了漫长的育空淘金之路。当这个人吐了口唾沫，却没有发现自己的唾沫在触地之前就发出破裂声这一事实时，读者就知道他会做出让自己陷入危险的选择。他对严寒的不在意是相当危险的。伦敦娴熟的写作技巧让我们痛苦地看着这个人一步步犯错。外部恶劣的条件加上这个人的无知自大注定了悲剧的结局。

约瑟夫·康拉德在《吉姆爷》一书中给我们打造了一个富有同情心而又备受折磨的主人公。年轻时身为船员的吉姆与船长和其他船员一起弃了一条船以及船上所有人。吉姆是唯一一个受到法庭审判的人，他被没收了航海证。这时他遇上了故事的叙述者马洛，马洛同情吉姆，帮他找工作。马洛能够理解吉姆想要过高尚冒险的生活、一生行善的愿望，他也察觉到吉姆无法原谅自己年轻时犯下的错。最终，吉姆无法达到自己的理想，只能为了他眼中崇高的事业牺牲自己。

通过让人物的最大危险来自于内心，康拉德就光荣和高尚行为的定义提出了一些重要的问题。这些人为的概念到底是什么？如果一个人的思维定式将他引向自我牺牲，这种行为对他是一种救赎吗？

让主人公身陷危险并不仅仅是翻页这么简单。最有趣的冲突往往集内在、外在威胁于一体，并且审视人类在压力中的反应。主人公在

---

① 加拿大三大行政区之一，位于加拿大西北部。

整个故事中学习技能、获得智慧，为最后一战做准备。主人公有时能够克服障碍，有时不能，但必须有成长和改变。总会有那么一个黑暗的时刻，主人公反省自己、对自己的行为产生质疑。就像杰克·伦敦笔下那个无名旅人，他有时也会意识到自己忽略掉了一些本该注意到的征兆。俄狄浦斯无视预言，故事最终以悲剧收场，有死亡、有智慧。

希腊人可以用"天降神兵"① 这一招，今天的作家却万万不行。救援不会从天而降，不会有白马王子来救场，在主人公解决掉难题之前警车也不会来。你已经教会了主人公他需要学的一切，是时候让他一显身手了。

哦，对了，记得加上点意想不到的反转。生活中常常会有。

练 习

1. 以粗略大纲的形式构思一个情境，让主人公面对一个无法忽视的境况。如果是采用编剧的三幕剧结构，这将会是第一幕：制造问题。让人物陷入困境。

2. 想象一个各方面与你的主人公不相上下的对手，想三个点，这三个点是你的主角要想打败这个对手必须学会的。可以是内在的，也可以是外在的。这些要学习的点不能太容易；给你的人物一些心理上或身体上的创伤。从现实生活中取材。

3. 除了以上三个点，想三种你的人物可以获得智慧的方式。她是不是开始认真听一个曾让她嗤之以鼻的人说话？

4. 构思三个谁都想不到的惊人反转。一个警察全副武装来到毒贩子的贼窝，却发现自己的搭档背叛了自己，与毒贩同流合污。拧紧螺丝、增加压力，记住，这些原因需要跟关键问题息息相关。

---

① 此处原文为拉丁语 deus ex machina。

5. 记住，反派必须从智商到力量与主人公不分上下。列出三处这个人或现象会让你的主人公感到惊讶的地方。

6. 到了最后摊牌和收尾的时候了。完成上面的几步后，你已经在脑子里构思过结局了，已经想出了几个不同的场景。将其中两个写下来。这样小说的骨架就出来了!

为你的警察程序小说打造角色阵容

约翰·韦斯特曼（John Westermann），长岛退休警察，小说家、非虚构作家、石溪大学南安普敦校区写作与文学硕士课程教师。他的第二部黑暗喜剧小说《以毒攻毒》被拍成同名电影，由华纳兄弟出品，斯蒂文·席格主演，2001 年上映。他的非虚构作品发表在《新闻日报》、《作家文摘》、《长岛脉冲》等报纸杂志上。短篇中有两篇收录在奥托·潘兹勒推理选集中。

一部写得出色的警察程序小说有些东西是毋庸置疑的。罪恶会被揭露出来。作恶者被抓到、受到惩罚。案件水落石出，为了钱与罪案作斗争的人，其缺陷会暴露于人前。读者会了解到晚间新闻背后的深层内容。

我替警察程序小说作家感到欣慰的是，如果头开得好，情节真的可以做到天衣无缝。提足够多非答不可的问题，让人物随意跟着那些线索找到符合逻辑的解决方法。在一部警察小说里，没有人需要在感情上有所成长，也不需要改掉坏的行为习惯。假如作者想的话，这些当然也可以有，但是为他人伸张正义的人，他们的许多不当行为都可以被原谅。而且，就像海耶斯·雅各布斯总说的那样，好的虚构故事就是人们做着不正当的事。

因此，改进你故事中的警察。这是第一项任务。由于我对辖区生活比对个体案件或惩治更有兴趣，所以我给主人公设定的专业技术门槛很低。但我希望你们相信他们是真实的。他们是辖区里被排挤的人，是一知半解的门外汉，在超出他们控制的大型机器里扮演着不知所措的齿轮。约翰·厄普代克写警察时曾用过这样一句准确而模糊的话："他们受雇来关心你，但他们其实可以不必付出那么多。"我做过警察，因此有整个辖区的警员名单便于参考，我可以将真实和虚构的人物混搭在一起。多数作家必须要自己建一个名单。

练 习

你的练习是要想象一个男女混合的小团体，里面的人是你熟知的——办公室的一帮同事、同一咖啡厅的常客、一起开家长会的家长。将注意力集中在他们的错误和弱点上，并进行放大。对他们没那么突出的优点也做相同处理。什么将他们区分开来？什么让他们快乐、忧伤？有些人会很勇敢，而有些人在对峙时手会抖、会破音。

不是所有干警察这一行的都配得上这个职业。也许你认识一些这样的人。也许你的上司本意善良但力不从心。也许他本来就不怀好意。现在想象你的上司和其他那些人都是穿着制服的警察，给他们配上胸章、枪，赋予他们可以给自己和他人带来巨大危害的权力。

你于是有了令人信服的警察小组。快速给他们建立小档案，将他们作为人物锁定在你的脑子里，给他们指派一项崇高的使命。

5

犯罪嫌疑人：人物及人物关系

反派

马修·迪克斯（Matthew Dicks），小说《天使神偷》、《意想不到啊，米洛》、《我的幻影朋友》的作者。不写作时，迪克斯就在康涅狄格州西哈特福德教五年级，平常陪女儿莱拉玩耍，默默希望妻子伊丽莎可以多跳几次舞。同时他还是婚礼司仪、高尔夫迷，喜好打篮球和扑克，还在找愿意跟他打橄榄球的人。

文学作品中最引人注目也最令人恐惧的反派，是在读者看来最有人性、最有吸引力的那些。在某个异常黑暗的日子，读者也许会暗中为这类坏人欢呼，即使他们那样做很过分。

- 斯蒂芬·金的《头号书迷》（又译《苦难》）中的安妮·威尔克斯。
- 托马斯·哈里斯的《沉默的羔羊》中的汉尼拔·莱克特。
- 布莱姆·斯托克的《德拉库拉》中的同名反角。
- 莎士比亚的《奥赛罗》中的伊阿古。

这些反派读者或多或少都会有点喜欢。理由很简单：作者并没有将这些人彻底抛向黑暗，而是勇敢地踏入阴影，以便更好地了解人物动机。

身为作者，你必须愿意探入黑暗。

以下三件事会对你有所帮助：

1. 要知道很少有坏人认为自己是坏人。在我刚刚完成的《我的幻影朋友》一书中，有个人物说道："也许在他人眼里我们都是魔鬼。"我相信这是事实。不管这个反派是杀人犯、银行劫匪还是虐猫狂，他/她常常都有自认为公平正义的动机。当这些动机以一种诚实、公正的方式被描述出来，不包含任何预设的偏见，你的坏人才能鲜活起来。

站在反派的角度考虑问题。试着同情反派的处境。信坏人之所信，想象一下坏人眼中的世界是什么样的。你的杀手为什么专砍老太太？你的银行劫匪偷别人东西的理由是什么？你的虐猫狂为什么这么反感小型猫科动物，非要置它们于死地不可？

塑造得最成功的坏人，他们作恶都有一个原因。

彼得·本奇利的《大白鲨》中的鲨鱼之所以吃人，是因为生物进化就是这么设计的。狄更斯的哈维辛小姐（《远大前程》）受过骗，结婚时被新郎抛弃。莎士比亚的埃德蒙德（《李尔王》）中奋起反抗对私生子的不公以及长子的霸权（"现在，诸神，为私生子而战吧！"他大喊道）。斯蒂芬·金的安妮·威尔克斯（《头号书迷》）弄瘫了作家保罗·谢尔顿，只为救她喜欢的小说女主角米斯丽·查斯坦。即使是《恶狼游戏》中的大恶狼，也只是做着大自然要求的事：吃掉它们能吃的一切。

他们都是反派，但我们能因为他们的行为指责他们吗？

2. 下面要说的这一点看上去似乎既明显又简单。但是记住：每个人物都有母亲，而且不管孩子多坏，母亲多数时候都会爱他/她，并且坚信她的孩子最终会弃暗投明。

承担起母亲的角色。做你笔下坏人的母亲。她会说什么？

你有没有看见胡克船长的母亲将他的作恶归咎于让他失去胳膊的彼得·潘？（一个经常被忘掉的细节：胡克的手是先被砍掉，然后再被鳄鱼吃掉的。）

或者《白鲸》中白鲸的母亲认为她体型庞大的儿子之所以会发怒，是因为 19 世纪的捕鲸者无止无休的捕猎？

又或者奥威尔的《1984》中老大哥的母亲向乡村俱乐部的名流们解释说，她儿子的独裁倾向只是出于想要维持秩序和礼仪的愿望？

母亲们有一种近乎用之不尽的能力，可以在最卑劣的孩子身上看到正直之处。用同样的方法对待你的人物，你会升起足够的同情心和怜悯心，让你的反派变得人性化。

3. 不要让坏人活得太容易。缺陷、癖好、软肋时常足以让最邪恶的坏人在读者眼里变得有那么一点可爱或者英勇无比。

罗伯特·路易斯·斯蒂文森的海盗头子约翰·西尔弗（《金银岛》）身体残疾，拖着一条木腿，对吉姆·霍金斯心存不忍，最后导致了自己的毁灭。如果他能干脆地割开年轻吉姆的喉咙，他就能带着所有的财宝逃脱，而不是三四百基尼①的金币。

汉尼拔·莱克特，所有文学作品中最恐怖的反派之一，由于折磨他的弗雷德里克·奇尔顿医生这个人的存在（还有比一个无能、善妒又野心勃勃的心理医生还恶毒的吗？）以及他对克拉丽丝·史达琳的情感，让他几乎成了英雄。

莎士比亚的麦克白夫人时时受着内疚的折磨。刘易斯·卡罗尔的红心女王总是被红心国王打败。海德先生必须跟不断出现的杰科尔博士作斗争。②

反派的生活从来都不简单。并且反派本身也受其他反派欺凌。记住这个，你会发现你的坏人也许并没有那么坏。

练 习

选一个坏人。你自己创作的或者你从文学作品中读到的。想象这个坏人为他/她的罪行正在接受审判。写两封信：

1. 一封以这个反派的视角写，求法庭看在他/她有合理动机的份上法外开恩（这些动机你要展开来解释）。

2. 一封以反派母亲的视角写，解释她孩子被误解了的天性，求法庭开恩。

---

① 英国旧货币名，1 基尼等于 1.05 英镑。

② 在斯蒂文森的小说《化身博士》中，海德先生是杰科尔博士的二重人格。

挑选细节展现人物

海莉·艾弗容（Hallie Ephron），悬疑小说作家。她的最新作品是由威廉·莫罗出版社出版的《来找我》。小说《千万别说谎》入围玛丽·希金斯·克拉克奖，并被终身电影网拍成电影《孩子会掉》。她是《波士顿环球报》的犯罪小说书评家，获过奖。她的《写作与销售推理小说：如何有格调地征服他们》提名埃德加奖。

思考你书中的某个人物。在脑中想象一下她长什么样——她的身高、肤色、头发、眼睛、衣着、配饰、姿态、伤疤，等等。然后在心里让她动起来。她是怎么站着、坐着、走路或奔跑的？她着急、不安、受挫、兴奋、惊讶时都有什么表现？

如果记了笔记，你就会有一张详细的细节清单。把这些细节都传达出去，会让读者不堪重负。因此，要从这张清单上筛选出那些最能有效体现人物性格和暗示人物背景的细节。开头用上一些，随着故事推进再一层层添加更多细节。

展现几个显著的外貌细节。人物初次登场是一个非常关键的时刻，会让人物在读者心中定型。你面临的挑战是找到一些细节来打造一次引人注目的亮相，而不是列一堆外貌细节，最终造出一个毫无生机、刻板的形象，一个你理想人物的复制品。

下面这个例子摘自《蓝水上的黄筏》。作者迈克尔·多里斯向读者介绍蕾永娜的母亲，一个美洲印第安妇女，当时正在病床上玩单人纸牌游戏：

> 母亲背整个撑起、膝盖下放着枕头，她想要什么伸手就能够到。她圆圆的脸拧成一张专注的面具，像是《危险边缘》① 中被

---

① 美国智力问答节目。

难住的参赛者。时间在流逝，她的眼中只有牌上的数字，其他什么都看不见。她戴着最喜欢的几枚戒指：一只瘦长的鲍鱼，一只镶嵌着绿黑相间的走鹃，一只用砂型铸造的银龟。缩在这些中间的是她细细的金婚戒，套在无名指上。她人仿佛坐在王位上，思想却全在游戏上。

注意，多里斯没有给我们任何基本资料，诸如身高、体重、眼睛颜色、发型等。我们不知道"母亲"穿着什么衣服、她的指甲有没有修过。但是，她对游戏的全神贯注、她卧床的姿势、她的那些让婚戒相形见绌的戒指，都让我们觉得她活灵活现、存在感非常强。

稍后，同一场景中，蕾永娜的父亲出现在门口。注意多里斯选择展现给读者的细节：

> 他体型虽大，但很安静，每次出现都让我吓一跳。他很高、很重，棕色皮肤，比我的棕色更深一点。他的圆蓬式发型长长了，头发上还沾着雨水。他的邮递员制服也湿了，灰色的羊毛裤在膝盖处松松垮垮。手腕上铜、铁、黄铜三种金属制成的手链色泽暗淡。我从没见他摘下过。在灯光明亮的房间里，他润了润嘴唇，看上去不太舒服，有点紧张。

多里斯用了不少外貌细节来安排这个人物的出场——他的体型（高、重）、肤色（棕色，比我的深）、有点长的圆蓬式发型以及手链。湿的制服说明他是个邮递员，可能刚下班过来。

蕾永娜父母之间的对比很明显。她的母亲很放松，沉浸在自己的世界里，父亲则润了润嘴唇，显得很不自在，读者感到有变故（可能是危险）开始酝酿。

在你人物居住的世界里摆满道具。用它们来暗示人物的背景。比如，摆一张大号双人床，只有一边的被子看上去有人睡过，暗示人物最近刚和爱人分开。壁炉架上摆一个骨灰缸，暗示因为死亡而分开。她的电话留言机上的语音问候是一个男人的声音："对不起，我们现在不能接听您的电话"——暗示她还没有打算走出来。

这些细节中你会先给读者展示哪个？如果你对已经选好、准备放进书里的细节仔细编排，你就能有层次地展现人物和她的背景故事，随着故事发展，加深读者的认识。

练 习

1. 将一个页面分成两栏。在左栏中写上某个主要人物的名字，并列上关于该人物性格和过去的关键点。比如：

杰克·西弗

（1）缺乏耐心、残酷无情的商人

（2）不信任任何人

（3）几乎已经破产，极度不希望别人知道

（4）仍然爱着高中恋人，两人曾一起在咖啡厅驻唱

（5）放弃了自己成为音乐家的梦想，来完成父亲的梦想：赚钱

2. 在右栏中列出你知道的关于人物的一切细节——从眼睛颜色、身高等外貌特点到他所处的环境，比如他的办公室和家，再到他的私人物品，比如鞋子、包、家中陈设，等等。

不要自我审查。写下尽可能多的细节，让这个人物、他的物品、他所处的特殊环境都——镌刻在你的脑中。

3. 用绿色高光标出右栏中能够体现左栏列出的关键点的细节。

4. 用红色高光标出右栏中对作为作者的你来说很好但是没必要告诉读者的细节。

5. 写这个人物的时候，通过绿色高光标出的人和地点的细节将人物展现给读者，并随着小说的推进，加入更多人物细节，深化人物形象。

打造情感深度

苏菲·利特菲尔德（Sophie Littlefield），他的第一部小说《倒霉日：道歉无用》获安东尼奖，被《RT 书评》杂志评为"2009 年度评论人选择奖之最佳处女作推理小说"，并提名埃德加奖、麦克维提奖、巴瑞奖最佳处女作。苏菲的第一部青少年小说《灾后余生》于 2011 年 3 月面世。她获奖的短篇小说被收入各种出版物。苏菲和家人目前住在加利福尼亚北部。

每当有作者跟我说他们不知道怎么写情感时，我都很讶异。人类是情感动物，我们大部分到了成年之际已经经历过一整套情感，有些我们没经历过的空白，也可以通过观察别人加以填补。

难点似乎并不在于理解人物的情感——作者告诉我他知道他的人物正感到失望、喜悦、渴望、悲伤或其他一百种情绪——而在于在不打破故事进程的前提下将它们用文字表达出来。大家总倾向于讲述而不是展示："莎伦很伤心。"很多作者知道他们需要在这个领域有所提高，但不知道从哪儿开始。

想要写好情感，作者首先要学会观察各类情感是什么感觉、有何表现。我们的身体是可靠的情感反射器，通过记录和描绘各类感觉引起的反应，你可以教自己怎么将它们写得让人信服。同样重要的还有情感的外在表现——表情变化、皮肤色调、声音以及痉挛和手势等——你也可以训练自己观察这些。

呈现一个不讨喜的主角会让你以最快的速度失去读者。比较典型的问题是：我们写人物的时候会依赖于他们的行为来表现他们的英勇或可爱之处。但一个人物的魅力不仅取决于他所做出的具体选择，同样取决于他的情感动机。

一个因为案件复杂、需要占用他所有时间就要离开女朋友的侦探会给人以冷漠、自私的印象，让读者觉得疏远。但如果你发掘出他行为背后的动机，又会怎样呢？考虑一下下面两种可能性：

这个侦探害怕杀手知道他太多事情，会通过伤害包括杀手女朋友在内他最在乎的人来伤害他，所以将她推开。他主要的情感是恐惧；随着故事推进，他也可能体会到狂怒、保护欲等其他情感。

侦探办砸了这个案子，受到了上司的严厉指责，由此勾起扎根于过去的自卑感，这种自卑感源于父亲/母亲对他的忽视，因为他们更偏爱的孩子意外死掉了。为了弥补过错，侦探几乎将所有时间放在了工作、饮酒和无谓的冒险上。这里主要的情感是羞愧，并伴随着悲伤和愤怒。

第一个例子里，侦探清楚自己的情感和动机；第二个例子里则不清楚。两种可能都有效，不过第二种需要作者间接地将人物的情感传达给读者。

读者希望有这样一种感觉，即他们对最喜欢的书里的人物是知道并了解的。判断一个行为是否有足够的动机（人物是否真的会这么做）时，读者潜意识里会对照她对这个人物的认知来评价人物的行为和选择。

她对人物的认知包括人物的背景故事、人际关系，而每个人物特有的反应和感觉也同等重要。

你必须要了解你人物的情感色调——他们最常感受到什么情绪；他们怎样看待情绪；他们允许自己经历什么而又封锁了哪些感觉。记住，压抑情感与情感外露一样，都会伴有身体感应和外在行为。

在你的作品中搜索情感词汇（如"厄尔变得非常恼怒"），试着将这种情感经历替换成"厄尔的嘴抿了起来"，"他紧紧握住了方向盘"，"他的五脏六腑在翻滚"，"他用一种极度精确的口吻说话"，结果往往会让行文变得更加引人入胜。

类型小说中情感的重要性怎么强调都不过分。它是打造能让读者关心的人物的关键；没有生动的情感，就没有人物弧线。仅仅经受情感的人物不能承载故事，不管情节多么抓人，情感得到良好传达的人物才能赢得读者的心。

练　习

敏锐意识到各种情感带给人的感觉是更有效地写作情感的第一步。

当你感到一种强烈的情感时，记下当时的感觉：

- 大脑里的感觉。
- 肠胃里的感觉。
- 神经的感觉。
- 你的呼吸怎么样？
- 你有多疲惫或易怒？
- 你流汗了吗？
- 你流泪了吗？
- 你的脸红了吗？你的脸色红润还是苍白？

记日记，尽可能详细地记下你情感的整个经过。努力观察全范围的情感，从正面的到负面的，从而区分相关情感间的差别。比如，恐惧可能会被焦躁、忧虑、憎恶或其他差别细微的情感掩盖。

充分了解了自己的情感之后，开始观察他人，看看人们在表达相同情感时有什么不同。一个腼腆的人表达愤怒的方式和一个恶霸大不一样。

最后，使用上面列出的清单，询问别人，他们对自己的情感有什么样的感觉。

人物需要帮助时会找谁？他们会给局面带来什么变化？

希拉·康诺利（Sheila Connolly），2001 年开始写推理小说，此前她获得了太多学位，做过太多工作，从艺术史学家、投资银行家到专业系谱学家。她的"果园"推理系列始于 2008 年的《一个烂苹果》，随后又出版了《烂到核心》、《红色甜美之死》、《致命谷物》。2010 年《为死者募捐》开启了她的"博物馆"推理系列，随后出版续作《让我们装死》（2011）。她是犯罪写作姊妹会、美国推理作家协会以及美国浪漫小说家协会的成员。

推理小说中，没有人能独自成事。要解决一个案件，需要打探和整合的信息太多，这时候其他人物就可以出场了。

我写的是传统推理小说，这个体裁里，背景环境往往是一个小镇或社区。

我开始写"果园"推理系列，是受到现实中一座房子的启发。这座房子建于 18 世纪 60 年代，是我六个太爷爷中的一个建的。它坐落在一个典型的新英格兰小镇上，那是一个挣扎着要在现代世界存活的小镇，没有工业、人口不断减少。我想这是一个完美的背景环境，有大量的历史、大量的冲突。

我让主人公梅格·科里失去了波士顿的工作和男朋友，将她扔到这个镇上，没有收入、没有朋友，不知道自己要做什么。接着她在自家化粪池里发现了前男友的尸体。初来乍到，又是唯一认识死者的人，她成为这桩谋杀案的头号嫌疑犯。

但是这本书是一个系列的开头，可怜的梅格必须洗脱罪名。显然她需要帮助，所以我开始往格兰福德这个虚构的小镇里加人物。

首先是隔壁邻居赛斯·查宾。他是镇上的万事帮，公事、私事都可以找他解决（他也是安装那个化粪池的人）。在整个事件发展的过程中，他在梅格生活中的分量越来越重。

然后是州警察局的警探，此人迫不及待要逮捕梅格，了结此案。他和赛斯高中时候有过过节，所以常常不对付，殃及梅格。

梅格需要一份收入，所以她决定经营这片地产上的果园，于是请了一个果园管理员布丽奥娜。梅格付不起太多酬劳，只好让布丽奥娜与自己同住。她们算不上是朋友，但她确实能够提供一个备选的视角。

然后我开始给梅格安排一些不可或缺的朋友：赛斯的姐姐，管理当地历史协会，与梅格一起在波士顿共过事。其后每本书中我都加几个新朋友。

这个过程像极了现实生活中一个人初到一个地方的经历。梅格一次遇见一个人，渐渐地成了当地社区的一分子。但这不是随机的：每个人都必须有存在的理由，甚至不止一个理由。这个人看起来是朋友，但很可能也是杀手。一个人物占用空间的理由不能只是因为你希望把你的阿姨梅布尔、你最好的朋友或者一个变态的前雇主加到书里，也不能只是因为你有一些犀利的对话找不到合适的人物来讲。他们也不能走个过场、扔条线索，然后凭空消失，再也不出现。

练 习

如何在书中建造一个城镇？通过创造人物，一次一个。

主人公：他/她最典型的特征是什么？这个人是爱好社交还是羞涩胆怯？

助手：这个人的性格应该与你的主人公互补。助手们发挥着重要功能：

- 主人公的得力参谋
- 另一双眼睛
- 可以与更多人产生联系，这些人也许知道相关信息

- 主人公不可避免陷入困境时的后援

执法人员：没有他们很难解决案件。这类人物可以是敌人、盟友、恋人、朋友或以上所有。

嫌疑人：是的，而且不止一个。读者喜欢破案的挑战，这就意味着你需要多个嫌疑人。具体几个由你定，但是记住，你必须为他们每人打造一个立体的个性。

每个人物的出现都要以某种方式服务于故事。他们可以：

- 帮助了解主人公的性格
- 提供线索
- 将人们的视线从真凶身上转移
- 制造喜剧效果
- 增加地方色彩

你可以将这些角色结合起来，人物在整本书的进程中也可以发生改变。一个以丑角身份出场的人后面可能变成主人公的恋人或者杀手。但不管你怎么做，都必须让人物可信、立体。

是什么驱动着你的人物？

琳妮·海特曼（Lynne Heitman），在航空业工作过 14 年，与之相比，其他所有事都显得很容易。她从这段丰富多彩的经历中取材，创作了"艾利克斯·沙纳汉"惊悚系列，其中包括《硬着陆》和《柏油跑道》，前者的故事发生在波士顿的洛根国际机场，后者被《出版者周刊》评为 2002 年年度最佳惊悚小说之一。她当前的小说《一流杀戮》和《潘多拉钥匙》可从口袋书出版社买到。她的短篇小说《离职面谈》收录在丹尼斯·勒翰编著的选集《波士顿黑色小说》中，已于近期出版。

我喜欢人物。我喜欢创造人物。写书时，我常常不得不强行宣告停止添加新人物，否则我永远没法进行其他必要步骤，比如情节。对我而言，人物比情节来得容易。有些作者用眼睛看他们的书，我是用耳朵听。他们钻进我的脑子里，我听见他们的声音。看清他们长什么样则需要更多时间。我初稿的读者永远不知道我的人物长什么样。我得倒回去，试着创造跟我听到的声音一样强烈的外在形象。

我相信读者买书的原因多种多样。可能是喜欢这本书的封面，也可能是读到一篇评论或听到朋友推荐。但他们坚持读下去却是因为跟人物产生了牵绊。声音在人物塑造中很重要，但能让读者产生最深层共鸣的却不是他们的声音或长相，而是他们的动机。身为人类，我们都有欲望，而那些跟我们一样有欲望的人和人物让我们觉得最为亲切。

对一个推理小说家来说，一个人物的动机表面上可以很简单。凶案组警探接到任务查一桩凶杀案，他不会问自己出于什么动机。私家侦探也是一样。顾客走进他的办公室、撂下案子、付钱找他破案。但对我而言，这些是情节点，是让故事运转起来的方法。就像你的职业说明不了你的方方面面一样，警察的身份不足以让人物变得有趣。有时候你需要回过头来，看看这个人为什么会成为一名警察，这样才能发现好东西。警察和恶棍常常从同一个地方来，甚至有着同样的基因，他们各自的动机并非总有那么大的差别。

从动机来说，业余侦探可能更为棘手。如果不是拿钱办事，哪个神智正常的女人会走进一个阴暗的地下室，而她明知道杀人犯可能潜伏在那里？为什么不直接报警？这就是推理小说作者面临的挑战。在我的第一本书中，我的侦探是洛根国际机场一个航空业务部的经理，调查素未谋面的前任经理被杀一案。找到她的动机一开始并不是那么难。好奇心本身就是一个强大的动力。但是，如果你像我一样希望人物稍微有点儿脑子的话，那么好奇心必须有个限度。一旦子弹开始乱飞，我得想一个充足的理由，让她不会理智地逃走。讲故事就是这样。路要不断往上走。风险增大，人物的动机也得跟着提高，否则会让她看上去像个傻瓜，这还是好的。更糟的是，会让她变得不真实。

你的故事中往往有一个点，在这个点上主人公有机会逃脱，甚至想要放弃，因为你将他带到了一些阴暗的、他不想去的地方。或者也许他就是厌倦了这趟旅程。你需要想一个办法让他继续留在游戏里，因为如果他做出理智而显而易见的选择，一走了之，那么你的故事就结束了。在这个点上，反派往往会做些事情让战斗个人化。他绑架主人公的妻子、殴打他最好的朋友或者杀了他的爱犬。不管是什么事，必须严重到足以令主人公转身，刺激他走完全程、攀上陡峭的山峰，你、我、他心里都清楚，在那里等着他的不会是什么好事。

一些最强有力的动机源于失去。心爱的东西被拿走可能激起最强烈的情绪。悲伤。仇恨。救赎。自我厌弃。复仇欲望。动机可以从很基本的事情中得来，比如想要打发一天的时间，或者从更微妙、更复杂的源头中来。来源于内心。山姆·斯佩德[①]表面上看是在追踪马耳他之鹰，其实他的真正动机是找出杀死他搭档的凶手。在故事结尾，

---

①　达希尔·哈米特的小说《马耳他之鹰》的主人公。

他说道："一个人的搭档惨遭杀害，这个人理应做点什么。"这个陈述很简单，却也很有力。他甚至都不怎么喜欢这个搭档，还和这人的妻子有染。但这场搜寻暴露了他的真实动机——坚守他个人的道德标准。

在故事发展的几个点上，特别是当你觉得卡壳的时候，问一问："她想要什么？"再问："为了得到它，她愿意做什么？"一旦出现她想得到的东西不值得她付出那么多的情况，你就必须做出修正，不然读者会不再相信这个故事。读者很难与一个他不相信的人物产生共鸣。如果找不到共鸣，他可能会变得不在意；如果变得不在意，他就可能会放下你的书并且再也不会重新拣起来。增加主人公想要得到的那样东西的价值，或者减少为了得到这样东西必须承受的痛苦。我从不倾向于减少痛苦。考验、障碍不断增多，紧张感不断加强，你的故事才能继续，因此要想办法加强人物的动机，与每一个新的考验和障碍相匹配。下面是这样做的一个方法。

练 习

步骤一　创造你的人物

去一个你常去的地方。可以是健身房、星巴克或者教堂。观察周围的人。找到两个正在攀谈的人，这两个人你都不认识。仔细观察他们，但是别仔细到人家报警。找出一些细节——他们的坐姿或站姿，他们脸上的表情，他们的穿着以及他们如何互动。如果你离得够近，听听他们的声音以及他们聊天的方式。快速记几条体貌特征，并给他们各自取个名字。

步骤二　找到他们的动机

现在假设他们中的一个计划着要杀另外一个。别把他们中任何一个设定成吸血鬼或神经病，因为接下来的练习是要找动机。你想用什么动机都可以。下面列几条以抛砖引玉：嫉妒、复仇、贪婪、对金钱或权力的欲望。定下一个后，写一两页的背景故事作为支撑：也许两个人中的一个与另一个的伴侣有私情；也许是一个富豪爸爸在告诉儿子遗嘱中不会有他。找一些情境让一个人有足够的动机去杀另外一个。

步骤三　往深处看

情境有了，现在深入人物的内心，看看问题究竟出在哪儿。发生过什么事情，导致他/她做出取人性命的事？什么时候发生的？

步骤四　写一个场景

上述工作完成后，写一个这两个人物之间的场景。想办法在不加背景故事的前提下传达出你现有想法中最重要的要素。记住，不允许有讲述。展示给我们看。

让他们变得真实：通过人物关系展现人物

杰登·特雷尔（Jaden Terrell），纳什维尔私家侦探"贾里德·迈克基恩"系列小说《与魔鬼赛跑》（2009）、《夜色满杯》（2012）的作者。特雷尔是"纳什维尔优秀惊悚、推理与犯罪文学会议"的执行董事，同时也是美国推理作家协会、美国私探作家协会、国际惊悚作家协会、田纳西州作家联盟的成员。

三年级的时候我读过一本叫做《银剑》的书，作者叫伊恩·瑟莱伊尔。我到哪儿都带着这本书，一遍又一遍地读，直到书在我手中变得破破烂烂。我仍然记得，当纳粹党入侵波兰、摧毁了巴利茨基一家时，泪水在我八岁的脸上流淌。

四十多年后，我仍然忘不了有责任心的露丝、兴高采烈的布洛妮娅、意志坚定的艾德科以及担心他们一家团聚后家里不再有他位置的孤儿扬。作者并没有告诉我露丝很有责任感，而是通过写她对所爱的人的照顾展示给我看。他没有告诉我艾德科意志坚定，而是向我展示了这样一个小男孩儿：他想要找到并保护姐姐和妹妹，为了实现这个强烈的愿望，他竟然在火车底扒了几个小时，最终从纳粹的战俘营逃了出来。他也没有告诉我扬的担忧，而是向我展示这个男孩面对艾德科时的嫉妒行为以及他对两个女孩的占有欲。

是这些人物让这本书变得不平凡——这些通过与他人关系展现的人物。我刚开始写书时，心里就清楚地知道，我要写那些能让读者记住并愿意一遍一遍重读的人物。我从我的私家侦探主人公贾里德·迈克基恩开始写起。我知道他长什么样——35岁左右，鹿皮色的头发，万宝路牛仔般帅气。我知道他做过警察，还知道他穿一件短款皮夹克，是他父亲在越南时穿过的。但这些都是表面特征。直到我开始探究他与他人的关系，他才真正鲜活了起来。

我就他的人物关系向自己发问，问这些问题时，一个模型浮现了。贾里德有一匹 36 岁的夸特马，从儿时起就跟着他。他有一只年迈的秋田犬。他依然还爱着前妻。他的室友是个同性恋，患有艾滋病，从幼儿园起就是贾里德的朋友。这些人物关系向我展示了贾里德性格中的一个关键点：这是一个对心头所爱不愿意放手的男人。这个特征是"贾里德·迈克基恩"系列中的一个推动力。倘若不花时间探究他的人物关系，我可能就发现不了。

如果我工作做得到位，我就不必告诉读者贾里德是一个忠诚的男人，有着强烈的保护他人的需求。他们会看到这一点：他保护舍友不受偏执狂伤害，他将儿子抱在臂弯里，曾经为了保护一个背叛了他的女人甘心承受屈辱和失业。

如果你想通过人物关系让人物更有深度、更具复杂性，试试下面的练习。（因为我的主人公是男性，所以我用了男性代词。如果你的人物是女性，你应该在适当的地方替换成女性代词。）

练 习

回答下面的问题。你可以用自己或者人物的口吻来回答，细节可以尽可能多，也可以尽可能少，关键在于是否合适。不要畏惧往深处走。你对人物了解得越多，你的故事就会越丰富。

人物结婚了吗？答案如果是肯定的，那么描述他和配偶的关系。如果是否定的，那么他是单身（未婚）、离异还是鳏居？离异的话，是什么导致的婚姻解体？他和前任配偶的关系是怎么样的？鳏居的话，是何种情形？他现在处在悲痛的哪一个阶段？仍旧不能放手还是已经准备好向前看？他是一个感情专一且长情的人，还是一个花花公子或独身主义者？如果他未婚，那他是正谈着一段认真的恋情、仍在苦苦寻觅，还是过着风流放荡的生活并乐在其中？

他有没有孩子？有的话，是男是女？多大？描述人物和每个孩子的关系。身为家长对人物有什么意义？如果没有孩子，为什么不要？他想要吗？他对家长（或者非家长）的身份有何感想？

他有兄弟姐妹吗？几个？什么性别？多大年纪？描述人物和每个兄弟姐妹的关系。如果没有兄弟姐妹，这对他的生活有什么影响？

他父母健在吗？描述他过去以及/或者现在与父母亲各自的关系。

家庭从过去到现在如何影响他、塑造他？

人物有宠物吗？也许不止一个？有几个？什么品种？分别叫什么名字？他怎么看待它们？他是怎么得到每一只的？如果没有宠物，为什么不养？

人物的朋友和盟友都有谁？详细描述每一段重要的关系。一定要加入情感冲突以及这些关系的含义。

人物有敌人或对手吗？一个天敌？这段仇恨或对立是怎么开始的？描述发生过什么事以及这些事对人物有什么影响。

有没有哪段关系中朋友、家人或盟友同时也是对手？在这类情形下，人物如何平衡爱与冲突、爱与背叛之间的关系？

适用的话，还可以问问人物的老板、员工或同事都有谁。用上必要的细节来描述人物和他们每个人的关系。

你有没有开始看到什么模型了呢？你有没有觉得自己开始了解人物了？有没有开始看到他的优点、缺点或弱点？人物如何与他人互动？

不断问自己问题，直到懂得人物。每回答一个问题，你都对人物多一分了解。你会发现，你做的每一个选择都会缩小未来可选择的范围。每一个新的选择必须与前面内容保持一致，否则就会出现明显的前后矛盾需要你去调解。例如，如果你的人物在同事关系中惹人喜爱、魅力四射，但对配偶却异常冷漠并在情感上控制对方，你就需要了解原因，也要帮助你的读者去理解。

通过排除选项或做出可能性很小的选择（并解释），关于这个人物你开始有一个更清晰的画面。通过在人物身边安置不同的人来带出他性格中的方方面面。这样，你最终将会有一个既有深度又具有复杂性的主要人物，一个你的读者合上书后还能记很久的人物。

选角扮演你的人物

凯瑟琳·乔治（Kathleen George），埃德加奖提名小说《胜算》作者，该书是以匹兹堡为背景的"理查德·克里斯蒂"系列小说的第四本。同一系列的其他作品包括《劫持》、《堕落》、《余像》、《藏匿》。她也是短篇小说集《匹兹堡黑色小说》的编者。乔治是匹兹堡大学戏剧与剧本创作专业的教授，在匹兹堡大学导演了多部话剧。

人的行为既复杂又神秘，美妙至极。声音有鲜明的个人印记。电话那头的人第一个词还没说完，我们就已经知道他是谁。有时候我们老远就能根据一个人走路的样子认出这个人。人们有属于自己的节奏——思想上、行动上、言语上。

理解人物行为的方式多种多样。演员常用图表记录了大约50件需要确定的事。其中包括呼吸模式（浅还是深、紊乱还是顺畅）、肠胃的消化状态、经济状况（人物口袋里有多少钱、银行里有多少钱、床垫下藏了多少钱）、情感倾向（压抑与释放）、宗教信仰。

与演员一样，作家也试图捕捉人物的行为方式。他们也需要知道相同的事。推理小说作家对人物的举手投足和说话方式尤其依赖，还要善于伪装、藏起那些不能说的事，因为那些事是推理小说的本质所在。

我经常被问到这样的问题："你在脑子里能看到一切吗？""你能看到人物并控制他们的行为吗？"

我认为作者位置不断变换才是最理想的——在书页的舞台上既是演员又是导演。有些时刻我就是我的人物，从内心感受着一切。另一些时候我会后退一步观察人物——并帮着指挥表演。就这第二个步骤而言，我发现角色扮演很有用，借用舞台、电影或电视中的专业演员来找到合适的形象。我喜欢让现有演员的形象来告诉人物如何说话、如何行动。我喜欢这样的时刻：在某个点，人物变得特别形象——一张脸、一个动作、一种模式、一个声音，都能够给我惊喜。

我过去做戏剧导演为剧本选角时就发现有些演员在配角的位置上毫无意义。他们必须得是行动者、主角。另一些演员特别适合异想天开的幽默，但有时候对尖锐、讽刺的幽默却把握不好。你需要一直准确把握场景的动态，好让两个不同的类型推动表演的引擎。

审美权重是我们经常讨论的一个概念。有些演员天生审美权重高，有些则低。一个审美权重较高的演员移动较少，立场比较坚定，而审美权重较低的演员则更易变、更灵活。

我最初创作我的主人公理查德·克里斯蒂时，在我眼中，他的审美权重中等偏高。他长相神似连姆·尼森①，但他的思维模式又让我想起另一个人。我说过好几次，在我看来他还有很多加布里埃尔·拜恩②的成分。我无法简单解释我这样说的意思，但是拜恩的形象和声音不断跑到我面前，告诉我一些东西。

我写的（并且还在继续写的）克里斯蒂这个人物心思缜密、郁郁寡欢、头脑聪明、有些谦逊、自我、信教、心存内疚。我一早将他描绘成终极父亲一般的人物。每本书中的其他人物都被他吸引，甚至对他依赖倚重，几乎每个人都会爱上他。我只看过加布里埃尔·拜恩的《米勒的十字路口》和《非常嫌疑犯》。我这样安排角色有什么道理呢？

---

① 英国男演员，代表作《辛德勒的名单》、《星战前传》、《纽约黑帮》、《飓风营救》等，常在动作片中饰演硬汉形象。

② 爱尔兰男演员，代表作《歌德夜谭》、《非常嫌疑犯》、《扪心问诊》等。

十年后，拜恩出演了家庭影院（HBO）的《扪心问诊》，这个问题有了答案。他所扮演的保罗·韦斯顿医生就像是翻版的理查德·克里斯蒂——家长式作风、郁郁寡欢、善于自省、富有同情心、内心不得安宁。他演出了我心中一直存在的那个形象。它就在那里，藏在深处。

我的侦探柯琳·格利尔头发像梅格·瑞恩①，长得也有点像。动起来像是梅利莎·乔治②和斯嘉丽·约翰逊③的结合体，调皮、挑逗人时像前者，踌躇、深思时像后者。

我鼓励你给你的人物挑选演员，凭直觉。人的形象会激发我们的想象力，推动我们去创造。下面是一个让知名演员附身于人物的练习。

练 习

拿一段你已经写好的东西，脑中带着一整组演员去改写这个场景。假设你写了一个对峙场景，但场景中没有你想要的那些层次和复杂情绪。

想象一下对阵双方是乔什·布洛林④和拉里·戴维⑤会怎样呢？也许你会发现之前没意识到的喜感。或者你脑中有一个母女二人的场景，两个人彼此都隐瞒着什么。如果你代入劳拉·琳妮⑥和艾伦·佩

---

① 美国女演员，代表作《当哈利遇到莎莉》、《西雅图不眠夜》、《电子情书》等。
② 澳大利亚女演员、模特，代表作《聚散离合》、《鬼哭神嚎》、《三十极夜》、《恐怖邮轮》等。
③ 美国女演员，代表作《迷失东京》、《戴珍珠耳环的少女》等，在漫威系列电影《钢铁侠》、《美国队长》、《复仇者联盟》中饰演黑寡妇。
④ 美国男演员，代表作《老无所依》、《美国黑帮》等。
⑤ 美国导演、演员，代表作《宋飞正传》（制片人、编剧、演员）、《酸葡萄》（导演、编剧、演员）等。
⑥ 美国女演员，代表作《一级恐惧》、《楚门的世界》等。

姬①会有什么效果？

　　允许自己将选好的演员阵容中的一些小细节加入场景。你可以把不同的人组合起来，遇到对不上的情况时可以改变演员阵容。有一点要说明：我并没有说你应该写一个长得像或者声音像某某的人物，而是就让他/她成为某某。

---

　　① 　加拿大女演员，代表作《水果硬糖》、《朱诺》、《盗梦空间》、《X 战警 3：背水一战》、《X 战警：逆转未来》等。

将自己代入人物

戴安娜·奥盖因（Diana Orgain），伯克利出版的"母性本能"系列推理小说的作者（该系列包括《麻烦的包袱》、《母性是凶手》、《谋杀的公式》）。她在旧金山州立大学获得剧本创作专业文学学士学位及艺术硕士学位，并获表演专业第二学士学位。戴安娜作为专业演员演过很多舞台剧和全国类广告。她创作过多部剧本，由旧金山州立大学、格林豪斯制片公司、旧金山戏剧场制作成剧。她如今与丈夫和三个孩子住在旧金山。

写一部伟大的推理小说最具挑战性的一点就是创造吸引人的人物。作者又不是杀手（希望不是），怎么创造出可信度高的杀手呢？所幸我们的想象力可以带我们踏上刺激的旅程，而不需要去伤害任何人。要进入人物的思想，方法之一是通过表演故事将自己放在他们的位置上。

当你将自己代入人物的身体，当你身体力行站起来表演，一切就开始明朗起来。比如，如果人物很强大，那么他们的力量从何而来？腿部？胃部？胸部？他们是保守还是羞怯？他们隐藏了自己的哪个方面？人物的一举一动决定了他们要说什么，从而决定了你要写什么。

角色扮演可以帮助你对已写好的部分进行编辑修改，并推动故事发展。你不仅知道哪些是必要的对话，还会了解到人物的动机是什么。将不同段落表演出来有助于你表现场景中的冲突：每个人物都应该朝着自己的目标前进，同时又受到来自其他人或事物的阻挠（即障碍）。

这项练习最有价值的一个方面，也许在于保证每个人物都个性鲜明、与众不同。让每个人物都服务于你的故事，每个人物既复杂又人性化、引人共鸣。

带着乐趣做下面这个练习。让想象力飞驰，抛开一切阻碍，从书页背后走出来，走上舞台（即使这个舞台不过是你的私人住所）。

练 习

1. 如果你已经写了一段带有对话的场景，很好，马上打印出来。如果没有，进入第二步。

2. 站起来！选一个人物表演。如果你正在修改已经写好的内容，那么念出台词，一边走一边念。站在人物的角度考虑他/她是什么"感觉"。（没错，这是戏剧语言。）

3. 做以下尝试：

（1）进入角色：以人物的身份四处走动。身体的哪个部位是主导？人物走路是靠脚掌还是脚后跟？改变这个小细节会改变人物的感觉吗？选择一种情感（比如，生气、羞耻、恐惧、爱、希望……），带着这种情感四处走走。这种情感在人物体内感觉是什么样的？什么东西开始浮现出来？现在，挑一个具体要去的地方或者一个去某处的理由。人物体内有什么反应？

（2）找一个身体动作：将你扮演的每个人物与一个身体动作联系起来。这个动作最后不一定要写在书面上，但它可以帮你触发人物性格中的不同元素。他/她有没有动来动去？搓手？傻笑？不停地看时间？这个动作说明了人物的什么特点，对其他人物有何影响？

（3）速度放慢：试着放慢速度走一下场景，不管场景是书面的还是即兴的。当你说台词的时候，找一找字里行间的联系以及它们与你正在创作的人物之间的联系。这会帮助你找到人物的动机。

（4）加快速度：如果加快速度走场景，你会发现人物的动机是持续不变还是有所改变。匆匆走场景可以增加紧张感。这符合你的人物以及他/她的需求吗？

（5）低语或大喊：低语或大喊可以增强人物与人沟通的需求并强

化情感。当你回到正常语调时，沟通的需求是否还存在？

（6）物理障碍：假设这场戏中人物之间存在一个物理障碍（一扇门、一把椅子、一片湖水，等等）。这也会强化情感。这对你的人物有何影响？

4. 现在你已经准备好了擦掉重来。你可以对人物和场景采用上述各种策略或者其他策略（随意创造你自己的表演练习）。通过实验找到能告诉你最多人物信息的策略，认识到针对不同人物存在不同策略，希望这样能帮你进一步了解人物。

走出舒适区域：以不同视角写作

肯尼斯·威士尼亚（Kenneth Wishnia），他的第一部小说《二十三种黑》提名埃德加奖和安东尼奖。他的其他小说包括被《图书馆杂志》评为年度最佳推理小说的《软钱》以及被《华盛顿邮报图书世界》评为年度"狂热"图书的《红房子》。他的短篇小说发表在《艾勒里·昆恩推理杂志》、《阿尔弗莱德·希区柯克推理杂志》、《奎因斯黑色小说》等杂志和选集中。他的最新小说是《第五个仆人》。他在长岛的苏福克郡社区学院教授写作、文学以及其他离经叛道的思想形式。

犯罪小说作家常听说要在坏人身上花跟好人同样多的时间，因为你希望对阵双方实力相当，希望反派能够恣意宣泄我们内心最阴暗的欲望和冲动（这些通常处于被压抑状态）、能够吸引人，同时也希望所有的人物真实可信，而不只是单调肤浅的纸板剪影，不是吗？

从不止一个视角写作还有一个好处，它容许你采用阿尔弗莱德·希区柯克的悬疑公式：告诉读者一些主要人物不知道的事情。（想想《惊魂记》中维拉·迈尔斯对约翰·加文说"我能对付一个生病的老太太"的场景。）

我自己的厄瓜多尔裔美国侦探"费罗米娜·巴斯卡瑟拉"系列用的是第一人称现在时。这种风格的优点之一是赋予叙事极大的即时性：费罗米娜直接对着读者说话，她把自己正在经历的一切都告知你。弊端是丧失了或者至少是削弱了制造上面提到的经典的希区柯克式的坐立不安、无比紧张的悬念的能力。

所以我在最近的小说《第五个仆人》中采用了一种别的方法。该书以 16 世纪末期的布拉格为背景，是一部以犹太人为主题的历史惊悚小说。中心人物——伟大的拉比·洛伊（泥人哥勒姆传说中的人物）的一个教堂助理司事——用第一人称（过去时）对读者说话，但故事中还有其他五个人物，他们的视角以第三人称（过去时）呈现。这一方法让我的叙事有深度、有复杂性，同时具备产生引人入胜的戏剧效果所不可或缺的模糊感和矛盾感。

换句话说，如果你花些时间来表现一个恶人的行为方式在他/她自己看来合情合理，或者与多数简单的大制作动作冒险叙事片不同，如果你的主人公面临的不是单一的、清晰的、必须要做的选择，而是一张充满矛盾、怎么选都是错的错综复杂的选择之网，那么你将会创造出更有意义、情感上更能让人投入的戏剧。

此外，大部分新手作家通常会将自己换个模样投射在主人公的人设上，因此，从他人的视角写作总归是一项有益的练习。

为了这个目的，我将下面这个练习运用在我的写作课堂上。

练 习

找一篇讨论争议话题的报刊文章，以别人（不能是你）的口吻就此写一段回应。

你可以随意翻开报纸（或者打开你喜欢的新闻网站）找一篇，但一般来说最好选择政治或名人丑闻，因为大部分人通常对此类大型媒体事件持有强烈观点。

挑战是创作一段独白，不包含描述性段落或其他提示说话人身份的外部线索，但却通过某种方式让读者尽可能多地了解到说话人的年龄、性别、社会阶层、人生观等信息。

整个练习的目的就是要摆脱自传式的自我投射。你必须创造一个你自己之外的人物，其行为方式符合其自身特点。你不能直白地告诉我们你是谁（比如，"我是一个54岁的公交车司机……"）。我们必须从你说的话以及你说话的方式中自己去发现你的人物是老是少、是富是贫，或是处于中间什么位置。

这个练习的结果通常富于创造性且很有趣。我引用过几篇关于希拉里·克林顿在民主党全国大会上讲话的文章（引发了一段以拉美裔礼堂清洁工口吻说出的独白，她从后台观看演讲，她英语不好，并不能理解克林顿夫人所说的话，但仍旧为其所具有的有目共睹的气势、自信和权威折服）。还有一篇关于麦莉·赛勒斯①在电视上跳钢管舞的文章（以一个五岁小女孩的口吻写了一段回应，小女孩在电视上看到麦莉，迫不及待要模仿偶像的动作）。最近又引用了一篇关于某明星从戒毒中心获释归来的报道（给了我们这样几位人物：一位不敢相信自己曾认为该女星可以当自己女儿榜样的母亲；一位对受追捧的明星获得更好治疗心怀不满的越战老兵；虚构出来的对前舍友所获关注心存怨恨的戒毒所舍友）。

　　在此基础上更进一步进入黑暗领域并非难事。想象一个孩子天真地想要重现电视上看到的危险特技，或者一个家长正谋划报复给自己孩子带来不良影响的明星，或者上面提到的那个前舍友会被嫉妒心带向何处。想象他们的口吻，看看你能想到什么。

---

① 美国女演员、歌手。

通过人物关系打造深度

弗兰基·Y·贝利（Frankie Y. Bailey），纽约州立大学奥尔巴尼分校刑事司法学院教师。著有《非裔美籍推理小说家：历史与主题研究》(2008)、《邪恶的奥尔巴尼：禁酒时期①的违法与饮酒》(2009)。她的"莉齐·斯图亚特"推理系列已出到第五本：《四十英亩与阴湿坟墓》(2011)。弗兰基是美国推理作家协会的前任执行副会长、犯罪写作姐妹会 2011 年副会长。

写一部主人公独自一人身处荒岛或隐居山顶的推理小说不是不可能。但如果你这么做，最好有一个很好的故事解释他如何来到此地、为什么要留下来以及谁可能很快出现。在推理小说中，人物关系对事件至关重要——包括是谁做的、为什么做，甚至是怎么做的。

这些人物关系能够且应当用来增加人物及情节的深度。在与其他人物互动的过程中，主人公展示了他是什么样的人——他的人生态度、他的信仰、他所重视的事。主人公表现出了他会为什么而战、为什么而死。

某些人物关系是这个类型共有的。某些人物关系则是该类型下属某一子类型所特有。例如，一部典型的黑色小说如果没有硬汉或妖女会怎么样？犯罪小说中，有一些人物支持主人公（提供帮助与慰藉）；另一些人物是反派，他们的出现就是为了摧毁或者阻挠主人公解决案件。与其他虚构小说一样，推理小说中的人物可以有家人，也可以没有。有或没有这些家庭成员，其意义都是非同小可的。

有时候其他人物可以作为参谋出现，避免主人公陷入莎士比亚式的自言自语。主人公可以向他的秘书或者曾是警察的酒友抱怨世间如

---

① 美国历史上一段推行全国禁酒令的时期，从 1920 年开始至 1933 年结束。

何无公道。主人公可以在吃比萨时告诉密友或助手自己认为恶人应当受到怎样的惩罚，而不是将这些想法埋在心里。

在犯罪小说中，冲突通常导致暴力。但也存在言语上的攻击，一触即发或失去控制，披着幽默的外衣或直接就上难听的谩骂。有些言语交流比肢体暴力更让人不安（对人物而言），也更具启发性（对读者而言）。

比如，在我的推理系列的第五本小说中，主人公莉齐·斯图亚特与未婚夫约翰·奎因坐在车里。他们正开往弗吉尼亚东海岸的一座农场，去参加奎因西点军校的老同学聚会。莉齐试图读一本当地的旅游指南，但她意识到在他们到达目的地之前、在她第一次见到奎因的朋友们之前，她需要知道他有什么困扰。这一章名为"跟我说话"，在这短短几页内，莉齐盘问、奎因躲闪，两个人物就此暴露了自己。表面上在询问他的心事，潜台词是她觉得他们之间缺乏情感上的亲密，她为此感到担忧。随着两人对话继续进行，第一人称叙述者莉齐也与读者分享了她自己对两人关系中问题的见解以及她为什么感到不安。接着有事情发生，他们的注意力就从对话上转移走了。但问题并没有解决，两人之间的紧张状态（他没告诉她，也没打算告诉她的那些事以及她因此产生的恐惧）一直作为次要情节存在于全书的剩余部分。

直到认识了我的人物，我才会理解自己正在写的书讲的是什么。在投入情节之前，我喜欢花点时间来思考人物关系。这些人物关系往往能将情节带向你意想不到的有益方向。

在下面这个练习中，你要让主人公的世界住满人，然后探索主人公和其他人物之间的互动。

练　习

你的人物的世界里都有谁？

这在某种程度上取决于你作品所属的子类型以及故事背景和情

节。以警察程序小说为例。假设承载着你故事重量的主人公是一名侦探。下面几个基本问题是你需要提出并解答的：

● 你的侦探如何与同事们互动？她是否懒散、粗暴、自作聪明？为什么？这是她的真实想法，还是只是为了掩饰其他情感？

● 有没有谁是她不喜欢的？她为什么不喜欢这个人？她对这个人有何反应？

● 你的侦探如何回应上级下达的命令？服从？挑战？还是不尊重？为什么？

● 你的侦探对受害人有何反应？她是否在应对某些受害人时心怀同情和友善，而对另一些受害人却满心鄙夷？她是否因为母亲曾受过虐待而鄙视有暴力倾向的男人？当她不得不去审问或逮捕一个受到指控的施虐者时，这一点有何体现？

● 你的侦探有着怎样的家庭生活？她在生活中怎么跟人形容她的工作？她对他们隐瞒了什么？这对人物关系有何影响？

这种练习适用于所有类型的人物。想一想他的生活中有谁、为什么。想一想人物如何回应生活中不同的人。将他和这些人放在一起，让他们互动。看看会发生什么。问问你自己这将如何影响人物面对必须要解决的案件或谜题时的反应，尤其是他迎接挑战的能力。

她有能力成就一切

> 凯莉·斯坦利（Kelli Stanley），犯罪小说（长篇、短篇）获奖作家。住在达希尔·哈米特[①]时代的旧金山，喜欢写关于这个城市的故事。著有两个犯罪小说系列，一个背景设定在20世纪40年代的旧金山（主角是冷硬派女私家侦探米兰达·科尔比）；另一个设定在公元1世纪罗马帝国统治下的不列颠。她的长篇小说包括《龙之城》、《长夜沉眠》、《诅咒制造者》和《秘密之城》。

女人能竞选总统，也能抢银行。她们能开航天飞机、发明新技术、养育孩子、照顾家庭，也能实施诈骗案或者抢劫小老太太。

换句话说，男人能做的，不管是好的、坏的，合法的、违法的，女人都能做。

既然如此，为什么女性当侦探、受害人或者杀手还需要我们去想象呢？因为半个世纪前，女性想要跟男性一样从事某些职业，最多只能想想而已。法律官司、长期游说、政治和社会压力等为女性开辟了新的舞台，但根据最新数据，玻璃天花板[②]仍旧存在。1987年由萨拉·帕瑞特斯基组织成立的非营利组织犯罪写作姊妹会致力于监督犯罪小说出版业内部的性别歧视，但令人遗憾的是，歧视并没有消除。

文化传统在历史课本中缺乏一种声音，整个20世纪从事特定职业或某些行业的女性相对较少，这就形成了我们文化、娱乐媒体内部的性别定式。犯罪小说作家需要对这些老套形象有所认识，以便做出评论或彻底避免它们。

---

① 美国冷硬派侦探小说作家。

② 由于性别或种族歧视产生的无形障碍，阻碍妇女和非白人的职业选择和职位晋升。

　　作为杀手的女性。女杀人犯——一个缺乏母性传统美德、用色相操控男人的无情杀手——是许多冷硬派与黑色故事中常出现的人物（比如《双重赔偿》），但其实这一形象的根源可以追溯到麦克白夫人和美狄亚①。她常常被刻画成一个性感尤物，利用性却不享受性。换句话说，她十分清楚自己的诱惑力并对其进行有效控制，从不允许自己在情感上屈服于她想要操纵的男人。她"非女人"的本性暴露无遗，有时还会通过厌弃（甚至谋杀）孩子来体现，像美狄亚一样。她经常以强壮的形象示人，被认定为男人婆。麦克白夫人与麦克白之间的关系就是这种传统性别角色易位的典型代表。

　　作为受害人的女性。你们都看过这样的电影。年轻的女人在明知有杀手出没并且好几个朋友已经离奇失踪的情况下还独自走进地下室（室内停车场、废弃的房屋）。这也许是这类书中以及封面上最陈旧的老套形象，受害人往往很年轻，智商又不如看着她走进圈套的读者或观众。

　　诚然，女性在暴力犯罪事件中的受害比例确实非常大，特别是能上头条的连环杀人案件。但总将她们塑造成掠夺型犯罪分子的猎物，无助、软弱，很容易让你自缚手脚。

　　作为侦探的女性。女侦探是虚构小说中相对较新的形象，文学血统自然不同于杀手和受害人。尽管南希·朱尔②以及阿加莎·克里斯蒂的简·马普尔已经让业余女性侦探流行了将近一个世纪，女性私家侦探却是近些年才有的形象。感谢玛西娅·缪勒、萨拉·帕瑞特斯基以及苏·格拉夫顿，是她们让冷硬派女性侦探获得了认可和尊重。

　　然而，与其他类型的小说一样，性别定式比比皆是。到处都是与警察谈着恋爱的神气活现的年轻女人、坚忍不拔的女警察或私家侦探、能给人建议也能抓捕犯人的年长女性。所以你必须在人物塑造上

---

① 希腊神话中的形象。
② 《神探南希》系列的主人公。

多加思考……坚强并不意味着男性化。

足球中正确的拦截需要的是一种力量。照顾一个生病的亲人需要的是另一种力量。女人可以很坚强——每个生过孩子的人都可以证明这一点。你不需要依靠性别定式来写一个女性侦探。

那么我们作者应当怎么做？不创作任何女性受害人、杀手或者侦探？非也。每年都有魅力不俗的小说出版，涵盖这些类别中的每一个。毕竟，女人跟男人一样，都可能是罪案的受害者；女人可能是杀人犯（电影《怪物》就极好地刻画了一个女性连环杀手的形象）；女性作为执法人员或私家侦探与当今世界的犯罪活动作斗争，她们过去就已经在这么做。秘诀是要让你的人物尽可能真实——让他们的动机、动作、行为有可信度，而不是性别定式。

练　习

在决定人物性别之前，列一个清单，分别列出你认为的女性和男性特征。然后列出现实生活中你认识的某个人的特质——可以是跟你关系亲近的人，甚至是你自己，如果你能做到足够客观的话。

大部分人身上混合着两种性别的特征，既有我们认为典型的男性特征，也有我们认为典型的女性特征。考虑清楚你人物的叙事目的是什么以及你需要将哪些特质混合在一起。

如果你想要写一个女性受害人、杀手或侦探，问问自己你是否能让人物在性别间自由切换。如果可以自由切换，那么你要么开发一个情节，让性别如你所想成为角色的内在特质，要么考虑转换成男性视角。不要忘了性别本身也可能被模式化——试着在某个人物身上采用同性恋或双性恋视角。拓展、探索人类状态这个广阔疆域。

如果这个女性人物是你的主人公，那么尽可能充分地刻画她。在把她放进故事之前先写写她的情况——她在你眼里应当是真实的，她对事物的反应应当符合她的行事风格。她最喜爱的食物是什么？她穿什么样的衣服？如果她是个侦探，她可能会注意到男性通常可能忽略的细节，仅仅因为她对这些更熟悉，反之亦然。一个有孩子的男性侦探可能会比他没有孩子的女性搭档更早一步在一个坏掉的玩具中找到线索。换句话说，注意模式化和老套的形象，向它们发起挑战！

写犯罪小说最让人兴奋不已的一面就是穿上主人公的鞋，设身处地地站在主人公的角度生活。不管她穿的是细高跟、耐克还是登山靴，让她领路，跟着她走。她不会带你走错路。

次要人物不可草率：打造一支目的明确的配角团队

瑞秋·布拉迪（Rachel Brady），现居休斯敦，是美国宇航局（NASA）的一名工程师。她的兴趣爱好包括保健与健身、原声吉他、各种类型的书籍。《终点逼近》和《奋力一搏》是她的"艾米丽·洛克"推理系列的前两本。其中《奋力一搏》提名华生奖，该奖项评选的是推理小说中的最佳助手。

为你的推理或悬疑小说选择人员阵容可不是小事。所有人都认同一个观点，即有血有肉、与众不同、能够承载故事的主人公很重要。同样，有血有肉、与众不同的次要人物也很重要。说到底，是这些人物支持着你的主人公，或者想要杀掉他。即便是世界上最好的主角，如果没有足够邪恶或特殊的人来挑战他的权威，又有什么意思呢？

我敢肯定你可以说出一个人的名字，这个人对你很重要，他/她的帮助成就了今天的你。如果非逼你说，你也许还能说出一个人，这个人曾以这样或者那样的方式阻碍你前行。当然这两个极端之间还存在许多人——在你的生命中来来往往的人，没有以任何方式留下长久印象。

推理或悬疑小说对节奏的要求不允许最后这类人物的存在。因此只剩下两个主要的类别，我们的配角就得是这两种人。你小说中的次要人物要么帮助你的主人公，要么阻碍她。具体何种方式读者并不一定清楚，这没什么要紧。但是作为作者的你必须明白，每个配角为什么有这个荣幸出现在你的书中。

想想那些带出你最美好一面的人。谁让你笑？令你安静下来或是安慰你？关注你？选一个名字。这个人我将称之为你的**帮手**。

再想想那些触碰你雷区的人——假惺惺恭维你的人，傲慢的万事通，井井有条，一出现就让你觉得自己没用却毫不知情的足球妈妈①。想到谁了吗？这就是你的**阻挠者**。

试想一天晚上你将车开进车道，疲惫、紧张、满身泥泞、浑身湿透，为了趣味性，还可以加上挨饿。一辆熟悉的车等在那里。

如果这辆车属于你的帮手，你会作何感想？如果这辆车属于阻碍你的人，你又作何感想？对比你的两种反应。

只要我们愿意，我们每天遇到的人都会深深地影响我们的人生观、情绪、视角、生产力及观点。对我们的主人公而言，也同样如此。我们可以扰乱他们，也可以扔给他们一条救生索，全凭我们选择放在车道上的是什么人。

有时候反面人物可能伪装成好人，有时候则相反。单个人物，比如说恋爱对象，可以兼负两种角色，在不同时间扮演不同的角色，这取决于当前场景中发生的事。有一点很重要，需要记住：一个好的配角总会做点什么来帮助或阻碍你的主人公。不允许两种情况并存。

时装设计师常说："少即是多。"与此类似，如果每个配角都能在物质上、思想上、情感上或者任何一种意义上帮助或扰乱侦探，一部手稿就会变得更为紧凑。用"少即是多"的概念思考你的人物。倘若一个人物既没能推进案件，又没能让案件放缓，也没能提升或挫伤主人公的士气，那么可以考虑删掉这个人物，或者将这个角色与另一个更为有用的人物结合在一起。通过这种方式，书中每个人都会有自己的价值。

配角的帮助或阻挠并不总是有意为之。一个生病的孩子不会知道他的肠胃感冒严重限制了单亲爸爸查案的自由。相反，来自阿姨或姐姐的一句随意的鼓励可能让你的业余侦探重振旗鼓，擦亮放大镜再次尝试。这些角色对情节而言可能并非不可或缺，但他们应当从根本意义上影响你的主人公，即使主人公没有认识到这一点。在每一个场景中都要问问你自己，这场交流或对阵的理由是什么。

---

① 重视小孩休闲活动的母亲。

主要人物离开某场景时需要比进入该场景时多一点变化。可以是巨大的外在改变，比如采访某人得到一条线索；也可以是细微的内在改变，比如对案件进展感觉更好或更坏。但如果对主人公来说什么都没有改善、没有变糟，那你很可能并不需要这个场景，可能也不需要这个次要人物。

与现实中的人一样，次要人物有他们自己的目的。他们的动机和目标驱动着他们的行为及与主要人物的互动。问问自己每个场景中每个次要人物想要的是什么。你的主人公显然也有一个目的。当冲突发生时，他必须发挥自己的聪明才智和创造力，以得到你想要的结果。

练 习

1. 明确主人公的主要帮手和主要阻挠者。回到前面设想的停车道的场面。让疲惫、无力的主人公取代你的位置。为两种情形各写一段对话，首先是帮手等在那里的情况，然后是阻挠者。注意不同的人下车时主人公情绪和反应的变化。

次要人物还有利于节奏的控制。当你需要增加紧张感和危险性时，引入能够制造最大障碍的人物。让主人公陷入悲惨的境况。到了主人公减少压力、探索新线索的时候，给他一个帮手，一个可以给他提供新想法或者没有恶意地与他唱反调的参谋。

2. 最让我们困惑的莫过于意想不到的行为。写一个场景，让人物的主要帮手做一些令人费解的行为，拖慢侦探的进度。再写一页阻挠者莫名其妙向侦探伸出援手的情况。

这些次要人物为什么要这么做？

诸如此类事物不按常理发展的情节，为作者提供了各种各样的机会。意想不到的行为意味着误导和误解出现的时机已然成熟，而这二者就是推理和悬疑的关键要素。

6

叙述声音：语气、视角与对话

叙述声音与私家侦探①

斯蒂夫·里思科（Steve Liskow），他的作品《谁写的死亡之书》于 2010 年出版，《阿尔弗莱德·希区柯克推理杂志》曾刊载其获 2009 年黑兰奖的作品《卡住脖子》。他也创作短篇小说，目前正在写关于摇滚乐及轮滑速赛的推理小说。他是美国推理作家协会以及犯罪写作姊妹会会员，与妻子芭芭拉生活在康涅狄格州，养了两只流浪猫。

"问题是，"经纪人对我说，"出版商可以数得清他们手边已有的私家侦探故事。而对于其他作品，他们则做不到这一点。"

经纪人说得没错。

业余侦探可以是护士、教师、销售、记者、美容师或驯狗师，他们所生活的不同世界为故事提供了多样性。而私家侦探——无论男性还是女性——有一种相对稳定的通病，他们会一次又一次被卷入某些特定的情境中。这就意味着某些类似的情节也会一遍又一遍重复出现。

那么，如何使你的故事脱颖而出呢？

写作风格以及叙述声音。

写作风格是指作家为了有效讲述故事而做的技术选择。这些选择包括背景设置、倒叙、讽刺、对话、描述，以及你高中学的任何其他东西。叙述声音取决于故事中相互关联的三个方面：人物、视角、态度，英语老师一般称其为"tone"（语气）。

你的故事和人物，尤其是视点人物，需要持一种态度。如果他们不抱任何态度，那么就没有了情感上的利害关系，读者也就不会上心

---

① 本文关于时态的内容主要适用于用英文写作的情形，请读者参考阅读。

一直读下去。

许多人都主张第一人称视角是最自然的写作方式。他们忽略了这样一个事实，那就是第一人称视角也容易将故事写坏。读者会对一直重复"我……"感到很厌烦，最终会将书收起。怎么解决这个问题？

多年前，乔治·加莱德曾指出，第一人称故事的关键行为永远都是讲述。书中的人物需要讲述他的故事。这意味着他有一些事情急于处理，这可以创造一种态度，进而产生一种与众不同的叙述声音。想想丹尼斯·勒翰的私家侦探小说叙述者帕特里克·肯齐、琳达·班尼斯作品中的卡洛塔·凯雷，或者珍妮特·伊万诺维奇笔下的斯蒂芬妮·普拉姆。

全知视角下，叙述者可以了解每个人的思想，在相同的距离下看故事中的每一个事件。如果故事很复杂，包括多个次要情节，这种叙事方式是很不错的，但这么做也有风险，它可能将不同人物的观点扁平化，在均一的单调性中抹杀人物个性。

多重近距离第三人称视角有助于调整场景节奏，制造紧张状态，也有助于形成叙述声音，因为细节和感知经过了不同人物的筛选，而这些人物的性格和态度是不同的。

形象以及节奏可以展示人物的态度——他是如何应对周遭世界的。从人物的形象中可以捕获其独特的世界观和兴趣点。教师、运动员、音乐家或机械师按照他们与世界的相处方式来理解这个世界，他们的形象会显示这一点。孩子比大多数成人更加依赖感官而非想象，这也赋予孩子一种独特的叙述声音。小孩子的头脑里可能缺少专门用语，但他会用自己了解的东西来进行比较：糖果、动物、织物。

节奏是词汇和标点符号的产物。带有强辅音、少标点的简单短句（我的老师曾称其为海明威风格）与带有逗号、软合辅音、平行短语和从句的长抒情句读起来感觉迥异。许多出版商青睐现代开放的标点符号风格，在这种风格下，独立从句之间较少使用逗号，所以句子进展也更快。

丽塔·梅·布朗指出了以拉丁语为基础的词汇与盎格鲁-撒克逊词汇之间的不同之处。我们认为前者更加温和、优雅，也许是因为单词往往以元音或者更柔和的辅音结尾。它是一种礼貌、博大的语言。盎格鲁-撒克逊用语则带有很强的辅音，包含了我们所使用的大多数诅咒词汇，也包括更多刺耳的单音节，这也会打断流畅性。利用这些不同点可以让你的人物和作品更有态度。

动词的时态也是如此。比起过去时态，现在时态可以让行文更具即时性，许多当代编辑不赞成使用过去完成时态，他们更喜欢一般过去时态，因为这样可以减少距离感。

潜台词也有重要作用。唐·温斯洛的一般现在时态充满了能量，他使用城市背景和人物。因此，他的行文包含了一种潜台词，听起来像是"该死的，你能相信这种废话吗?"

珍妮特·伊万诺维奇笔下的斯蒂芬妮·普拉姆是一个典型的长发新泽西女孩，言语模式泄露了她的"我的天啊"式的人生观，所以在每个句子的结尾处你几乎都能听到一个问号。丽莎·斯科特林常借漂亮的天主教姑娘、后成为律师的玛丽·迪农齐奥之口讲述法律惊悚片（何其矛盾），她对事件的看法比她母亲的饭菜更有味道。

派特·康洛伊的句子很长，长到可以用来蹦极了，其中充满了细腻的描述和平行的从句。其雄伟的作品节奏创造了一个更高视野下的世界，即使人物做着恶魔伴舞这样的噩梦。苏格兰作家凯特·阿特金森提到电影、文学、摇滚歌曲时，以典故双关语和反讽赋予其作品人物犀利的人生观，有几分麦克白遇上三角洲蓝调的感觉。现在请看一看罗伯特·克里斯、詹姆斯·克拉姆利、S. J. 罗赞或劳伦斯·布洛克的作品。

这就是使你的私家侦探故事脱颖而出的方法。

现在我们来做练习。

练 习

用一页内容记述一件对任何人都不会产生持续影响的小事。不要写坠机事件、地震或税务监察事件，好不好？也不要写恋人分手或中彩票。记述一件小事，如搭配早餐谷物食品的牛奶用完了，或者将晚餐在微波炉中加热太久导致塑料餐盒融化了。

现在用下面的至少六种风格来重新记述同样的事情。不要改变基本的事实。使用词汇、句子长度以及标点符号来制造不同的节奏，从而展示态度。有一些风格会比其他风格更有效，这正是问题的关键。你将会为一个场景甚至整本书找到合适的叙述声音。

1. 不使用多于 2 个音节的词。

2. 不使用多于 10 个词的句子。

3. 每个句子至少 25 个词。

4. 使用现在时态。

5. 使用第二人称。（"你打开门……"）

6. 使用《圣经》、神话或者莎士比亚作品中的典故。

7. 使用能触知的（触觉）形象或细节。

8. 提及下列物品或事件中的任何一件：棒球、音乐、国际象棋、烹饪、驾驶/小汽车、天气、花。

9. 仅使用系动词或被动语态。（每一个动词都要带助动词，即"是"（to be）的形式："is"，"am"，"was"，"will be"，等等。）

10. 不使用缩略形式（"I'm"，"I'll"，"doesn't"，"don't"，"can't"，"he's"，"she's"…）。

开篇词——供作者练习

蒂姆·玛里尼（Tim Maleeny），获奖作家，著有众多短篇小说以及四部长篇畅销小说，包括《盗龙》及喜剧惊悚小说《跳跃》，其中《盗龙》最近入选电影改编行列。目前他和家人居住在纽约。

砰！

故事如何开篇？作为作者，你要做的最重要的决定之一，就是如何在故事开篇即紧紧抓住读者，死不放手。身为小说家，我总是在不断重写、编辑、删除、粘贴，直至自我感觉恰到好处，但开篇词是个困扰。这篇文章中列了一些我最喜欢的开篇词，其中一些词语激励着我去改编我作品中的第一句话，直至它掷地有声。任何作品出版之前，我大概都会反复改写开篇段落，不下 40 遍，痛苦地斟酌其中的每一个词语。

> 做自己是一项大工程。
>
> ——唐·温斯洛，《弗兰基机器的冬天》

对于那些看书精力不易集中、兴趣不深或者淹没在白色噪音中的潜在读者来说，你的开篇词是否能真正切入人心呢？在回答这个问题前，请花点时间考虑一下下面这些发人深省的数据。去年美国出版图书超过 27 万册，发行近 1 000 种电子游戏、几百部电影，还不算前一年电影的 DVD 光盘。大量的新闻周刊、时尚杂志和日报，创造了文字世界的海啸，足够一个人读一辈子。而且，这还没有计算个人笔记本电脑、电子阅读器和手机中那些数以百万计的网站和视频，它们每一个都是一种诱惑，吸引我们的注意力，供我们消遣娱乐、逃避现实。

> 警察爬出车整四分钟后被枪杀。
>
> ——李·查德,《说服者》

问题超出了讲述故事,尽管正如我们所见,答案就在讲故事这项技能的核心处。你的作品开头要足够吸引人,一个原因是,你的书可能和其他一百本书一起摆在连锁书店,读者可能会浏览每本书的第一段,而后停留在某张桌子前精读你的作品。抑或一个好奇的网上购物者选择"试读内容"功能跳转到你的作品首页。他们想一睹为快,品尝你作品的味道。你只有一次机会,如果错过了,读者就会转而点击别的作品了。

> 这是最好的时代,也是最坏的时代。
>
> ——查尔斯·狄更斯,《双城记》

现在撇开当今出版界的残酷现实,来放松一下,因为毕竟这一挑战也不是一天两天了。吸引读者一直都是好故事的核心。

很久以前——这四个简单的字眼即刻把你传输到另外一个世界。它是让你坐下来、放松并开启想象力的言语提示。这个词已经使用了好几个世纪,因为它可以做每个讲故事的人都必须做的一件事情。精心设计开场白,从而使故事动起来。

> 在酒吧里,凯伦喝着伏特加汤力,雷喝着白兰地来安神,她告诉他人们对死亡和持枪抢劫的反应几乎一样:震惊、不信、愤怒、接受。
>
> ——迪克兰·伯克,《魅影巨神》

努力把你的书想象成一部电影。观看任意一部你最喜欢的电影,尤其是推理片或悬疑片,仔细研究一下这部电影的开场情景。十次中有九次,当荧幕上出现第一幅画面时,摄像机已经开动了。最重要的是,在故事开始前,有些事情已经发生了。

叫我以赛玛利。

——赫尔曼·梅尔维尔，《白鲸》

出色的开篇语就像出色的故事，不会从头开始讲，而是从中间开始，向读者发起挑战，让读者自己去追故事。

身为作者，你就是读者的眼睛、耳朵和鼻子。你把持着镜头。他们也许发现自己滑翔在海洋里，穿梭于人群中，徜徉于山水之间，或将镜头推向坐在餐馆里的一对夫妇。摄影机也许撞上一场激烈的争论或见证一起谋杀案，然后突然就停在那里，无法转移视线。火车已经驶离车站，他们上了车，没有回头路可走。

这就是你希望通过开场白所建立的那种势头。

尖叫声撕心裂肺穿透整幢大楼，就好像一个怀孕的修女走在忏悔的路上。

——蒂姆·玛里尼，《跳跃》

写作是运动。对话、描写甚至人物发展都源于动作、动机、选择和冲突。张力必须释放出来。潜在的能量在字里行间颤动。把你的作品想象成将要发生的事情的催化剂，想象成故事人物和读者间的放热化学反应。

现在坐下来开始为你的故事写开篇句吧。努力把这句话写好，接着继续进行创作。

练 习

1. 写出一个开篇句或段落，将读者带向某个时间、某个场所：

五小时的纽约飞行时差之后，凯西·波拉德在卡姆登镇醒来，被打乱的生理节律就像一群穷凶极恶、不断转圈的狼。

——威廉·吉布森，《模式识别》

2. 从另一个人物的角度来介绍一个人物，带出介绍人的态度。

如果你不看她的脸，她那像少女一样轻盈、苗条的身体会让你以为她还不到 30 岁。

——罗斯·麦克唐纳，《大冲击》

3. 以突如其来或出其不意的事情开篇，这就要求读者继续阅读获取更多信息。

路易脱下他的胸罩扔到棺材上。

——尼克·托希斯，《但丁之手》

4. 写出一个完整的开篇段落，让故事动起来，同时也体现你叙述声音的风格。这样，读者便可被深深吸引，知道一旦读下去，能从中得到什么。

防护栏的最后一道屏障是塑造得像焦炉一样的一个巨大的巴斯克人。他长着一张大众化的面孔，有着斗牛士的鬓角，眉毛、鼻子、嘴唇上方深深的酒窝里钉有一打铆钉。如果底特律是另一种管理体系，这个人会专门打击报复共和党人，打穿他们的膝盖骨。九四年市场疲软时，他曾在影视圈工作过，在西班牙语肥皂剧中扮演水管工、看门人和建筑管理员。我一靠近他，就忍不住要朝下瞄一眼他胸前的名牌。

——罗兰·伊斯特莱曼，《美女有毒》

5. 写下故事的第一章，然后以三种不同的方式对其进行编辑。首先以描写场景开始，接着再对这一章节进行编辑，改为从连续事件的中间部分开始，或试着以前言不搭后语的对话开始。哪一个版本效果最好？为什么？

谋杀犯、受害者、侦探三者视角下的谋杀案

丽贝卡·坎特雷尔（Rebecca Cantrell），著有以 20 世纪 30 年代的柏林为背景的获奖推理小说"汉娜·沃格尔"系列，包括《一缕烟》和《长刀之夜》。她的短篇小说收录在《失踪》和《第一次激动》两部选集中。此外，丽贝卡还以贝卡·布莱克为笔名创作了颇受评论界好评的"i 恶魔"青少年系列，包括《i 吸血鬼》。目前，她和丈夫、儿子生活在夏威夷，家里还住着数不清的壁虎。

我希望《一缕烟》中的谋杀案受害者能在书中有自己的声音。我希望我们了解厄恩斯特，去爱这个人本身，这样，我们就会明白他的死对他的姐姐汉娜·沃格尔来说意味着什么。凶手已经夺走了他的生命，但是我不希望他的声音就此消失。

在最初的手稿中，我试图让厄恩斯特从坟墓中说话。很遗憾，总感觉这种方式不是那么恰到好处。我的写作团队为此努力过，我后来的经纪人问的第一个问题是，"如果我同意代理你的书，你愿意考虑把那个死鬼兄弟的声音从稿子里删掉吗？"

我愿意。我删除了一系列相关情节，但是我知道这些删掉的事实和情感需要从汉娜的视角以第一人称的方式写入一部小说中。我发现我在厄恩斯特谋杀案、他的生活和经历上所花的时间最终让他在小说中发出了强大的声音。我还有另一个令人惊讶的发现：从受害人的视角来描述谋杀案能够让我对围绕案件发生的所有事件有一个清晰的认识。它向我展现出作品核心处的景象、声音和情感。

厄恩斯特被谋杀的场景揭示了厄恩斯特以及凶手的很多事情。此处交织的情节线索会贯穿全书剩余部分。你也许认为我会汲取经验，但我没有。写第二本书《长刀之夜》时，我并没有想到从受害者视角

去描述谋杀案。

直到我发现自己不断返回汉娜发现尸体的那个场景时，我才意识到自己对她要努力破解的这起谋杀案不够了解。我这才静下心来，开始从受害者的视角来写这起谋杀案。这次我明白那些话最终不会在书中出现，但我也明白我做这项工作所获得的关于案件的洞察力和清晰度最终会在书稿中体现出来。

练 习

作为写作练习，我建议你仔细考虑一下罪案本身。希望你把精力主要集中在细节和情感上，尽力使自己仿若置身于每一个场景中。

1. 从罪犯的视角描述这起谋杀案。他/她为什么要杀死受害人？这起谋杀是有预谋的还是突发的？杀手是否留下了任何线索？如果有，是无意留下的，还是为误导侦探而故意留下的？杀手经历了怎样的情感体验？这起谋杀案的具体经过是什么样的？逐步了解每一个动作，仔细研究每一个细节。

2. 从受害人的角度描写完全相同的场景。受害人认识杀手吗？他感到吃惊吗？受害人反抗了吗？受害人是否无意中或特意留下了什么线索？受害人身体上和精神上分别会有什么样的感受？

受害人是否意识到自己将面临死亡？如果是，那是什么时候？如果谋杀案的受害人并没有意识到自己将要死亡，正如在中毒案中会发生的一样，写写受害人所能记得的最后一些事情。

3. 从侦探的角度描述同样的场景。如果侦探在案发现场，他会看到什么？他会发现什么线索？让侦探通过亲身演绎或脑补的方式来想象一下案发经过。什么事情让他感到吃惊？当他想象案发场景时，他对杀手和受害者分别有什么想法？这一场景如何改变了他？

"放我出去！"帮助人物找到自己的叙述声音

伊丽莎白·泽尔文（Elizabeth Zelvin），是纽约市一名精神治疗师。她的推理系列以正在戒除酒瘾的酒鬼布鲁斯·科勒为主人公，包括《死亡会让你清醒》以及《死亡会帮助你离开他》。她关于同一人物的四部短篇小说中，有两部被提名阿加莎最佳短篇小说奖。伊丽莎白的短篇小说发表在《艾勒里·昆恩推理杂志》和其他各类选集及电子杂志上。

叙述声音是推理小说中最玄妙的因素，也是使一名作家的作品在众多作品中脱颖而出的基本要素之一。一种难忘的叙述声音，无论属于作者还是一位特别的人物，都会吸引读者。因为许多推理小说都是系列作品，推理小说的作者总需要重复一些事情。读者不断购买已故的罗伯特·B·帕克的作品，并不是因为斯宾塞总是赶走坏蛋，而是因为帕克独一无二、立可辨识的叙述声音。

无论是煞费苦心，还是单凭直觉，作者总会运用大量写作技巧来将人物之间的叙述声音区分开来。帕克的技巧之一就是除了"说"以外，从不使用其他任何属性特征。另一个就是斯宾塞和他的伙伴霍克出了名的俏皮话。

选词和句子结构上的细微差别将鲁斯·伦德尔的检查员"韦克斯福德"系列和她以芭芭拉·薇安为笔名所撰写的心理悬疑小说区别开来。一个是警探程序系列，可爱的主人公一直跟随着作品；另一个是一系列毛骨悚然的独立故事。这两个系列作品的风格完全不同，作者伦德尔的才华从中展露无遗。

时间和性别方面的区分是最容易也最难实现的。如果叙述声音不正确，书中的人物听起来会不真实。

布鲁斯·科勒是我系列小说的主人公之一，他是一个正在戒除酒瘾的酒鬼，口齿伶俐、心地善良。迪亚哥是我的另外一个主人公，他是哥伦布首次航行时一位年轻的马拉诺①水手。假设他们都在描述被人跟踪这件事。布鲁斯也许会说："我不想让他知道我要去哪儿。"迪亚哥也许会说："我不希望他知道我要去哪里。"布鲁斯的表述更口语化，使用了现代句子结构。为了创造一种带有历史感的声音，我避免使用缩略语，选用了一个稍微正式一些的动词，并且用一般过去时代替了过去进行时。

布鲁斯在书中首次登台亮相说第一句话时，我将其叙述声音确立为坚忍不拔，并具有讽刺意味，当他发现自己在贫民窟时，他说："我在戒瘾所醒来，感觉满嘴都是腐臭的呕吐物的味道。"他环顾四周，总结道："我有种糟透了的感觉，那天是圣诞节。"迪亚哥对这个节日的说法完全不同："根据希伯来历，那是 5253 年基色娄月第 25 天，灯节的第二晚。也就是包括上将在内的其他人口中的公元 1492 年 12 月 24 日：圣诞节前夜。"

一年之后，在《死亡会修剪你的树》一书中，布鲁斯因圣诞节的灯串沮丧不已。布鲁斯的性情是纽约式的，所以我原本构想他粗话频出。但这个故事是为一部面向家庭的选集写的。那么，我如何避免布鲁斯满口粗话，而听起来同样真实呢？我写道："我坐在地板上……大腿上堆着闪着火光的意大利面一样的电线，我咬紧了牙齿。我 357 天没喝酒、改变了整个人生，就为了这个吗？"

我这两个系列的主人公都是男性。布鲁斯的伙伴芭芭拉是一位坚强的女性人物，她的声音出现在对话中。当我从芭芭拉的视角用近距离第三人称描写一个场景时，我作为作者的声音必须区别于布鲁斯的第一人称声音。下面是芭芭拉正在考虑是否如约去见一位身负命案嫌疑的整形外科医生："芭芭拉拍了拍鼻子。何必多此一举假装要换新鼻子？大多数她这个年纪的女人……十来岁时做过整鼻手术的，现在

---

① 中世纪被迫改信基督教的犹太人。

鼻子都是千篇一律明显狭小的形状，露出太多鼻孔。"雷蒙德·钱德勒不会写那样的段落。简·奥斯汀也不会。我写芭芭拉的视角采用的叙述声音，其形成靠的不仅是语言，还有内容和观点。

珍妮是我的女主人公之一，一个受到叔父骚扰的 11 岁女孩。我从主题和词汇两方面来塑造她的叙述声音："我问过妈妈好多遍，可不可以给自己的房门上锁，但是她说我年纪还不够大"，以及"在中世纪这个我最喜欢的历史时期里，男人穿盔甲，女人穿贞洁带。我敢打赌她们甚至不知道自己有多么幸运。"不需要青少年俚语，也不需要提及青少年常见的问题，珍妮已发出其特有的叙述声音了，至少对我是这样的，我可以从她的语言判断她既非大人也非男性。

小说人物的第一人称表述并不一定要遵循语法规则。主人公可以说："像往常一样，我把两扇门都锁上了。"但第三人称叙述者应保持公信度，这样说话："我把两扇门都锁上了，我总是这么做。"小说人物的词汇某种程度上也许会受限或专业一些，而作者的语言则不必这样。叙述声音就是要打破常规、甘冒风险，好让故事中的人物——以及作品——跃然纸上。

练 习

下面的表格列出了人物、背景和情境。每一个情境中，都包含两个截然不同的人物和两种截然不同的背景。你可以在列表中添加其他特征，如种族、地点、职业、残疾、婚姻状况，等等。

设定人物为第一人称叙述者，为每种情境写一个场景。试试看你能够赋予每个人物和背景如何特别的叙述声音，能在多大程度上将一种叙述声音和另一种叙述声音区分开来。可以通过混合搭配列表中的各种因素来反复进行这项练习。用第三人称重新写每一个场景，看一看叙述声音会发生怎样的变化。

情境	人物	背景
发现尸体	年龄和性别	历史时期
被指控犯罪	25 岁男人	当代
对阵恶棍	25 岁女人	19 世纪
受伤，寻求帮助	60 岁男人	中世纪
被绑架或诱拐	60 岁女人	公元前
救助某人	13 岁男孩	摄政时期的英格兰
采访犯罪嫌疑人	13 岁女孩	未来
阻止灾难发生	阶级、教育、地位	位置
公开示爱	富人	大城市
回到久违的家	穷人	小城镇
醒来后失忆	中产阶级	乡村
到达错误的地点	工人阶级	野外
说再见	流浪汉	海边
保密		密闭群体

视角：观察练习

凯瑟琳·霍尔·佩奇 (Katherine Hall Page)，著有由威廉·莫罗及埃文书社出版的业余侦探兼伙食管理员"费思·费尔柴尔德"系列获奖作品。除此之外，她还为更年轻的读者写了短篇故事和推理小说，另著有一部食谱《要对厨房有信心》。她居住在新英格兰。

乔治·奥威尔在《我为什么写作》中写道："好的文字就像窗玻璃。"对我而言，这一句话提炼出了写作的精华——创造让读者能够全面观看另外一个世界的文字，在一个时刻以一个观察者的身份进入这个世界。正是在这个过程中，视角起着至关重要的作用。

没有比突然转换到另外一个视角更让读者苦恼的了。我们被唐突地打断：稍等片刻——这是哪位？我一直听到的那个声音发生了什么？甚至比这更糟糕：他或她怎么知道是那样的？

这在推理小说中是个特别难以避免的陷阱，我们要争取做到对读者公平，在散播红鲱鱼的同时提供信息。在叙述的过程中增加另外一种视角的诱惑是很大的。"这会让他们不停地猜测，"我们心中暗自得意。没错，这确实会让他们不停地猜测——不明白究竟发生了什么，与此同时合上书，换一本不那么令人困惑的来读。

当然，从多个角度写作是可以的，我在最近的作品《雪橇上的尸体》中就是这么做的，并且乐在其中。我从下列人物的视角写作：系列人物费思·费尔柴尔德、在缅因州一个岛上农场养山羊的老姑娘玛丽·贝瑟尼、陷入困境的大学生米里亚姆·卡彭特、岛上十几岁的青年杰克·惠特克。

将这些视角区分开来是一项挑战，我通过对他们分开叙述来做到这一点，这样就不会出现上一句写米里亚姆，下一句就换做写费思这样的情况。视角不可避免地同叙述声音联系在一起，而使用每一种叙述声音是我最快乐的写作体验之一。

这与在对话中所采用的叙述声音是非常不同的，结合叙述声音和视角是下面练习的要点。在《阁楼上的尸体》中，我通过插入一本写于20世纪40年代的日记来实现这一点，这本日记是费思·费尔柴尔德在丈夫托马斯·费尔柴尔德牧师休假期间，在马萨诸塞州坎布里奇市的一所老房子里发现的。从这本以第一人称写成的日记中节选出的段落以斜体形式穿插在整本书中，为费思·费尔柴尔德同时也为读者提供了一种视角——以及发生在那所房子里的罪案细节。

我在《常春藤中的尸体》一书中也采取了类似的视角技巧，该书是对阿加莎·克里斯蒂的《无人生还》的一次致敬。我讲述了八个女人的故事，她们是大学同学，时间跨度从20世纪60年代到当前。我再次用了将人物分开叙述这一方式。对每一个人物，我都用几个章节来写她在虚构的佩勒姆大学度过的四年中的每一年，并以当前这次聚会为背景进行展开。这是一次致命的聚会——她们与一个在逃杀人犯一起被困在一个岛上，而这个杀人犯正是她们当中的一员。

因为我用第三人称写作，所以多重视角似乎很正常。在用第一人称写作时，我们总是知道视角来源；在一个连续的系列作品中，视角也会成为贯穿整个系列的人物。我把自己当成费思·费尔柴尔德来写作（并非与她神交，也不像有些作者那般幸运，人物会告诉他们怎么做）。她的声音是读者所听到的主要声音，读者正是通过她的眼睛来观察我为他们设计的世界。从下面的练习中可以看出我是如何着手做这一切的。

练 习

这个练习的目的是换成另外一个人物，然后以这个人物的视角来描述一处地方。透过奥威尔的窗玻璃去观察你周围的世界。你可以身处其中或置身其外。关注一些小细节。注意你的所有感官。如果你在自己熟悉的地方——例如，你所写的地方——更要如此。

现在从下面的选项中选择其一，并以选定的视角写一小段描述。这段描述不需要精雕细磨。重要的是将文字写在纸上。也可以和另外一个人或者小组一起来做这个练习。每个人都读一下自己写的东西，请大家猜猜观察者的身份。

焦急的母亲或父亲与学步的幼童	建筑师
老人	视察某处的主管
记者	隐士
外国人	企业家
凶手	来自过去的时间旅行者
来自未来的时间旅行者	蚂蚁
幽灵	四岁小孩
厨师	十几岁的青少年
侦探	离异的人
	从来没有到过美国的人

于是你有了想法。尽量多做一些练习，尽可能将每段话都写得不一样。你也可以在地板上加一具尸体，为自己多提供一种选择，然后重新写一遍描述。在你写作的过程中，你的人物可能将你抓紧。看看这是否能让你有写故事的想法，如果有，追着这个想法写下去。

总之，要写。每天都要写，即使仅仅是日志或日记中的几个句子。永远记着玛丽·罗伯茨·莱因哈特的话以及她关于此话题的那本可爱的小书：《写作是工作》。

创造可信的对话

琼恩·P·布洛赫（Jon P. Bloch），著有"里克·多米诺"系列作品以及其他关于堕落的故事。业余时间，他是南康涅狄格州大学的社会学教授。

小说让读者暂时相信虚构的事物。尽管读者知道这是故事，并不是现实生活，但在某种程度上，这两者之间的区分却是模糊不清的。暂时相信在读谋杀类推理小说时尤其重要。只要故事吸引人、充满悬念，读者很愿意接受曲折的故事情节及这一体裁的惯例。

由于大多数谋杀类推理小说本质上包括破案人挨个与他人谈话，因此对话在抓住读者兴趣方面尤其重要。其必须能够：（1）推动故事情节向前发展；（2）揭示或反映人物个性；（3）为读者提供可能的线索。并且，不管怎样，整件事情看起来必须像是真的会发生一样。

有很多种策略可增加对话的可信度。在最基本的层面上，有一种有时被称作神秘化的策略。意思是你呈现材料的方式让人不想去怀疑。换句话说，故事——也是主要由对话承载——太有趣了，让人不得不信。读者希望它是真的。

如果你的人物没有塑造到位，那么创造可信的对话便不太可能。对话是使人物具体化的主要工具之一。思考两个例子：

A. "你杀了他？"警察问道。

"不，我发誓我没有。我是无辜的。"

B. "你杀了他？"警察问道。

"是的，没错。五分钟时间里，我在商店停下来买烟，开车从相反的方向回去，刺了我那畜生姐夫 50 次，接着，连一块简易抹布都没有买，就直接去看我孩子二年级的话剧表演了。对了，她扮演的是胡萝卜。"

例 A 中的回应任何人都可以说出来。它并不能反映人物的与众不同之处，也没有给读者提供线索，没有推动情节发展。相反，例 B 则做到了这一切。

现实生活中，谋杀可不是什么好玩的事。但在故事中，它却有一些有趣之处。读者喜欢悬疑；我甚至想说，谋杀类推理小说让人爱不释手。在雨夜阅读谋杀类推理小说是种乐趣。如果呈现得当，人们甚至会接受其令人毛骨悚然的方面。如果你写的对话能够取悦读者，他们会感到神秘，而不去质疑故事的可信性。

一个行之有效的方法便是保持冷静沉着。你的人物见过各种场面，所以，即使有人被杀，他们也不会怒发冲冠。这可以让读者在享受阅读故事的快感时不会感到愧疚不安。

"他们发现她的尸体被砍成了小块。"侦探说道。

玛丽耸耸肩。"好吧，这就是生活。"

另外一种常用的方法是幽默。有时候，极其恐怖或悬疑的故事在某种程度上是滑稽的。

"他们发现她的尸体被砍成了小块。"侦探说道。

"好吧，人们不会排队说有多爱她的，"玛丽回应，"只有十足的受虐狂才会为她的死感到遗憾。这倒提醒了我——我得给我前夫打个电话。"

在能够快速推动情节、使读者不断翻篇阅读的活泼对话中也可以发现幽默的成分。与其用"让我们开车到玛丽家里跟她谈谈"这类平淡的句子，不妨试试：

"我猜又得去玛丽家了。哎呀，我真走运。"

"咳，既然你没有整日污言秽语，我跟你一起去。"

"我有种感觉，在去玛丽家的路上我会说一堆。"

"这样的话，亲爱的，去你妈的。"

此外，看上去心神不宁或者陷入痴迷的人，其忏悔或讲话会显得格外戏剧化：

她转头避开我，盯着窗外。"雪——很奇怪，不是吗？舒适、天真又如此⋯⋯呃，如此死气沉沉。我觉得应该把我丈夫埋在雪里。这是我起码可以为他做的，真的。你知道，发生那件事之后。那是我第一次使用电锯。要是弗兰克能够看到，他一定会为我感到骄傲的。他一直努力让我摆脱对电锯的恐惧。不过，我想死亡让骄傲变得不可能了。"

并列也很有效——将两件通常不会一起发生的事情并列："那提醒了我——在去太平间的路上，我得去取我女儿的女童子军饼干。"

也要考虑对话前后的叙述。举个简单的例子：

A. "我恨他！"她吼道。

B. "我恨他。"她打了个哈欠说道。

有人吼着说她恨一个人，这一点也不特别——任何人都可能这么吼。但是，打着哈欠说这种话？说说，这位女士是谁？这位男士是谁？

最后，将多余的话从对话中删除，加快对话的速度以提高趣味性。如果有的对话并不能展现人物特征，也不能推动情节发展，最好将其删除。例如，对比一下 A 和 B：

A. 我对妻子说要去五金店买些钉子。然而，我却径直去了玛丽的公寓。我很害怕。所以在按门铃进去前做了一次深呼吸。

B. 我对妻子说要去五金店买些钉子。我径直开到了玛丽家。

我做了一次深呼吸，然后按了门铃。

B 比 A 更有意思，因为其进展速度更快。我们也可以自己推测他做深呼吸是出于恐惧，这一点并不需要特别交代。

练 习

1. 让你的每一个人物都做一次忏悔演讲。如果他们是性格鲜明的人物，那么这些演讲是无法互换的。

2. 还是这段陈述，试着依次将它变得沉着冷静、幽默风趣、富有戏剧性，然后写进一段活泼的对话里。

3. 在一天中你最客观、最具批判精神的时候（对我来说是清晨），读读你写的所有对话。看看是否可以缩短对话篇幅，让对话变得更有趣，意义却不减分毫。

写一个母语非英语的人

斯坦利·特罗利普（Stanley Trollip），教育心理学教授，已退休。他的职业生涯是在美国度过的，如今在明尼阿波利斯市及他的出生地南非两地生活。他是迈克尔·斯坦利写作团队的半边天。他和搭档迈克尔·希尔斯著有几部以非洲南部为背景的推理小说集以及三部长篇小说。他们最新的小说是《螳螂之死》。

"侦探库布"系列故事是以非洲南部国家博茨瓦纳为背景的。库布是博茨瓦纳警方刑事调查局的一名侦探。他的母语是茨瓦纳语，但他英语讲得也很好；他接受的是英语教育，而英语是博茨瓦纳官方语言。

库布与他的同事以及其他博茨瓦纳人用茨瓦纳语交流。在执行任务时，他与母语为英语、德语、南非语等其他语言的人讲话。他每周都去看望一次他年迈、刻板的父母。那么，我们如何抓住人物讲话的不同之处呢？

对于英语读者来说，让两个人用茨瓦纳语讲话是没有意义的。很明显，读者根本什么都不懂。所以，对话用茨瓦纳语进行时，我们可以有两种处理方式。第一种是说明此人讲的是茨瓦纳语：

"救护车什么时候到？"他用茨瓦纳语问道。

这很有效，但无趣。所以，我们也可以这么说：

"Dumela，rra. 救护车什么时候到？"他问道。

Dumela 是茨瓦纳语中的"你好"，rra 表示茨瓦纳语中的"先生"。尽管这些词的意思通常可以通过上下文判断，我们仍要在书的最后给出一个这类词的总表，这样就不必在文中做解释了。

介绍完对话是用茨瓦纳语进行的以后，剩下的就可以用标准的当地会话英语写了。例如，美国人说话的方式可能会与澳大利亚人或者英国人差别很大。在非洲南部，讲英语的人常常会使用源自南非语或其他本地语言的词汇，所以，让我们的人物讲这些词是有意义的。

例如，在南非，小卡车几乎总被称作 bakkie，这其实是南非语中的一个词。所以我们的对话中也可以使用这个词。同理，我们说，人们吃 braaivleis 或者 braai，而不是吃烤肉。从字面上翻译，braaivleis 在南非语中的意思是"煮熟的肉"。只要有机会，在不偏离故事发展方向的情况下，我们就会将这类词加进来，以确保读者知道他们读的是一本关于异域的作品。例如：

"上来到 bakkie 后面去，"安德里斯命令五个男孩。

"Oom 皮特今天下午要吃 braai。你们得给大人留些肉。"

在这里，bakkie 和 braai 这两个词给作品添了当地的风味。Oom（南非语，字面意思是"叔叔"）意思则更为通用一些。南非白人用它来指他们所尊敬的人。在这个例子中，Oom 皮特很可能是一位农民邻居，而并不是这些男孩的叔叔。在现实生活中，如果我碰到一位讲南非语又比我年长的人，出于尊敬，即使我们从未会面，我也完全可以叫他 Oom。

关于肉的评论为 braai 这个词提供了一些语境。这部作品也抓住了非洲南部生活的另外一个方面。每到一个地方，不管是农场、乡村还是城市，人们都坐在小型卡车（bakkie）的拖斗里出行。尽管这不合法，但却是当地文化的一部分。

也可以使用同样的方式，在不同人物的语言中加入特定的词汇，这样，不必用太多他说，读者便可以判断出是谁在说话。例如，我们书中的法医病理学家伊恩·马基高是苏格兰移民。下面的段落节选自《腐尸之谜》。

库布离开时，病理学家走了进来，很明显刚刚冲过凉。

"你刚回来吗？"库布问道。

"半小时了。我不得不喝点苏格兰威士忌平静一下。你真是个无赖，留我跟那个疯狂的司机安德里斯一起。他坚持要带上那个警察兰德·罗弗！"他的口音明显重了。"你那样对他发号施令，他对你很失望。他将气都撒在我和巡逻队身上了。"

从他的用词上判断，病理学家很明显是苏格兰人。

如果并不能熟练使用某种语言的人来讲这种语言，我们会设法让他们的句子不连贯、不符合语法规则。下面的段落节选自我们的第三部小说《螳螂之死》，其中，多里讲茨瓦纳语，而布西曼人对茨瓦纳语则一知半解。

多里转向布西曼人。"你什么时候找到？"他用茨瓦纳语慢慢问道。

"很快。"那个人耸耸肩。

"挪走他？"

那人摇头道："给水。"

对于库布年迈的父母，我们通过他们的语言和行为表现他们的刻板。每次库布和妻子来看望他父母时，他的父亲都会用下面的方式招呼他们。

库布走到父母面前，问候他们："Dumela，rra. Dumela，mma."他接着将右臂伸向父亲，同时用左手触摸右臂，表示尊重。

威曼郑重回应："Dumela，我儿。"

"我到了，"库布很正式地说，"抱歉我来晚了。"

"在我这里你不用客气。你好吗，我儿？"

"我很好，父亲。你和母亲好吗？"

"我们也很好，我儿。"威曼的声音很有力，但很安静。

博茨瓦纳人握手或授受东西时，用左手触摸右臂表示尊重。威曼的话语也很正式，还有一点呆板，我们为了体现这种正式，从未在他的话语中使用过缩略语。

最后，关于对话，还需要注意人们通常会谈论的场所和事物，例如食物、政治、宗教以及体育运动。要确保你的人物不谈论那个地区人们根本不会讨论的事情。很明显的例子就是让一个法国人谈论棒球（除非他在美国待过很长时间），或者让墨西哥人谈论板球，或者让挪威人吃咖喱。这些反常的事情在现实生活中是可能发生的，但永远要记住，你要做的是让你的读者相信人物的真实性。

练　习

1. 选择一种异乡文化。它可以来自另外一个国家，也可以就在你自己的国家，例如，如果你生活在美国，可以选纳瓦霍文化或拉丁文化。花半小时左右的时间上网搜索关于这一文化的信息：语言、信仰、传统、地理位置，等等。

然后写一段生活在这种文化中的两个当地人之间的对话，使读者能够将它与两个母语为英语者之间的对话区分开来。要让你的读者感觉到他们正在经历这种文化。

2. 创造一个讲英语的美国白种人。让他/她简单描述一次车祸。

然后让一位墨西哥移民描述这次车祸——现实中这段对话可能是用西班牙语进行的，但你的作品是英文的。

最后，让一位欧洲游客（英国人、法国人、意大利人或德国人）来描述它——在这里他们会讲他们自己版本的英语。争取不要让你的人物变成滑稽的漫画形象。

美国广告教你如何写更好的对话

克里斯·科诺夫（Chris Knopf），著有两个以汉普顿斯为背景的推理小说系列，主人公分别是山姆·阿奎罗和杰基·思维特科斯基。另著有《伊莉斯安娜》，《出版人周刊》曾这样评价此书："俏皮的对话以及敏锐的社会观察让克里斯·科诺夫这部单本惊悚小说别具一格。"

在出版第一部小说之前，我在广告公司写了 30 年广告词。经常有人问我，写广告词是不是对写小说有益处？我总是回答："没错，方方面面。"当涉及对话时，这一点尤其明显。对于推理小说、惊悚小说写作来说更是如此，因为这类小说中的人物通常是硬汉、疯子和普通人。如果你的人物说起话来就像 19 世纪的演说家，很难让读者相信这是活生生的现实。

广告词撰写人需要掌握的另一项重要准则是按规定时长写作。电视广告（我们称作插播）通常是 30 秒。电台广告一般是 60 秒。这两种形式比起来，我认为电台广告对小说作者来说是最好的练习。电视插播毫无疑问是微电影、微小说，但是和大电影一样，视觉因素往往起决定性作用。而电台广告中，文字是最要紧的，跟书一样，通常是没有视觉辅助的。电台广播和小说一样，取决于对心灵剧场的掌控，使用语言来吸引和诱惑受众购买人造实体。但是，和小说不一样的是，你需要在 60 秒或者更短的时间内将所有的信息传递出去。这便教你如何删减、压缩、传达你的故事，这么做几乎总能让推理或惊悚小说更加充满活力。

广告业教我们保持广告词的会话性，以人们说话的方式来撰写文稿。通常都是些句子碎片。老实说，有时候只有一个单词。

语法上有问题，但可读性很强。

演讲比书面说明更简洁。即使是最健谈的吹牛大王也倾向于省掉不必要的废话，频频省去像代词这样的词，而直接讲出行为动词。

"乔，你在那儿干吗呢？"

"抓鱼，你呢？"

这个例子也表明了口头英语的另外一个现实。我们常常省掉动名词以及其他带"ing"的词中的"g"。即使是受过良好教育的饱学之士也会这么做，只不过有所节制而已（如巴拉克·奥巴马）。只要可行，我们也几乎总是要使用缩略语。能用"don't"或"can't"时非要用"do not"或"cannot"最容易将对话语言搞砸。只不过不要过度使用就可以了。缩略语不能听起来很无知。①

独白在广告和小说中占有一席之地，但是，当两人或多人讲话时，却少有长篇大论。相反，对话中人们倾向于你来我往抛句子，就像一对网球运动员。在伟大的犯罪小说中（如埃尔莫尔·伦纳德），更是如此。

写电台或电视广告时，你不仅仅是在写广告词，也是在选潜在角色，在勾画能够实现广告目的的那类人的轮廓。因此，你在脑子里要能听到人物的声音。

练 习

写一段 60 秒的电台广告词，只能使用对话，销售一种可能不存在的产品，像用鼻毛编织的丝带、离子动力堆肥。将广告词写成特征迥异的两个人之间的对话。编造一条故事线，以便两人能够很真实地讨论你的新产品。在写广告前，描述一下人物和故事线（创意概念）。影视编剧称之为脚本。

---

① 此处为用英语写作的情形，请读者参考阅读。

在视频网站 YouTube 上可以听到很多插播广告，或者也可以到水星电台奖网站收听，这些都可以用作一般性指导或灵感来源。

牢记如上所述的一般对话传统，努力写一个更好的。既然知道要讲故事，那就确定一个或多个人物，然后在 60 秒内销售一种奇特的新产品，要做到有说服力。将俳句规则运用到你的写作中来：没有多余的词，每一个词都必须有意义。

这是好的对话的核心，特别是那种白描式的对话。一种意思如果能用三个词表达出来，几乎一定会比用五个词更有力。如果你愿意一直删减，直到失去了生命力，然后再小心翼翼地往回加，那么上面这一点真的不难做到。

接着再写一段广告，要写成严格的独白。如上所述，写出脚本，描述人物。

接下来找一个毫不在意你感受的人读一读你的广告，并对你所努力达成的目标进行反馈。看看你是否提供了有说服力的论据，而不仅仅是一段精心编写的对话。将这些意见和你的脚本做一下对比，然后要么为成功欢呼，要么回头再试一次。

笑声中的谋杀：犯罪小说中的幽默之音

杰克·弗雷德里克森（Jack Fredrickson），著有三部"德克·埃尔斯卓姆"系列小说：《安全的死亡之所》、《真正最亲爱的人，你死定了》以及《寻找亲爱的玫瑰》，均由托马斯·邓恩/圣马丁出版社出版。他的短篇故事常发表于《艾勒里·昆恩推理杂志》，频率之高编辑都未必承受得了。其他短篇则收录在《蓝色宗教》（迈克尔·康奈利编著）、《芝加哥蓝调》（莉比·黑尔曼编著）、《月光下的犯罪事件》（莎莲·哈里斯编著）等选集中。

为了表明我知道自己在写什么，我会以两段一眼看上去没什么意义的引文开头。它们来自两个不同文学类型的作品。

你要是真想听我讲，你想要知道的第一件事可能是我在什么地方出生，我倒霉的童年是怎样度过的，我父母在生我之前忙些什么，以及诸如此类的大卫·科波菲尔式废话，可我老实告诉你，我无意告诉你这一切。

——霍尔顿·考尔菲德（J. D. 塞林格，《麦田里的守望者》）

"吃我的短裤。"

——巴特·辛普森（合著，《辛普森一家》）

上述引文风格都很强烈，成功地勾画出了人物如何看待他周围的世界。但是，假设说塞林格和《辛普森一家》的作者们吃错了药，他们会如何继续这两个片段呢？

例如，霍尔顿·考尔菲德可能会接着说：

我现在必须走了。在珠宝剧院的麦莉·赛勒斯金曲回顾演唱会开始前，我刚好有时间去沃尔格林买点甘贝熊软糖——我最喜欢粉色的。

巴特那段：

> "吃我的短裤？"辛普森教授重复道。他手指拨弄着领结，对研讨会上的博士研究生挖苦地笑道："这当然只是一种修辞手法。不管是外衣还是内衣，肯定没人会指望靠这种平角衣服维生。它们缺乏营养价值，并且……"

这两段有趣吗？不。好笑吗？显然。这正是我的目的：幽默来自反差，来自意料之外。

好的推理小说及惊悚小说也是这样。做好了，幽默可以使人物（不管是主要人物还是次要人物）更加丰满，并且提供一种方式，在用非常可怕的事物猛击读者头脑之前，将他们带入一种暂时幸福安稳的状态。

幽默可以是好的。幽默也可以是邪恶的。

我在写第一部犯罪小说时无意中领悟到了这一点。那时我和妻子正在加利福尼亚休假。我的妻子一直是一个乐观的冒险者，然而对这次旅行来说，她太轻信了，为我们订了一处后来发现是信奉新纪元①的地方。

我们的门上有个牌子，要求客人进门前脱鞋，以免扰乱屋内的业力。但从脏兮兮的地毯看来，履行这一要求的客人并不多。毫无疑问，我们房内的业力遭到了破坏。

除了业力，我们的套餐里还包括这样一份早餐：两个扁平的格兰诺拉燕麦饼和一个覆盆子。（你看得没错：一个红色浆果孤零零地立在两块薄薄的饼上。在我生活的地方，也就是芝加哥以西，提供这样的早餐肯定是糊弄不过去的。）

等待早餐的时候，因为看不到堆叠的餐盘，我自然而然地开始偷

---

① 新纪元运动，又称新时代运动，是一种去中心化的社会现象，起源于20世纪七八十年代西方的社会与宗教运动。

听邻桌四个人的谈话。他们戴着珠宝，系着发辫，穿着印花裙子……当然，不包括那位男士。我没法汇报他所有的穿着打扮，因为我的妻子坚决阻止我爬到他们桌子下面去确认我的判断：他身着喇叭裤和地球鞋，从 60 年代那个纵情的年代保留下来的服饰。

四个人有一个共同点：异常红润的肤色。而且，他们哈哈大笑着，就那样哈哈大笑，尽管是在一大清早。（在芝加哥以西，他们这么做也是不可以的。按照惯例，我们会在失望的情绪中醒来，等待着政府官员被逮捕的消息。）

从他们的喧闹中我得知这四人是新纪元治疗师——很明显他们对自己用双手施行的疗法很是骄傲。（因为没法靠得再近一点，我不确定他们具体在谈论什么。但是，我确实承认在芝加哥以西的部分地区，这类事情是可能发生的。）

真正激起我想象的是他们挨个频频站起来到房间另一边续蔓越莓汁。我自己取了咖啡和橙汁，但这些都搁在更靠近我们的桌子上。新到湾北地区，我想知道将蔓越莓汁和橙汁分开放置是否是那个地区的特有文化，就像业力和地毯，还有上面放着单个覆盆子的格兰诺拉燕麦饼。

我询问了我们十几岁的服务员，一位青春萌动、思想纯洁、面色红润的姑娘："你们为什么让蔓越莓汁和橙汁隔这么远？"

她很放纵地笑起来，好像我的鼠尾草脑袋干涸、瘫痪了一般，然后说道："哦，不是这样的，先生。那不是蔓越莓汁。那是雪莉酒。我们一整天都将它搁在外面。"

喧闹的治疗师喝了雪莉酒，已经有几分醉意，因而面色红润。

这经历很美妙。我急速回家，着手将这次旅行写到我的小说中去。

我开始写整个过程。观察业力指示牌、脏地毯、喝雪莉酒的人能使我的主人公说俏皮话，为他歪着看世界提供另外一种视野。在一系列凝重的章节中插入这样轻松的一章，可以改变小说的步调，达到安抚读者的目的。

不过有一件事情很让人苦恼。在写作、改写、再改写的过程中，我意识到自己正面临着一个宇宙间的大问题："一个作者如何判断其作品是否有趣呢？"

这让我噼里啪啦冒火，像是带着高电压的物件。如果我所写的东西一点也不有趣，那该怎么办？

幸运的是，那时普利策奖获得者、《帝国的崩塌》的作者理查德·拉索正在给附近一所大学的文学专业本科班做讲座，他可不是一般的幽默作家。我偷偷跑过去，将头发花白的自己安插在讲堂前排，希望没有人会注意到我相对这个群体而言老了几十岁。到了提问环节，我问道："作者如何判断他的作品是否有趣呢？"

他放纵地笑起来，好像我花白的鼠尾草脑袋……呃，你知道的，然后说道："能让你发笑。"

就是这样。这就是全部了。整个宇宙打开了，就因为这五个字："能让你发笑。"

我的书出版后，书迷对我的创造力表示祝贺。值得一提的是，两个人都引用了发生在加利福尼亚北部的那个场景。

关于治疗师以及蔓越莓汁的内容真的发生过吗？当然，很大一部分。我有没有加以润色，使它更好笑？毋庸置疑。但是其中的精髓是我观察到的，而后用想象力打磨了一番。

即使我全情投入改写过好几次，我依然会被它逗乐，在我用来写作的昏暗地下室咯咯大笑，像个发了疯的傻瓜。

练 习

练习？你已经了解了。观察——一段对话、一堂舞蹈课、一场保龄球比赛、一次钢琴独奏会、一段电视广告、一群聪明的人对周日早间新闻节目发表武断意见或者发生在你周围的任何其他事情，真实的或者想象的。

你的人物会怎么看待铺开摆在眼前的事物呢？幽默能够通过向我们展示她在她的世界中看到的荒谬而将其有效放大吗？

加以修改才行？太好了！操控、想象、转变。变得很好笑。

这是否也能安抚你的读者，让她高兴，鼓励她平静下来，并对她所处的美妙世界面带微笑？

能？那就更好了！

你在笑吗？很好！你做到了。

7

环境与氛围：故事的背景

推理小说中的背景环境及地方感

威廉·肯特·克鲁格（William Kent Krueger），获奖作者，著有《纽约时报》畅销书"科克·奥康纳"推理系列。在阁楼文学中心、明尼苏达大学、威斯康星大学、鲍尔州立大学教授类型小说写作。住在明尼苏达州圣保罗市，他所有的创作都在家附近一家小咖啡馆进行。

问一问任意一位生物学家，塑造生物体的最重要因素是什么？答案很可能是环境。任何社会学家都会告诉你，要理解一个人，首先得看看他生长的环境。在小说中，环境转化为背景。简言之，这意味着故事起因于且不可避免地受制于其发生地点的独特因素。

推理小说这一体裁中，我最喜欢的往往是那些作品中充满深刻地方感的作者：詹姆斯·李·伯克、丹尼斯·勒翰、克雷格·约翰逊、利比·菲舍尔·赫尔曼、路易斯·佩尼、黛博拉·克龙比。在这些作者的作品中，动作与地点二者紧密相连，密不可分。在这些故事中，事件以及人物的反应方式很大程度上都可以从地理及文化背景中预测到。读完这些作家的某部作品，我感觉自己好像进行了一次旅行，但不仅仅是一次文学旅行。我一般会觉得自己感官上被传送到了另一个地方。而且，呵，我很喜欢这种感觉。那么，毫无疑问，这在很大程度上也是我希望我的作品能够带给读者的体验。

我所说的背景指的是什么呢？

总的来看，**背景是指故事所发生的场所。**对迈克尔·康奈利书中的哈里·博世来说是洛杉矶，对丹尼斯·勒翰来说是南波士顿，对克雷格·约翰逊来说是怀俄明州，或者，在我的书中则是明尼苏达州广袤的北方森林。

从另一个层面说，背景是指故事中每个场景的发生地点：一处荒凉的海滩、一家小餐馆、一间忙碌的办公室、一间客厅。在最基本的层面上，背景指的是每次交流发生时物理上圈住读者的一切事物：半传动装置离开载货汽车停车场的声音，豪华的餐厅里服务员在桌边倒酒时影子落在房间的方式。首先，背景是一处地方。

背景也是一个人物。在故事中，看待背景应该像看待任何重要的人物一样。人物有声音、气味、物理特征、文化偏见，背景也一样。

纽约市的声音与俄亥俄州乡村的声音是非常不同的。一个充满了咆哮声、隆隆作响声、匆忙的讲话声；另一个则简洁明了，不时被草地鹨的声音以及拖拉机遥远的嗡嗡声所打断。西雅图的气味与奥马哈的气味非常不同。尽管都是大城市，芝加哥同迈阿密的面貌从来不会被混淆。再比如说，波士顿的整个文化氛围与新奥尔良有着天壤之别。

背景是氛围。它帮助营造故事的气氛。如果没有奇特、超现实的佛罗里达作为背景，那么卡尔·希尔森的故事会成为什么样呢？如果没有洛杉矶破旧、阴暗的街道增加紧张感，雷蒙德·钱德勒的故事会有多少悬疑成分呢？想想托尼·希勒曼，以及西南部沙漠乡村的空虚，这为他的"齐和利普霍恩"系列故事增加了一种绝妙的隔离与孤独以及内省的感觉。

最后，背景也是动机。故事中所发生的事情及其原因很大程度上取决于故事发生的地点。希勒曼故事的导火索及推动因素，往往与纳瓦霍及四角地带特有的某种元素直接相关。路易斯安那州南部的独特文化习俗为詹姆斯·李·伯克书中所发生的事件提供了绝好的复杂理由。对我而言，明尼苏达州北部的种族对立、偏见及误解这些动态，常常就是我的故事中特定行为的起因。

如何打造一种深刻的地方感？这里我最大的建议是不要将故事讲成游记。不要罗列冗长而枯燥的细节。通过敏锐、恰当的观察逐渐丰富人物形象是塑造人物的最好方法；同样，简要抓住一个地方的本质之处，背景环境就会跃然纸上。从下面的例子中可以看出钱德勒如何通过辛辣的言论有效地描绘马洛办公室的特点：

> 鹅卵石花纹的玻璃门板上用黑油漆写着几个字，油漆已经开始剥落："菲利普·马洛……调查。"这是一个相当破旧的走廊尽头的一扇相当破旧的门，它的建筑所属的年代是全瓷砖浴室作为文明基础的那个年代。

在确定背景时，调动各种感官方面的想象力。一个地方的样貌、气味、声音、感觉甚至味道是怎么样的？（想想伯克笔下新伊比利亚的污米或者玛格利特·柯伊尔笔下温德河岭山区的炸面包。）

总之，地点在故事中扮演着多方面的角色，在我看来，任何一位作者在坐下来创作小说的时候，都应将其作为最重要的因素之一来考虑。深刻的地点感不仅可以让读者沉浸在整个故事中，也可以让读者沉浸在故事的每一刻中。没有了这一坚实的基础，作者便面临着任由读者在一片巨大的无名之海上漂泊的风险。

练 习

这是我讲授创意写作时关于背景最喜欢使用的练习。它很简单。下面列出了一些场所，用几句话描述一下每一个场所，选好所要描述的细节，使这些地方能够在读者的想象中变得鲜活起来。记得结合读者可能想到的元素以及能让读者大吃一惊的元素。

- 餐馆
- 豪华房屋的客厅
- 破败酒店的外部
- 城市的街道
- 小镇的主干道
- 乡村集市中的游乐场

- 白天的小巷
- 夜晚的小巷
- 私家侦探的办公室
- 一段荒僻的公路

犯罪现场

布鲁斯·德席尔瓦（Bruce Desilva），做过 40 年的记者，全职写小说前在美联社担任写作教练。他的犯罪小说评论曾在《纽约时报书评》发表。他的第一本犯罪小说《无赖之岛》入选《出版人周刊》精选"处女作小说"，并获得 2010 年埃德加最佳处女作奖。他和妻子帕特里夏·史密斯目前在新泽西州居住，他的妻子是一名获奖诗人。

最令人难忘的推理小说、惊悚小说以及犯罪小说能够将你带到有趣的地方，让你看到、听到、触摸到、闻到它们。例如，丹尼斯·勒翰的作品能带你在波士顿工薪阶层居民区经历一场地狱般的旅程。丹尼尔·伍德瑞尔最好的小说拖着你穿过他家乡欧扎克斯的黑色地带。即使你一直足不出户，读一读詹姆斯·李·伯克的"戴夫·罗比索"系列小说，也就像去过路易斯安那州新伊比利亚了。

选择恰当的背景是十分关键的。正如伟大的小说家托马斯·H·库克曾经说过的："如果你想理解地点的重要性，那么想想没有刚果河的《黑暗之心》吧。"

我最熟悉的地方之一就是我的第一部小说《无赖之岛》的背景地：罗德岛的普罗维登斯。当主人公被迫逃离这座城市时，他说了几句话告诉读者他为什么想念这里，这成为这本书的定场镜头①之一：

> 我想念那些味道：盐、溢出的石油、像拉撒②一样从海湾处升起的腐败的贝类。我想念斑驳生锈的拖船拖着生锈的驳船沿河蹒跚而上时发出的吼叫声。我想念落日将州议会大厦的大理石

---

① 电影或戏剧开头用来明确交代地点的镜头，通常是远景。
② 《圣经》中的人物，耶稣的门徒与好友，在耶稣的呼唤下，奇迹般复活。

穹顶变成古金币的颜色。

当他去访问这个城市的纵火调查队时，描写更近了一步：

> 从外面看，土褐色的政府大楼看起来像是随机堆放的纸箱。从里面看，大厅很脏，呈狗屎绿。厕所没有被锁起来防止公务员在溺亡时是有香味又有毒的。电梯咔嗒咔嗒、呼哧呼哧作响，像一个老头在追赶出租车。

你大概注意到了这些描述性的段落很短。你的作品也应该这样。犯罪小说读者渴望动作和对话。描述性的长段落，不管写得多好，他们也会感到厌烦。只要不告诉读者他们已经知道的东西，你的细节描述就能变得很短。

如果你去读 18 和 19 世纪的小说，一定会惊讶于描述性段落的长度，有时候，会长至好几页。例如，当像赫尔曼·梅尔维尔这样的作家要带读者去楠塔基特岛上的村落时，他会觉得一切都需要描述——商店、教堂、寓所的建筑；港口船上的索具；海鸥俯冲时的叫声；捕鲸船上散发出的烟和鲸脂的恶臭；橱窗里挂着的东西；街上男女的衣着；马的辔头；甚至街道是怎么铺成的。那些细节对那个年代的读者来说有着无穷的魅力，因为对他们来说一切都是新的。很少有人曾经离开家 50 英里以上，也没有大众传媒为他们介绍外面的世界。

今天的读者就不一样了。电影、电视、照片以及自身的生活经历，这些都让他们在头脑中储存了上千万的形象。而今，描述一个对梅尔维尔来说需要几页的形象，只要一两个词就足够了。例如，梅尔维尔需要许多个词来描述 1889 年建于战神广场的 1 063 英尺高的铁塔。而今天，我只需要写"埃菲尔铁塔"就够了。即使你从来没有去过那里，你也看过它的照片或者视频。你早就知道它的样子了。

那么，假设你决定在牙医诊所设置一处场景。你并不需要描述牙科座椅、闪闪发光的不锈钢仪器托盘或者牙医的白色罩衫。只需要写下"牙医诊所"这几个字，今天的读者就能够在他们的头脑中勾勒出关于它的一切景象了。然而，你所需要描写的是那些使得这个特别的牙医诊所区别于其他牙医诊所的地方。例如，如果候诊室的过期杂志是《枪支与装备》以及《命运战士》，而不是通常在这类地方看到的《新闻周刊》以及《体育画报》，那么你会希望提到这一点。

《无赖之岛》的部分情节发生在普罗维登斯的旧市政厅。因为大多数读者都能够在没有我帮助的情况下想象出传统的市政厅的形象，所以我所需要做的只是添加一些普罗维登斯市政厅与一般市政厅不同的细节。我是这么写的：

> 市政厅，一座位于肯尼迪广场南端的艺术灾难，看上去就像一个疯子在一堆海鸥屎上雕刻出来的。

我认为这就足够了。

在你描述的时候，不要将自己局限于视觉细节。嗅觉、听觉以及触觉往往比视觉描述更有力量。

回到那家牙医诊所待一会儿，仅描述你所看到的。

不算糟糕，是不是？

现在听听钻头的哀鸣。有没有即刻变得更可怕了？

现在，让你的鼻孔充满钻头工作时牙齿燃烧的味道。更可怕了，对吗？我甚至不愿意想象那种感觉。

物理描述是很重要的，然而，这还不足以为你的作品创造有力的背景。事实上，这仅仅是最基本的工作。你还必须了解背景地点的历史、文化以及住在那里的人们——他们如何讲话、看重什么，以及对于他们来说生活和工作在这个地方的感觉是什么样的。

很多优秀的犯罪小说都以诸如纽约、洛杉矶这样无个性特征的大城市为背景。与这些城市不同，普罗维登斯小到让人有幽闭恐惧症。你在街上看到的几乎每个人都知道你的名字，在这里想要保守一个秘密几乎是不可能的。然而，这个城市还是足够大的，可以被称作都会，也充斥着各种城市问题。如同一些小人物一般，这个小城市有一种自卑情结，还喜欢向人挑衅。普罗维登斯有集团犯罪的传统和政治腐败的历史，这一历史可以追溯到与基德船长①一起用餐的殖民地总督。

这就是《无赖之岛》的情节所呈现的环境，它影响着生活其中的每一个人物的思维及行为方式。例如，我的主人公是一名调查记者，他的工作是揭露政治腐败。但是他也生长在这个地方，这里也是他的一部分。所以，他觉得赌马或者通过贿赂得以继续开他那辆破旧的福特野马是无可厚非的。在他看来，贪污就像胆固醇一样，有好有坏。不好的贪污让贪婪的政客以及他们有钱的朋友更富有，好的贪污则对低工资的公务人员是一种补给，因为这样他们便有能力供子女上大学，给他们戴牙套。主人公说，如果不是这样，罗德岛上干不成多少事，一切都无法按部就班地进行。如果这个人物在缅因州波特兰或俄勒冈州波特兰这样的地方长大，那么他大概不会持这样的观点。

练　习

要选一个你熟悉的地方。因为你首先要对它进行描述，而且你得用多种方法来做这件事情。你需要电影导演所说的"定场镜头"来从远处显示你的城市或城镇看起来、听起来以及闻起来的感觉。你也需要将镜头拉近，把读者带到情节展开的街道或者楼宇中去。

1. 写一段远景描绘你的推理小说、惊悚小说或者犯罪小说的背景地点。不要仅仅描述你所看到的。将所有的感官都利用起来。完成后，它会很长。将其删减到一半篇幅。在此基础上，再删减一半。

2. 拜访一处地方——一条街、一家酒吧或者一所房子——这将是你书中的一个场景发生的地方。记录下你看到的、听到的、闻到的、触碰到的一切。

---

① 威廉·基德（1645—1701），苏格兰船长，因海盗罪被处决。

例如，如果是一家酒吧，它提供的是扎啤还是瓶装啤酒？黑麦威士忌还是花哨的混合饮料？光线明亮还是昏暗？酒吧的高脚凳是新的还是破旧的？可以看到擦亮的黄铜扶手或装有蕨类植物的陶瓷花盆吗？抑或主要装饰是一本用钉子钉着的、看上去有十年之久的美少女挂历？有没有自动唱机？播放的是什么音乐？洗手间散发着松树、消毒剂还是尿的气味？

调酒师穿夹克、打领带吗？还是穿着 T 恤衫、牛仔裤，系着白围裙？别在他腰带上的是苹果手机还是 0.45 口径的手枪？这是个接送点、年轻人的社交场所还是酒鬼聚集地？地板是刚刚擦洗过还是你能感觉到脚下有沙子？

利用你的笔记，对这处地方做生动的描述。完成后，删减一半，去掉不必要的细节。接着再删减一半，只留下那些能给读者带来深刻感受的绝对必要的细节。

3. 写 1 000 字描述历史和文化如何影响你的作品人物的价值观及态度。如果你对这处地方的了解不够，读一本关于当地历史的书，然后坐下来与一位历史学家讨论你所学到的东西。这篇千字文章不会出现在你的故事中，但是它会告诉你很多关于作品人物如何思想和行事的信息。

创造犯罪小说中的气氛

菲利普·乔法里（Philip Cioffari），出版有获塔特小说处女作奖以及劳伦斯奖的故事集《丢失或损坏物之史》，著有推理/惊悚小说《天主教男孩》。他的最新作品《耶稣镇》于 2011 年出版。

我写作生涯最早的平台期之一出现在开始写作几年后。我感觉自己碰了壁，走过一段之后，发现停滞不前了。没有办法超越自我。我的文章看上去仍具备足够的竞争力，但是，我感觉没有灵气。少了一些东西，一些诸如热情、张力或是本质的东西。

为了确定到底缺了什么因素，我重新阅读了十几岁的时候曾经痴迷过的那些长篇、短篇小说，包括威廉·福克纳的《喧嚣与骚动》、格雷厄姆·格林的《问题的核心》及《恋情的终结》、卡森·麦卡勒斯的《心是孤独的猎手》、杜鲁门·卡波特的《别的声音，别的房间》，以及埃德加·爱伦·坡的几乎所有短篇。

这些作品的共同点就是它们都很成功地营造了气氛感，这种气氛感渗透到了故事的方方面面：地点、人物以及人物的言行。对我来说，这些长篇、短篇小说中的每一个，都用其特有的方式创造了一个完整的世界，一个有着独特色彩、景象、声音和情感共鸣的世界——一个至少在整个阅读过程中比我所生活的平凡现实世界更加有趣、迷人的世界。

我意识到，在自己的作品中，我成功地将事实以及基本的故事结构写了出来，但是为这些事实着色从而使其在读者心中引起深刻共鸣，是一项更具挑战性的任务。

因此，我开始研究所有能够提升小说的方法，我开始更多地注意小说的气氛以及感染力，这些涉及写作过程的每一个方面：背景环境、人物、对话。我开始将其当做故事中每一个场景的必要组成部分。

背景环境或许是营造气氛的最好工具。以爱伦·坡的《厄舍古屋的倒塌》为例，他使读者感觉到屋子的凄惨暗淡：

> 我身处的这个房间又大又高。几扇窗户又长又窄又尖，离黑色的橡木地板距离之远，远到站在房间里根本够不着。几道鲜红的微光透过格子玻璃射进来，足以让人看清周边的大件物品。然而，不管眼睛怎么用力，也看不清远处角落里的景象，看不到装饰着浮雕的拱形房顶的尽头。房间的墙壁上挂着深色的壁布……

他利用房间的陈设以及有限的光线来传递一种压倒性的害怕与恐惧感。

同样重要的是建立起侦探的心理情绪或状态。马丁·克鲁兹·史密斯在《高尔基公园》的一开场对侦探阿卡迪·伦科就是这么做的。除了关于背景环境的有形细节描写，对阿卡迪心理状态的一瞥更是成功地将我们带到了那一刻："大侦探应当抽好烟；阿卡迪点了一支便宜的普瑞玛，嘴中满是香烟的味道——这是他处理死者时的习惯。"

参与侦探的内心生活可以将我们更深入地带到故事中来。我们通过阅读，了解的不仅是罪案是否以及如何破解，也包括侦探本人以及他/她对生活的感受——这其实是另外一桩待破解的疑案、另外一个待解开的谜团。

阿尔贝·加缪在《局外人》的一个庭审场景中，通过一种简单的方式塑造了凶手的心理状态——一种异化以及剥离的状态：比起自己被指杀人，默尔索更关注房间的高温和一只烦人的苍蝇嗡嗡声。

对话在营造气氛中也起着一定的作用。一个场景中对话的每一部分都应该有一份特定的基调——滑稽、沉思、险恶或者任何其他类型。对基调的控制可以通过措辞以及句法来实现，既可以表述，也可以留白。

在通过背景环境、人物以及对话来塑造气氛的过程中，我建议使用主题意象。在一个场景或整个长篇或短篇小说中，这些模式重复的意象是一种可靠的增强气氛的方法。大热天或大冷天、秋天的白天或春天的傍晚，采用重复的意象或者细节——热、冷、枯萎或繁盛的事物、光和影，不一而足——能够从感官上吸引读者，从而不断地为你所创造的世界增色。

练 习

一旦你有了场景的草稿，即刻就要着手努力增强其气氛与氛围。你可以从上面提到的任何一种因素开始，但作为例子，这里让我们以背景环境开始。利用这个地方的有形细节——颜色、光线、声音及气味——来烘托这个场景的情节。可以考虑使用这个地方的典型细节，也可以使用对这类地方来说不那么典型的细节。换句话说，可以跳出共性细节，描述那些让这个特定的汽车旅馆独一无二、或多或少和同类的其他汽车旅馆不一样的细节。接着，加入至少一个与场景相关的主题意象，一个可以穿插在整个场景，甚至如果可行的话，穿插在接下来好几个场景中的形象（可视、可听、可触或可嗅的形象——与场所的特性或感觉相关的形象）。

然后，增加细节来塑造人物特别是主人公和反派人物的内心情绪以及心理状态。不仅包括人物的所作所为，也包括其行为过程中的所思所想。换句话说，他头脑、内心的状况是怎样的？他情绪怎样？这对他来说是常态吗？还是新的或不平常的状态？等等。同样，可能的话，使用一个主题意象来说明他的内心状况。

　　再来看看对话。每个说话者的声音都有特点吗？能反映他的个性、社会阶层、教育水平吗？能反映说话人的内心生活吗？主题意象在这里同样可以派上用场。有没有可以重复使用的能够帮助读者更加了解说话人的表述、措辞或选词？

　　你之后写的每一个场景都可以建立在已经打好的基础之上。

让我们投入到作品中去

里德·法雷尔·科尔曼（Reed Farrel Coleman），被美国国家公共电台的莫林·科里根称为"冷硬派诗人"，出版了三个系列、共 12 部小说以及一个单行本。曾三次获得夏姆斯奖，两次提名埃德加奖，还曾获麦克维提奖、巴瑞奖、安东尼奖。他是霍夫斯特拉大学的兼职英语教授。

　　我将自己界定为一名作家，但是在开始写出或者在一台老旧的打字机上打出我的第一句话之前很长的时间里，我曾是一名读者。尽管随着年龄的增长，以及因为职业选择的原因，我的阅读经历发生了必然的变化，但在读到印在白纸上的黑字，被一些词带到肉体所不能及之处时，我仍然能够感觉到难以置信的激动。印刷文字将我们从自身生活以及有限的经历中拖出，传送到与我们自己的宇宙相似或相去甚远的其他宇宙的能力，非常接近真正的魔法，我们与魔法最接近也不过如此。但它不是魔法，不是吗？

　　我给学生讲课，最先教给他们的内容之一是：作为类型小说作家——对我们而言，是犯罪/惊悚作家——我们坐下来写长篇小说或短篇故事时有一种额外的负担。我们高于一切的工作是娱乐读者。娱乐不是简单的逗笑或者消遣。这里我用的是这个词的广义，在这个定义下，作者要在好几个层面上吸引读者。

　　如果我们做不到这一点，我们所做的一切都毫无意义。如果你不能让读者不停地向后翻页，那么你所能搜集到的所有美丽、诗意、简练的句子都毫无价值。如果我们的文字根本没有人读，那么分量十足、意义非凡的主题，形象饱满的人物，构思巧妙的情节——这一切都没有意义。你无法吸引、娱乐一个注意力不在这儿的观众。

为了便于学生理解，我做了这样一个动作：抬手抓住自己的衬衣领，将脸拽进打开的书中。我知道这个动作有点蠢，但能说明问题。尽快将读者拽进来，不然就有彻底失去他们的危险。在写犯罪/惊悚小说这种体裁的作品时，有太多时候，一些新作者把吸引读者这一忠告理解为在第一页，最好是第一段第一行，就抛出一具尸体。尽管这可能可行、曾经产生过效果、还将继续奏效，但却极其缺乏原创性，也不是长久之计。并且，任何策略的成功或多或少取决于作家的天分和技巧。陈词滥调有时候好使，但是要将它们变得有吸引力，需要付出加倍的努力。我要说的是在这种体裁的写作中，有一百种、一千种不同的方法来吸引读者，而这些方法并不需要尸体或者需要有人挥枪走进酒吧。

我发现对我来说辛辣很有用。我的目标不是读者的喉咙，而是读者的心，而且我直奔心灵。我喜欢定调子，在最初几行便直达读者的内心。下面是我的一些小说的开篇第一、二行：

没有什么比空荡荡的游乐场更让人悲伤的了。没有任何游乐场比科尼岛更让人悲伤了。（节选自《灵魂补丁》）

我双手沾染的凯蒂的血已经不再新鲜，"9.11"后人们似乎不再注意了。（节选自《纯情怪兽》）

我们走过墓地，罗斯先生的手臂缠绕着我的手臂。像冰一样光滑的卵石小径蜿蜒穿过无穷无尽的一排排墓碑，他左手握着的藤杖在卵石小径上敲打出悲伤的节拍。（节选自《此后皆空》）

辛辣是我用得比较顺手的方式，但需要的时候，我也使用其他方法来诱惑读者。例如，我以笔名托尼·斯皮诺萨创作《第四位受害人》时，辛辣绝对不合适。所以我这样写道："罗斯提·摩纳哥充其量是一个悲惨的、只关心自己的蠢货，而今晚他对自己脑袋之外的世界比平常关注得更少。"

《纽约时报》畅销书作者李·查尔德吸引读者的方式是让读者透过主人公的眼睛进行观察。如果读者想主人公之所想，他们便会情不自禁地被吸引到书中去。但是，不管你怎样将读者引入书中，不管你采取什么样的方式，都要尽早去做。下面有一些例子，可以看出不同的作者是怎样一开始就把我吸引到他们的书中去的。

破晓之时，蕾·多利站在寒冷的前阶上，她嗅到不安的味道正在来临，看到隔着小溪挂在树上的肉。苍白的尸身闪着油光挂在侧院树苗矮小的枝干上。（节选自丹尼尔·伍德瑞尔，《冬天的骨头》）

胡塞尔街上每晚都有激动人心的通宵派对。那所很小的房子，噢，600平方英尺，沸腾着沃利策乐器的罪恶。那些年轻女孩紧致、迷人的皮肤，如霜的肺，刺耳的声音，她们一边脸颊潮红，快来吧，男孩子们；另一边又那样随和，即使疾病使得小小的手腕和脚踝只剩下珍珠般的骨头。（节选自梅根·阿博特，《将我深埋》）

我终于赶上了亚伯拉罕·特拉赫恩，他正在加利福尼亚州索诺玛外一家破败的小酒店和一个叫菲尔鲍尔·罗伯茨的酒鬼执行官喝啤酒，那是一个晴朗的春天下午，他把自己的心都喝出来了。（节选自詹姆斯·克拉姆利，《最后的甜蜜之吻》）

被踢出爱尔兰警局几乎是不可能的。你必须真正专心于此。如果你不当众出丑，他们几乎可以宽容任何事情。

我期限将届。许多

告诫

警告

最后的机会

缓刑

我表现依旧不好。（节选自肯·布鲁恩，《警卫》）

人肉炸弹容易被发现。他们会露出各种各样的泄密迹象。大多数时候是因为他们紧张。顾名思义，他们都是第一次做这样的事情。（节选自李·查尔德，《明日已逝》）

如果我当时眨了眼睛，我就会错过它了。（节选自萨拉·J·亨利，《学游泳》）

记住，尽早将读者吸引过来。抓住他们的衣领，不要放手。让他们不断往后翻页。吸引读者的心灵、思想以及他们的感官。不要局限于一些陈词滥调。如果你不能吸引读者的注意力，那么你将会失去他们。如果他们为你所吸引，如果你可以给他们带来快乐，那么，你不仅把他们带到了你希望他们去的地方，你也将他们带到了他们想去的地方。

练 习

1. 写一部小说的第一、二行，吸引读者的一方面或多方面的感官。例如：

当乔·马利根敲罪犯的门时，空气里有一种奇怪的混合气味。烧煳的培根以及死亡，他想，烧煳的培根以及死亡。

2. 写一部小说的第一、二行，唤起读者的地方感。例如：

科尼岛的天气并不单指气温。狂风咆哮着穿过废弃的娱乐设施，生锈的地上结构像老骨头一样嘎吱作响。

3. 写一部小说的第一、二行，唤起读者的恐惧感。例如：

棺材盖塌在她身上，泥土撒下来。这种压力挤压着她的肺部，让她不能呼吸。她用手抓着原松木，手指甲折断了，碎片埋在血肉模糊的手指中，她就这样被活埋了。

4. 在小说的第一、二行中揭示一个人物的主要缺点。例如：

像平常一样，米莎很失望，她的自我怀疑扭曲着自己的形象，而这一形象正从镜子里回望她，没有什么比这种自我怀疑更令她失望的了。

堆叠景观

卢·阿林（Lou Allin），著有以安大略湖北部地区为背景的"贝尔·帕尔默"推理系列，该系列以《回忆是谋杀》结尾。目前，卢·阿林生活在温哥华岛，在这里，雨林与大海相汇，她完成并出版了以温哥华岛为背景的新系列的前两本：《表面上的死亡》以及《她不觉得痛苦》。2010 年，卢推出《那只狗不捕猎》，一部面向读写能力欠缺的成年人的中篇小说。

有一千零一种写小说的方法。我同意奥特加·伊·加塞特的说法："告诉我你居住地的景观，我就能说出你是什么样的人。"对我来说，背景环境是很关键的。自从离开俄亥俄州，我在各种各样的环境中生活过，在这些地方，对自然的无知会轻而易举地送掉一个人的命。我试图让读者遍历我的世界，让他们变换位置，从而把他们带到我的世界中来：曾经的安大略湖北部，现在的温哥华岛。

初次访问某地，我仅仅写最基本的东西。都有什么人，他们在干什么。我会把对话控制在最低限度，因为场景会在随后说更多的话，我的选择也会随之增加。此时，我可能只完成了一两页。

接下来，我会增加感官细节，从所看到的开始。我不是那种煞费苦心、一寸一寸写一处场景，尽情享受所遇到的一切，将一个句子写得完美之后才开始下一个句子的人。有一些感官我是不考虑的。另外一些直到第五或第六稿才会想起来。增加听觉、触觉、嗅觉，甚至是味觉，我一遍遍重读、修改，直到自己满意为止。层层叠加，画面浮现。每次，平均增加十分之一的内容。

我的文学作品中的两个家四季都很分明。每个季节来临，都会带来不同的机会。安大略湖北部的冬天是寒冷的，但是只有在冬天，才能在这片土地上穿雪鞋，乘滑雪板、雪橇。夏天空气潮湿、热得发疯，成群来袭的蚊虫凶残无比。很难想象《杀人的黑蝇》中气温高达104华氏度，而《杀人的北方冬季》中温度只有−40华氏度。温哥华岛冬天的结实雨墙与夏天的旱灾和森林火灾大相径庭。在书稿创作的过程中，季节发生变化，我一年写一本书，在这样悠闲的节奏下，通常我会完整地经历一次四季交替。我总是住在我书中所写的地方。只有单本小说《人肉玉米谋杀案》例外，这个故事发生在犹他州的红石沙漠。为了写这部小说，我在峡谷中逗留了一个月的时间。

我的参考资料包括关于鸟类、动物、植物、菌类、地质、历史、天文、化石等与这片土地相关的一切重要事物的书籍。我买了不少地形图作为指南。现实中没有的路，我不会去创造它，也不会在一片沼泽地中间安排一条河流。有一次，我的确将一座酿酒厂变成了废弃铁路旁的大麻房，用来存放、运送大麻。这辆名副其实的巴德客车（在遥远的北方用的一种装有引擎、只有一节车厢的列车）着实让我捧腹大笑了一番。

我的七筋姑不是在9月初开花，那时黄色的花早已变成了紫色的果实。4月是臭崧的时节。美莓先于黑莓成熟。无论住在那里，每个月我都会记录新长出的植物。关于当地的动物，我也不愿意出差错。温哥华岛上没有狐狸，也没有驼鹿，但你可以看到麋鹿。黑熊很多，但鲜少有灰熊。

藏在细节中的是天使而非魔鬼。当我写好某场景的最后一稿时，读者将会知道皮肤是否在散发汗液，风是什么样的，途中会发生什么，寂静中什么在歌唱，不同的树以怎样的顺序开始长叶，以及如果树叶落光，树枝上的积雪融化时是怎样的景象。严寒的空气吸到鼻子中是怎么感觉，鼻毛会有针扎的感觉吗？岩壁是花岗岩还是砂岩？当感官体验齐备后，我就可以开始最后一步了。这时我会添加一些微妙的东西，比如自然与个人之间的类比。有人也许会称之为可悲的谬误，但自然往往可以反映我的感受。

练 习

下面是一页极简短的描述，开始介绍场景时，我对背景仅有大致的想法。事情发生在安大略湖北部一个寒冷的冬天。贝尔·帕尔默和她的新朋友杰克·麦克唐纳一起散步、清理思绪，计划着如何帮助杰克被控谋杀的妻子。最终完整的场景大约是下面初稿的 10 倍：

> 他们穿着雪鞋爬进树林。终于坐了下来。杰克扔了一颗松果，狗追了出去。他开始向贝尔讲述他与米里亚姆（米姆西）的婚姻。他点了一支烟。树林中的声音和景象包围着他们。一只鸟。一根摇动的树枝。正在融化的雪。她指出一个个她最喜欢的地标。最后他们站起来，来到一座小山顶，俯瞰下面的大湖。

在描写这一场景时，具体可以使用什么样的感官细节？

作为人物的背景环境

路易斯·佩尼（Louis Penny），著有"阿曼德·加马奇"推理系列。她的书成功登上全球畅销书榜单，包括《纽约时报》榜单，并获得英国匕首奖、加拿大亚瑟·艾利斯奖，以及美国安东尼奖、阿加莎奖、巴瑞奖。和她笔下的人物一样，佩尼生活在魁北克的一个小村庄。

没有哪艘护航舰能像一卷书
将我们带到异乡。

——艾米莉·狄金森

我猜测艾米莉·狄金森谈论的既是内心世界，也是外部风景。但是，在某一阶段，二者相遇并融合，这就是我要与你谈的事情。你希望你的书成为护航舰的船票。你希望为这些文学旅行者建造整个世界，一个充满了风景、声音以及感觉的世界。

当你开始写第一本书的时候，你几乎一定会考虑到人物。侦探、受害人、嫌疑犯。但是，除了这些，还有另外一位人物，一位与其他人物一样真实、鲜活的人物。这就是背景环境。

对任何一个人物，外观描述很重要，但是感觉描述更加重要。对背景环境来说也是如此。

你的小说将以什么地方为背景？乡村还是城市？虚构的场所？你的家乡还是有异域情调的地方？巴黎？塔希提岛？威尼斯？堪萨斯城？

这里的答案或选择并没有对错之分。如果作家对场所有足够强烈的感觉，每个地方都能写得引人入胜。不过，曾有人给过我一个好建议，那就是选一处已经很熟悉的地方。

　　成千上万的人都在努力说服编辑买他们的书，那么，你的独特之处在哪里呢？想要说服一位编辑或者经纪人，你得用上你能支配的一切工具。而对场所的敏锐感知是一件常被忽略的工具。读者喜欢被带到不同的地方。你正有机会做到这一点。

　　想想唐娜·利昂笔下的威尼斯、伊恩·兰金笔下的爱丁堡、托尼·希勒曼笔下的美国西南部以及纳瓦霍部落。其他人也曾经并且将来还会以这些地方为背景创作犯罪小说。那么这些作家的与众不同之处在哪里？人们为什么把他们与这些地方如此紧密地联系在一起？那是因为他们对这些地方的热情；因为他们往这些背景里注入了生机。

　　因为当你阅读他们的作品时，你会觉得身临其境。

　　那么，如何将背景环境写活？当然不能通过无止境的描写。这种痛苦我们都领教过，我们会跳读、略读、埋怨。不，得简单、优雅。只需要一个使用得当的词，一个有说服力的细节。

　　下面是我的方法。我的书大部分都以魁北克的一个村庄为背景，我努力把自己的书写得有快感。并不是性感，而是传统意义上的快感。让所有的感官都派上用场。除此之外，你还能通过什么方式去构建一个世界呢？光有建筑物是远远不够的，要有感觉。

　　如果我的书是护航舰，那么我希望它的目的地正确无误。我希望，人们在读我的作品时，能够尝到牛角面包的味道，闻道咖啡牛奶的浓香，感受到钻入骨髓的刺骨寒冷，我希望他们能和我看到一样的东西：魁北克村庄的美丽以及它给人带来的平静。

　　接着，我用犯罪打破这种平静。比起一个已经遭到破坏的地方，谋杀发生在天堂恐怕要糟糕得多吧？

　　在每一本书中，我都尽力使画面更精美，使背景环境更有生机。

　　但是，如何抓住那个微妙、显著的细节呢？

　　知道我是怎么做的吗？我会将第一稿写得特别长。什么都写进去。我无休无止地谈论一间小屋、一棵树，或者一块牛角面包，完全不考虑这样做会令人作呕。我曾经用两页的篇幅来描写一支玫瑰。我知道终稿中不会使用这些描述，实际上确实也没有用到，但是这么做很有趣、很释放。

写第一稿时，方法不存在对错。许多非常成功且有创造力的作家都会边写边修改。其他人，像我，喜欢将所有东西一股脑儿倒在页面上，整本书都写完了才回头处理。我知道最后的成品就在某个地方。这帮我控制住了内心的批评家，也让自己有机会去冒险。

这也为灵感——即尚未计划好的事物——提供了空间。对我来说，内心的批评家会导致恐惧，恐惧会让人谨慎行事，这样写出的书就不是我最初真正想写的那本了，而是变成一本多数人觉得已经读过上百次的书。它不新鲜，没有活力，不是我自己的书。

所以，我的建议是不要太在意第一稿。尽情去写吧。放纵一下自己。开心地去描写每一种感觉、每一种气味、每一次触碰、每一幢建筑。巴黎的小巷、普罗旺斯的薰衣草地、博伊西的三明治、纽黑文市一个春天的清晨。

然后，在第二稿的时候，拿起刀，砍掉大部分内容。雕刻以使其成形。像一名雕塑家一样。

第三稿，再削掉一些内容。

第四稿，修改一些用词。进行微调。

第五稿，打磨润色。

创造一个世界是激动人心的。但不会随随便便发生，它需要努力、奉献、远见。也需要快乐。那是一种邀请他人同你一起旅行、去参观你所创造的东西时的真正快乐，但你必须让旅途有价值，让乘客感到珍贵、有意义。

最后是一点小窍门。当我计划写一部新小说时，我会开始记一本笔记，笔记中有一个部分叫做"描写"。我四处走动时，会记录一些小细节，这在我以后的书中可以用到。气味、味道、景象。可以给作品带来生机的东西。旅行的美妙伴奏。

练 习

1. 写下你小说的背景地点，以及时间、季节、年代。这很重要。闭上眼睛，观察它、感觉它、聆听它。写出五种感官的标题，每个标题下面列出一系列形容词，描述你的背景环境以及季节的感觉。

2. 假设你的背景环境是一个人物，那么它的"性格"是怎样的？像描述一个人一样描述它。它长什么样？感觉怎么样？它快乐、乏味、平静吗？

名为背景环境的真人秀

大卫·富尔默（David Fulmer），著有七部备受好评的推理小说，曾被提名猎鹰奖、巴瑞奖、洛杉矶时报图书奖以及夏姆斯最佳小说奖，并获富兰克林奖以及夏姆斯最佳处女作奖。生于宾夕法尼亚州中部，目前和女儿伊塔莉娅生活在亚特兰大。

在我学习创作小说的道路上，每一课都学之不易，对背景环境重要性的领会也是一样。多年来，我都认为背景环境有些令人生厌，不过是为动作、对话这些趣事作布景或装饰。我发现，数不清初出茅庐的作者都陷入这一魔咒，深受其害。

这种情形是在早期我作品还没有出版的时候。后来一个个长篇、短篇小说写下来，总感觉缺了点儿什么，又不知道问题出在哪里。于是我开始分析我钦佩的那些作家的作品，发现他们都对背景环境给予了应有的重视。

而我不够重视故事的背景环境，因而付出了代价。

当我开始努力创造有感染力的背景环境时，我发现它以我从未想过的方式给予我回报——大多数时候，在一本书的深处，很多作者卡在了那里，有些再也没能走出来。那是一片沙漠，在那里，曾经一片光明的写作生涯成了一堆白骨，在阳光下泛着白光。说到背景环境，这不就是嘛。

倒不是说在一本书或一个故事的最初构想中，背景环境没有成为其中的一部分。每当戏剧拉开帷幕，或者电影开场，我们的时间和空间即刻或直接凝固了，这并非偶然。它形成了一个参考系，观众——以及读者——需要欣赏接下来的内容。所以，我们并不是认识不到背景环境这一重要因素。问题在于，在我们的故事中，它没有得到足够的重视。我要是能早点儿弄明白这一点该有多好啊。

我可以把我学到的东西浓缩一下，总结成两条基本原则。其一，我相信背景环境和人物是好故事的两个重要基础。其二，在好的故事中，好的背景环境的作用相当于一个人物。

说到第一条原则，我知道想要吸引读者到我所创造或者想象的世界中来，有感染力的、充满生机的背景环境是必不可少的。读者被所有的景象、声音、味道环绕，沉浸于完全的感官体验中，这种体验从书页中来，在读者的脑海中生根。既然这里讲的是感染力，那么如果说有什么机会可以采用"展示，而非讲述"这一手段，非这里莫属了。

这样，我的作品有了背景环境。接下来，在我介绍通过我的努力变得有趣、立体、细腻的人物时，他们所挑的重担将是不同寻常的。就像伟大的演员在绝美的布景下进行即兴表演。他们每次都会击中要害。

第二个原则——背景环境发挥与人物一样的作用——对一些作家来说有点不容易理解。用最简单的话来说，环境如果只被当做静止的背景，那么它们就仅仅是存在于那里，无法推动故事发展。想想这一天你是怎么度过的，就会意识到，其实一整天你都在回应周围的环境。在穿越历史的过程中，我们都在与周遭事物互动。小说中的人物也应该这样。背景环境的目的是要唤醒变化着的周遭事物，使其愈加有趣。简言之，强有力的背景环境在支撑虚构叙事文本的盛大幻影时是至关重要的。

这是一个浸入的过程，在这个过程中，你与小说中的背景环境越发熟悉，闭上眼睛，即如身临其境，每一个角落都了然于胸。这种浸入可以通过研究获得——如果你愿意的话，研究一下背景故事——这意味着，首先，吸收关于这个地方的所有文字或视听材料。对历史媒体而言，这不仅仅意味着书本学习，也需要精读当时的报纸。这是进入彼时彼处日常生活细节的唯一途径。

作者掌握了这些信息后，下一步要做的是使其跃然纸上，而要做到这一点，我们需要锻炼技巧、研究经典。直截了当揭露背景环境的作家不胜枚举。比较对我胃口的有乔伊斯、奥康纳、斯坦贝克，后来的埃德加·劳伦斯、多克托罗、詹姆斯·李·伯克、托尼·希勒曼、马丁·克鲁兹·史密斯，以及大多数优秀的拉美作家。找一本书，阅读其中关于环境的首次描述，通过这种方式可以发现出色的作者。如果在阅读的过程中时间停止、空间消失，你发现自己如临其境，那么作者便掌握了这一技巧的要素。

请注意，这些作者并不会重复要点，也不试图用细节和废话来淹没你。他们能够做到适可而止。说到这里，你就明白，这些作者对他们的背景环境的理解是深入骨髓的。

他们明白，只需要为读者提供足够的引导信息，使其参与进来，然后就可以开始讲故事。仅此而已。小说并不是游记。正如小说写作中的其他任何要素，背景环境的作用是推动故事发展，而不能反过来。

正如对话技能基于好的聆听，背景环境需要感官集中；换句话说，需要用心观察而非仅仅看到就完事大吉。因为我们所处的文化以视觉为导向，所以在我们的描写中，视觉方面最为重要。接下来是诸如交通、自然之音、音乐之类的听觉线索。接着是嗅觉，这一点很难呈现，但却有着令人难以置信的记忆力量。再接着，或许是触觉以及味觉，这些在推理小说写作中用得不多。但是这五种感官全部储存在作者的工具箱中，需要时，即可用来创造有感染力的背景环境。

对了，那些描写自己家乡的作者也不例外。记住，你的读者中百分之九十九以上都不是你的同乡，他们需要通过介绍以及引导来进入背景环境，要懂得他们是该环境中的陌生人。这就需要你像以第一人称叙事时那样用编辑纪律约束自己。背景环境不是你放纵自己的地方。通过读者的眼睛来阅读——不对，应该说是观察。

还有几个小的要点需要提一下。猜想类小说的作者在创造（而非再现）他们故事发生的世界时，需要注意同样的教训。我养成了一个习惯：寻找一幅故事发生时背景地点的完好街道地图。我会将地图放大到大概 3 英尺×4 英尺这样的尺寸，然后钉在墙上。这样，我就可以像我的人物一样在这个世界行走了。我也会收集任何我能找到的富有感染力的照片，打印几份出来，用胶带将它们贴到办公室的墙上。

我永远都在寻找一些其他的小技巧，任何能够帮助我更好地创造场景的东西。这就是我在小说中赋予背景环境的重要性。

练　习

1. 分别在五张索引卡上写下一处场所，例如公园、商店、房屋，或者其他场所。

分别在五张卡片上写下一种声音。

用同样的方法写出气味以及触觉。

味觉不容易呈现，所以可以忽略不写。

从每堆卡片中选出一张，写一两段话来描述选中的场所，永远记住要展示而不要讲述。

2. 从报纸或者广播中选一个当地新闻故事。写一段话描述该故事发生的场景，注意景象、声音以及气味。与他人分享你的描述——看看你的读者是否能够得其要点。

暴风雨天气

G. M. 马列特（G. M. Malliet），他的作品《安逸作家之死》获得 2009 年阿加莎最佳处女作奖、独立出版人（IPPY）银奖，并被提名其他四种奖项。"圣·贾斯特"系列第二部作品《死亡与文艺女郎》被提名 2010 年安东尼奖；这一系列的第三部作品为《发生在母校的死亡事件》。目前，马列特正为托马斯·邓恩/弥诺陶洛斯作品创作一个新的系列。该系列的第一部为《邪恶的秋天》。

小说家兼剧作家埃尔莫尔·伦纳德建议作家"略去人们跳过不看的部分"。你也许会认为天气一定属于这一类型。毕竟，天气是人们感觉词穷时才会谈论的事物。它是尴尬时刻的谈资，比如当你和一位陌生人一起困在缓慢移动的电梯中时（"你受得了这热天气吗？"）。它是你努力寻找与新认识的人之间共同点时的默认话题（"听天气预报说要下雪了"）。

很无聊，但从某种角度上说，很必要，不是吗？

伦纳德也说过："永远不要以天气这个话题开始一本书。"

很显然，伦纳德讨厌天气。但他这么做对吗？

你与你的读者之间有一个不言而喻的约定，那就是不要让他们觉得乏味，而喋喋不休谈论天气必然会让人厌烦。这与作者鼓起勇气开始叙述之前在首页使用冗长的描述作为热身练习是一样的。

那些描述应丢入废纸篓，或者在故事随后的发展中，当节奏变得重要时以简短的形式出现——从行动到反思，再回到行动。换句话说，暴风雨之前的平静——这里没有双关的意思。在你给读者带来下一个意外之前，这些平静的时刻可以让毫无防备的读者进入自满的状态。

    试想一本书如果没有天气信息，会是什么样子。《呼啸山庄》，或者《丽贝卡》，或者其他以险恶气氛为背景的作品。感觉会有一些单薄，不是吗？可以说，无着落又空荡荡。天气常常预示着事件的发展，或者作为反衬——晴朗的天空嘲弄着主人公悲惨而绝望的情感。

    所以天气在引导读者方面起着至关重要的作用。和写作中的其他事情一样，天气也可以通过各种不同的途径来实现。

    你可以开篇就直接交代："当时正下着雨。"这没有什么不好。但是，在随后的章节不唐突地轻微提一下雨天也没有坏处，甚至可以把它作为通向人物本质的一扇小窗户。例如："圣·贾斯特将湿透的伞放在私人会所入口处专门留出的伞架上。伞架似乎是一只象足，他真心希望它不是真的象足。"

    尤其是在创作系列作品时，我发现很有必要在每一部作品中都换一个季节，这样，每一部作品都会成为新的挑战，并且在我的脑海中与上一部作品区别开来。天空这一次看起来会怎么样呢？我要让人物穿什么衣服？他们正吃着或者喝着什么——冰镇果汁、朗姆酒还是热咖啡？天气影响着所有这些决定。

    因为即使是在佛罗里达，季节也会变化：并不是每天都是晴天。迄今为止，我所有作品都以大不列颠为背景，对于气候不像大不列颠这般反复无常的地方，这些挑战同样适用，甚至更为适用。

    在犯罪小说中，天气可以在破获犯罪案件中起到一定作用。在我的第一部作品中，警探在一个冬日来到一个老式英国公馆现场。地面覆盖着积雪。雪地没有被人踩过。这是警探以及读者发现的第一条线索，证明这起谋杀案的凶手是住在这所房子里的人。尤其在写传统推理小说时，你需要限制可能的嫌疑犯数目，并将过路的陌生人排除在可能的嫌疑犯之外。毕竟，进出房子的脚印会提示有人闯入其中。如果你指出凶杀是外人干的——雪地上应该会有脚印——也许你写的就是惊悚小说或者法证类犯罪小说了。

    不管怎样：没有关于天气的描述，就没有线索以缩小嫌疑犯范围。

没有关于天气的描述，就没有读者可以沉浸其中的背景环境。

没有关于天气的描述，就没有感官体验可以将读者拉入你的世界。

在创作推理小说时，你需要做到：创造一个世界，一个你的读者可以逃往的世界，或晴或雨。

练 习

1. 想想你最喜欢的季节。然后写下与那个季节相关的气味。例如："夏季——防晒霜"，"秋季——燃烧的树叶"。选择那些能够即刻引出你的回味并且能够将你的读者从他所处的季节（比如冬季）带入你的夏季的气味。

2. 描述你生命中与你所选的最喜欢的季节有联系的一件事情。描述时不要提及天气或其表现形式。（很难做到，不是吗？）

3. 不管你现在在哪里，向窗外看一看，或者带着笔和笔记本出去走走。描绘一下云朵及其色彩，如果有树在摇动，也请描述一下。树是光秃秃的吗？树皮是什么颜色和样式的？地上有积雪吗？天空是否艳阳高照？有鸟儿在歌唱吗？抑或它们随着温暖的天气南飞了？如果有路人走过，他们穿着什么衣服？温暖的呢子大衣，还是短裤和T恤？

你听到了什么声音——是远处风吹树叶的声音吗？更重要的是，这一场景给你什么样的感觉？激动、乐观、平静，还是悲伤？它能够唤起什么样的回忆？

4. 做决定：你希望你的小说以哪个季节为背景？那个季节的哪些方面可能变成小说中的侦查线索？举个例子，比如你选择将冬天作为小说的背景。发现尸首时，壁炉是否可能成为线索——炉火无人照管或者炉火熄灭的时间？

这会如何影响警方验尸官所计算出的死亡时间？（你可以求助于网上的大量资源。详细的法证学细节是没有必要的，但你也不希望完全搞错。）

5. 随身携带一个笔记本。在观察到的事物旁边写下日期，看看这些事物多久会和季节变化联系一次。我几乎可以保证，你所观察到的一些事物最终会转化成形象的细节出现在你的作品中，为你的故事增添一些魔力，使其更具现实主义。

背景环境的重要性——设定你故事的时间和地点

里斯·鲍文（Rhys Bowen），她的作品曾提名所有主要推理小说奖。目前，她正在撰写"莫莉·墨菲"以及"皇家密探"两个系列。"莫莉·墨菲"荣膺阿加莎奖、安东尼奖，其主人公为19、20世纪之交生活在纽约市的一名爱尔兰移民。"皇家密探"系列讲的是20世纪30年代一名身无分文的未成年皇室成员。里斯是英国移民，目前在加利福尼亚及亚利桑那州两地居住。

我还记得第一次去印度时的情景。我乘坐夜间航班到达目的地后，径直到一家雅致的酒店去休息。我在闹钟有节奏的叮当声中醒来，走到阳台上，看到一只大象从眼前走过。我现在仍然记得那时的惊讶与欣喜，我意识到自己身处另外一个非常不一样的地方。

那次旅行给我留下了难以磨灭的记忆——德里的穷人家带着甜草味的牛粪火；生活在街上进行着：有人在刮胡子，有人给小孩洗澡。奶牛和毛驴拥挤着经过地摊，清早的船沿恒河而下，看到河堤边挤满了来浸浴的朝圣者。丝绸纱丽服闪闪发光、沙沙作响，咖喱大餐的颜色以及味道都很诱人。

从上面的逸事中可以看出，我的记忆中充满了所有的五官感觉。这就是我们感知世界的方式。所以如果我们想赋予书中的背景以生命，很显然，不应该局限于视觉描写。

我开始通过感知一个地方来写推理小说。我向来喜欢古典英语推理小说，后来我发现了托尼·希勒曼。我第一次被一名作家带到了一个地方，并且相信自己确实到了这个地方。阅读他的作品时，我仿佛身处美国西南部；虽然从未亲身到过那个地方，但是第一次和丈夫开车经过希勒曼描绘的王国纲瓦霍部落，我便能够担任向导了。

所以，当我决定写推理小说时，我知道自己的目标：我想创作能够把人们带到另一个时间和地点的作品。并不是向人们讲述另一个时间和地点——而是让他们感觉到自己似乎正在亲身经历着它。

我从"康斯特布尔·埃文斯"系列作品开始，在那些故事中，我再现了自己童年对威尔士的记忆。后来我转写莫莉·墨菲，我努力模仿希勒曼，生动再现 1900 年的纽约生活。我想让我的读者感觉到他们是与墨菲待在一起的。

我很幸运，因为我的女主人公初来乍到，而将一个地方写活的最好方法就是通过作品中人物的眼睛来观察。莫莉从爱尔兰偏僻的西海岸来，下东区拥挤的街道中的景象、声音、气味让她不知所措。我能够描绘出那些街道，是因为我亲自去过那里。我听过回声怎么从高大的房屋传回来，我想象过小贩叫卖他们的物品、孩子们玩耍、婴儿啼哭，热闹的生活日夜相继。

将一个从未去过的地方写活并不容易。除非你去过伦敦，否则写不出伦敦的真正感觉。很显然，我们回不到 14 世纪，也不是每个人都能去布拉格或者南极。但是如果我们想创造那些地方的感觉，我们必须去拜访与布拉格或者南极类似的地方。

所以我做功课，以期将这种感觉准确地写出来。我去纽约，在莫莉生活的街道上散步。我也收集了大量当时拍摄的照片。这样，如果我写的是一条确定的街道，那么我能够看到街上那家裁缝店的店名，我也能看到广告牌的内容。记住，你只要错了一处，所有人都会告诉你，你错了。

我估计自己只用了所了解到的信息的十分之一，但是我对另外十分之九的信息的了解使得故事更令人满意。正是那一两个生动的细节，而非每一个历史或者地理事实，让一个地方活了起来。比起说一处山坡有多偏僻，鹰在荒凉山坡上的惨叫声更能生动地勾起孤独的感觉。说到记忆，我们的嗅觉最能够再现形象，所以，唤起一种特别的气味，便可以唤起读者曾经的记忆，从而将其带到一个特定的时间或地点……

练 习

闭上你的眼睛。想象你正处于一片森林当中。你是怎么知道自己正在森林中的？利用除视觉以外的其他感官赋予森林生命。用机场、中世纪城堡代替森林做同样的练习。（记住，在创造时间和地点的过程中，次要人物以及他们的感官是十分有用的。）

祝你好运，写作愉快！

写活地点

迈克尔·威利（Michael Wiley），著有获奖作品"乔·考斯马斯吉"系列推理小说，包括《最后的脱衣舞娘》、《坏猫咪休息室》以及《一宿没睡好》。他是美国推理作家协会会员、董事会成员，也是美国私家侦探作家协会会员。威利现任位于杰克逊维尔的北佛罗里达大学英语教授，但他的作品以故乡芝加哥为背景。

最好的推理小说不仅仅包括充满悬念的情节以及有趣的人物，还包括渲染得当的事发地点。阅读时，我们停留在这些地方，而当阅读结束后，这些地点则已住在了我们的身体里。谁能忘记雷蒙德·钱德勒《大眠》中那个装有大片"彩色玻璃画板，描绘了一位身着深色铠甲的骑士搭救一名拴在树上的妇人，妇人没有穿衣服，只散着一些头发遮体"的施特恩伍德宅邸？"全世界所有城中的所有酒馆"中谁能忘记《卡萨布兰卡》的那家酒馆？

地点很重要。我的推理小说《最后的脱衣舞娘》开篇几行如是描述了芝加哥北迪尔伯恩大街的周围区域："一个高档小区，住的都是40岁左右与郊区的妻子刚刚离婚的男人……这些人做着体面的工作、挣着体面的钱，抑或做着过得去的工作、挣着过得去的钱。多年来，每个夏日的周末，他们的工作便是修剪后院的草坪。而今，他们梦想着过上一种轻松的、除了偶尔畅快淋漓的性生活外没有其他干扰的简单生活。"

《坏猫咪休息室》开篇不久，我的侦探进入位于芝加哥东北的圣三一教堂：

> 教堂很明亮，油漆得像涂着睫毛膏的 12 岁孩子。油漆匠曾爬上脚手架，在拱形的天花板上绘上在天堂的蓝天中嬉戏的、

肉嘟嘟、粉嫩嫩的天使。其中一幅画描绘了带着王冠的耶稣和玛利亚，耶稣穿得像个小王子，玛利亚身着红色和金色的服饰，看起来像是旧时皇家人造黄油广告中的模特。然而，这个地方仍然让人屏息凝神——在泛灰的小区中央显得色彩丰富，光线充足。

《一宿没睡好》开篇描述了被夷为平地的"芝加哥南端的七街区"。如果开发商彼时可以"再留它二十年，它原本可以变回几个世纪前的平原。再过三十年，你就能戴上浣熊皮帽，还可以去猎鹿"。

这些描述并不像《大眠》或者《卡萨布兰卡》的描述那般令人难忘，却奠定了小说的基调、态度和氛围。人物得以表现，情节得以展开。我的侦探之所以了解芝加哥北迪尔伯恩的这片区域，是因为他自己也离婚了，去那儿找过住处。作为一名离经叛道的天主教徒，身处圣三一教堂中，他的感情是复杂的。作为一辈子的芝加哥人，他了解这些街道及周围地区一直以来的样子，也知道它们可能会变成什么样子。这些描述为小说的顺利进展铺平了道路。

事实本该如此。背景环境应该比故事发生的地点本身包含更多的信息。背景应该成就故事——而并非刻意为之（电闪雷鸣般的情节变换以及适时出现的解围者已经随古希腊人一起过时了）——通过告诉读者人物处在一个什么样的世界以及人物身处其中所抱的态度或者对这个世界本身所抱的态度。

下面是两条建议：

1. 罗伯特·格雷夫斯曾建议，作者应站在"从自己背后窥探的读者"的立场上修改作品。观察一处熟悉的地点时，要将自己陌生化。尝试在看的过程中观察自己，注意看到了什么，又错过了什么。

2. 大多数小说出版后会提出免责声明，声称小说中的地点与现实中的真实地点如有雷同，"纯属巧合"。对这类免责声明，不必太过在意。尽可能让地点真实可信。

练 习

努力完成下面的练习：

1. 参观访问一个你认为可能在推理小说或惊悚小说中出现的地方。要亲自去。即使你曾经去过那里，也要花一些时间重新认识这个地方。带上笔记本电脑或者纸笔。做一些笔记，画一些草图。

2. 以一个小偷的眼睛、耳朵、鼻子来看、听、闻这个地方。

以凶手的角度来观察。

以侦探的角度来观察。

对于他们每个人来说，重要的是什么？每个人在这个地方会有怎样不同的经历？

3. 从上述每个人物的视角出发，注意该地方的整体特征以及一些古怪、突出的细节。这个地方有什么人或事物？这个地方颜色、声音、气味如何？可以勾起哪些隐喻？这个地方有过怎样的历史？

4. 决定这个地方应发生的事件：小偷？凶手？逮捕小偷或凶手？你的人物可以看到什么或者利用什么？这个地方给他们每个人带来什么样的障碍或者震撼？

8

动机与证据：推理小说的关键要素

犯罪小说——目的为何？

肯·库尔肯（Ken Kuhlken），他的故事获得了美国国家艺术基金会的资助。他的小说包括入围欧内斯特·海明威基金奖最佳处女作奖的《中天》、《大声说再见》（美国私家侦探作家协会最佳推理小说处女作奖，1989）、《金星交易》、《天使帮》、《哆来咪》（入围夏姆斯最佳私家侦探小说奖）、《流浪的处子》以及《洛杉矶的最大骗子》。在《写作及精神》中，肯·库尔肯给作家和每个寻求灵感的人提供了大量建议。

我是说，我们为什么要写这些令人讨厌的东西？

我认为这是因为我们在努力写自己觉得最有趣的故事种类。何必要在别的事情上浪费精力呢？

大学时我的专业是文学，这让我熟悉了很多伟大的诗人、剧作家、长篇小说作家以及短篇小说作家。尽管我欣赏很多类型的作家，并从他们身上学到了很多，但我会回头重读的却是那些写犯罪小说的作家。

吸引我的并不是这些犯罪小说本身，而是牵扯其中的那些人物。

读故事是我学习知识的最好方法，尤其是关于人性的知识——面具之下，我与其他陌生人真正关心的是什么，以及我们可能做些什么。

或许再没有比电影《唐人街》中诺亚·克劳斯的一番话更真实的台词了："吉茨先生，看到了吧，大多数人永远都不需要面对这样一个事实，那就是在合适的时间和地点，他们可以做出任何事情。"

高中毕业后的那个夏天，我读了陀思妥耶夫斯基的《罪与罚》。拉斯柯尔尼科夫，一个被贫穷和玩世不恭所折磨的年轻人，痴迷于19世纪思想家们口中的"僵化的信念"①。这一信念及其带来的种种

---

① 即"无政府主义"思想。

暗示促使他谋杀了一个当铺老板。

阅读时，我如同拉斯柯尔尼科夫痴迷于他的信念一样痴迷于这个故事。这一经历在某种程度上深化了我的灵魂、智力和激情。

大学的英文课上，我们读了弗兰纳里·奥康纳的短篇小说。小说中的暴力让我深感不安。她将残忍描述得如此真实，直到几年后，我回想起那个不合时宜的人——《好人难寻》中那个连环杀手——所说的关于奶奶的话："要是一生中每分钟都有人朝她开枪，那她会是一个好女人"，才意识到这句话可以用在我们每个人身上。

人类是深沉、神秘的物种，能行大善，也能行更大的恶。我们还善于自欺，不仅能够做出任何事情，还能够使任何事情都合理化。犯罪故事以及人们处在各种极端情境中的故事简直就是我们认识自身的最好地方。

练 习

好的犯罪小说能让我们掌握人物动机。每个人在写小说的时候，如果公平对待小说中的人物，就会允许他们成长。但他们不会任意成长。

在作者的头脑中，常常也是在书页中，一开始，最引人关注的人物的特点都可以用一个描述情绪状态的词来描述。寂寞的、受折磨的、慈爱的、复仇心重的、痛苦的、绝望的、软心肠的、迷失的，这些词往往会在脑海中出现。

从你的人物中挑选一些，并用一个表示情绪特点的词描述他们每个人的特点。

接着描写一些场景，使人物的这些特点在场景中显现。在某个场景中，特点可以公开显现；在另外一个或多个场景中，则可以仅是稍加表现。

深层动机：小说人物也有情感

瓦莱丽·斯托雷（Valerie Storey），著有七部作品，包括为年轻读者所作的埃及推理小说《伟大的圣甲虫骗局》以及基于作家工作坊系列的实用手册《新作者指南：从构思到成品》。

前几天，我读到了一句经典语录，讲的是我们想要某样东西的时候，其实我们更想要的是附着在这个物品或目标上的感觉。这个观点很吸引我，因为很长一段时间里，我都很好奇，想知道自己到底希望从写作中得到什么。

多年前，在我写第一部作品的时候，我跟所有的新作家有着一样强烈的欲望：出版作品！这一愿望激励着我写了多份草稿、几十封自荐信、概要、提纲，鞭策我往返于去邮局的路上。我是如此专注于自己的目标，以至于从未想过问自己这样的问题："为什么？为什么想要自己的作品出版？"

直到签订了第一份合同，我才意识到，出书固然能给人带来很多乐趣，但它却没有让我感觉到与出书前有多少不同。如果有的话，出版也许让我多了一点紧张和不安：如果以后不能再出版，该怎么办？在某种程度上，一旦我的第一本书卖了出去，比起当新手时，我就需要更多的勇气去坚持写作。所幸我当时并没有意识到出版带来的额外压力。

我们——以及我们的人物——所追求的感觉有时候是如此基本，以至于我们根本不知道自己需要这些。在坐下来审视自己为什么要写作之前，我完全没有意识到答案竟是我想成为一个群体的一部分，这个群体由作者、读者、出版商以及专注于文字的人们组成。换句话说，我所追求的是家的感觉。懂得了这一点，我感觉追求完美的压力也溜走了。写作就是讲话、交谈，与一群有趣、不断激励我的人出去闲逛。写作是乐趣。它使我感到快乐并与大家联系在一起。

对于我们作品中的人物也是一样。通过探索人物所追求目标之下潜藏的情感，可以使故事比我们最初想象的更加深刻、丰富——也更加诚实。比如，我们时常会花好几个小时虚构一个人物，从他的出生、童年的第一次记忆写到当前的政治活动。接着，我们会试图让人物开始某种行动，通常以追求某种难以实现的目标为基础。

但是，一旦我们决定今年 32 岁的露西·斯瑞·特里斯只有一个目标，那就是阻止一个专门杀害就读于某所预备学校的金发姑娘的连环杀手，这时候我们便需要问问"为什么"。为了让读者对露西的故事过目不忘，答案绝不能仅仅是："这是露西的工作。她由隐居于加拿大边境的修女养大，是方圆两百英里内唯一的凶杀案侦探"，而应该往更深处挖掘。

读者想要并且需要了解的是：露西到底为什么生活在与其他文明隔绝的地方？她住在那里有什么情感上的羁绊？换句话说，是一种什么样的感觉，让露西如此眷恋，以至于激励着她去抓住这个杀手，并阻止她冒险走出这个人口仅有 746½ 的小镇慕斯包尼特？

有些时候，当我们为人物做（或不做）故事所要求的某件事找理由时，很容易归结为那个霸道的包罗一切的答案："只是因为。"但是，如果你刨根问底去探究这个"因为"，它会成为一种很好的工具。

我们说露西·斯瑞·特里斯想抓住这个杀手，是因为在母亲住院做喉部手术的时候，这个杀手杀害了她金发碧眼的妹妹。露西当时还是个孩子，她感到非常无助，既无法阻止杀手杀害她的妹妹，也无法阻止她的母亲生病，从那时起，她便感到深深的自责。

再进一步，我们可以通过露西生活的方方面面来揭示她的情感，例如她的容貌、与他人的关系、特别的兴趣与知识，或者她对于未来的梦想与希冀。

设想露西单身：这使得她觉得能控制自己的生活，并不需要向什么人负责任。她不必依赖任何人来拯救自己，也不会因此而感到很无助。她拥有法国文学学士学位。这让生活在偏僻农村的她感觉更加入世和成熟，也让她感到和母亲的祖父——那个时代著名的法国小说家紧密联系在一起。母亲过世后，露西由修女抚养长大，露西对她们的关心体现了她温柔体贴的一面；她能够克服母亲和妹妹的去世带给她的抑郁。露西保证修女们有柴烧、有衣服穿，这使她觉得自己对她们来说很重要。对法国之旅的渴望使得露西感觉到希望：有一天她会离开慕斯包尼特，也许再也不回来了。露西身高 6 英尺 2 英寸，这让她感到既强大又奇特。作为慕斯包尼特最高的女人，她有种鹤立鸡群的感觉，并且知道在需要的时候，她可以变得令人生畏。她的身高也让她觉得自己永远都找不到生活伴侣，这更增添了她的抑郁。露西有很浓重的法裔加拿大人口音，这让她觉得如果真的去了法国，没有人会接受或者理解她，这就是她为什么一直都没有成行的原因所在。她的口音也妨碍了她在大城市找工作，面试的经历让她觉得自己像个乡下人。

了解、探索露西最深处的失落、自卑、自我怀疑等情感，会使她更加真实地跃然纸上：她将是一个选择和行为始终一致的人，也将是故事中反派的一个绝好的对手和目标。

故事中的侦探、反派以及潜在的受害者彼此常常映照对方内心深处的情感。或许三者都有"追求正义"这样的目标，但他门所渴望的感情却是非常不同的：像露西·斯瑞·特里斯这样的侦探会将陌生人遭遇的谋杀当成自己的事情来处理，而杀手在试图纠正过去的错误时，无论是真实的还是想象中的，都会认为他/她伸张了正义。杀手带着一个关于自己的悲伤故事来到学校：十年前校长毁了他的大学入学考试，从而毁了他的人生，可怜的受害人则可能因为渴望被爱或被需要而不知不觉将自身置于危险的境地。

练 习

1. 列三个单子，分别是关于主人公或侦探、故事反派、主要受害人的。

2. 确定三个人物各自的主要故事目标。

3. 实现各自的目标会让这些人物有什么样的感觉？

4. 为什么人物现在没有这样的感觉？

5. 人物曾经有过这样的感觉吗？

6. 有的话，有过多少次？第一次是什么时候？

7. 为什么他/她想要那种特别的感觉？它的重要性是什么？

8. 那种感觉是什么时候、如何消失的？

9. 人物想要避免什么不好的感觉？

10. 总之，展开头脑风暴，列一列主要故事目标之外的人物、地点、事物或者人物欲望。将伴随每一个愿望的感情都隔离出来。

如果故事终了，你的人物获得的情感与当初追求的不一样，不管这种情感是好是坏，都会带来特别有趣的效果。人物对于这些新的、预料不到的情感的反应会对你"展示，而非讲述"的能力大有助益。你越让人物遵照这些情感行事，你写起来就越有意思，你的粉丝也会获得更多的乐趣。

人物和他们的秘密

艾米丽·阿瑟诺（Emily Arsenault），她的作品《破碎的玻璃茶具》是一部发生在词典公司的推理小说，曾被评为 2009 年《纽约时报》卓著犯罪小说。她的第二部小说《寻找玫瑰笔记》讲述了两个 11 岁的女孩儿试图在美国时代生活出版的一套关于超自然的图书帮助下，寻找她们失踪的保姆的故事。

在某种程度上，我是一位读者，因为我爱管闲事。

我曾经也是一个爱管闲事的孩子。故事就是这样发生的。大约十岁的时候，我很喜欢秘密。但我自己没有那么多秘密，我的朋友们也都没有。幸运的是，我在商场买的书的封底简介蕴藏着许多有趣的秘密：

> 这所老房子有一个幽灵出没，这个幽灵守着一个可怕的秘密过了两个世纪……随着她们之间友谊的升温，凯伦开始怀疑艾米有什么事情瞒着她……在阁楼间，达纳发现了一条解开家族秘密的线索。

平装书蕴藏着比现实生活更多的秘密。

有时候我会对真相感到失望。什么？一直以来，艾米的秘密竟是她害怕狗？！因为她去年被狗咬过？谁在乎这个？但是那种穷尽书本寻找秘密的经历，我却总是喜欢的。

我想我写悬疑小说就是因为这种类似的经历。作为一名悬疑作家，我开始控制秘密。这就像是一个爱管闲事的十岁孩子的梦想，知道每个人的事情，忍住所有的秘密，然后按照自己的想法一点点地透露出来。在成人生活中，我们有时候会碰到很古怪的人，但却永远无法知道他们的故事（和秘密）。所以，我创造人物时有一种方法，那就是选一个我遇见过的人，我对这个人的特质很感兴趣，但又仅有表面上的了解。我会虚构一个关于他/她的故事，包括给他/她安排一些秘密。

不管你会不会选择通过这种方法来塑造你的人物，问问自己下面的问题总是有好处的：他们背着怎样的包袱？这种包袱是否要明确揭示？它是否是你推理小说的关键？

但是得到八卦许可的同时，也需要承担责任。你必须时刻问自己：这个人在这里保留这份信息现实吗？如果是，为什么？他羞怯、狡猾、畏惧或者也许在保护别人？这种行为与他之前的表现一致吗？对读者公平吗？有那种秘密的人真的会说这种话吗？这条信息在故事的这一特定地方会令人满意吗？它应该更早或者更晚出现吗？它值得读者花时间阅读吗？读者心中那个好管闲事的十岁孩子会觉得上当受骗、兴味索然或者被人居高临下对待了吗？

悬疑作者必须在作为剧情元素的信息披露与小说人物的现实性和一致性之间找到平衡。换句话说，这是读者从小说中了解这一信息的最佳时机——但是，等一下，小说人物将这一信息保留到现在能讲得通吗？我倒是愿意让人物在这个时候把这一点说出来，但他实际上有足够的动机这么做吗？写作的过程中，作者很容易把自己逼到角落里，这时你不得不从写作步调和人物现实性中做出选择。

这是一个很棘手的难题，尽管不情愿，但我时常与之斗争。有一种方法可以将这一难题最小化，那就是在让人物处于困难的境地之前熟悉这些人物，了解他们的包袱，以及他们如何背负这个包袱。永远记得是人物，而不仅仅是秘密，推动故事情节发展。

练　习

创造一个有秘密的人物，或者比秘密平淡一点，他/她有一条有充分理由不告诉他人的信息。

接下来，写两段对话。

其中，一段是你的人物与了解这一信息的人对话，另一段是你的人物与不了解这一信息的人对话。对话内容不得涉及这条信息——仅能与之隐约相关。这两段对话可能不会用在你的故事里，但是，人物如何携带这一信息是值得探究的。

写完两段对话后，研究一下两者之间的不同。这个人物在第一段与第二段的对话之间发生了怎样的变化？他/她的谈话变了吗？行为变了吗？这里的谈话和行为符合人物个性吗？还是为了写作方便而显得有些牵强？为了保守秘密，你的人物是否需要（公然或者微妙地）撒谎？如果需要，他/她做得怎么样？

逼到疯狂：人物受何驱动？

朱丽叶·布莱克威尔（Juliet Blackwell），著有畅销全美的"神秘巫术"推理系列。随着同样畅销全美的《如果墙会说话》的出版，她的"装修闹鬼"新系列作品启动。朱丽叶用笔名海莉·林德与姐姐卡洛琳一起写了"艺术爱好者"推理系列，其中包括获阿加莎奖提名的《艺术的伪装》。这一系列的第四部作品《砷和旧颜料》于 2010 年出版发行。朱丽叶是北加利福尼亚犯罪写作姊妹会的两届会长，同时也是犯罪写作姊妹会以及美国推理作家协会前董事会成员。

我有文化人类学背景，越过学科分支的行业术语，文化人类学研究的就是使人称之为人的东西。人类依着情感以及本能行事，大体上，他们铭记过去，也因过去而改变。人类寻求复仇、经历浪漫的爱情。人类可能会渴望知识、财富、名声、欲望、成功等等，不一而足。

其他动物追求上述事物中的一部分——也并不是所有人都追求同样的东西——但正是人性促使我们除了吃饭、睡觉、生孩子以外还有更多的追求。我们的驱动力强大……而且深沉。这些驱动力会影响我们的每一个动作、行为以及思想。有时候明确我们受什么驱动都很难，遑论梳理它如何影响我们，致使我们去做什么样的事。

但作家的优势恰恰就在这里。我们知道驱动人物的动机是什么，可以利用它来推动故事的发展。如果我们不知道也不了解这种驱动力，就需要坐下来找到它。

就拿一个人的母亲被人侮辱这件事来说，有人也许只会耸耸肩，而有人则可能使用暴力回击，甚至痛下杀手。

不同的人反应为何会如此迥异？关键在于背景故事。在考虑人物的行为动机时，他们的背景故事起着至关重要的作用。

我喜欢为我的人物想象出错综复杂的背景故事。尽管读者只能看到这段历史的一小部分，为了使小说人物具有充分的动机——将他们塑造成精力充沛、易犯错误、复杂多元化的人物——但是我需要找出到底是什么点燃了他们行动的火焰。

这一点不仅体现在构成小说框架的重要决定和故事场景中，也体现在整本书的人物弧线上。是什么在驱动这个人？在犯罪小说中，如果主人公不是专业的侦探，其解决犯罪案件、追捕恶人或阻止坏人犯罪的动力无法用职业动机来解释，那么这个问题就变得很关键。一个外行为什么要掺和解决一宗谋杀案？她需要钱吗？她的名声受到了损害？她的朋友受到了威胁？她决心掩盖过去的秘密？

惊悚小说的主人公还会受时间驱使，需要在某个时间点前及时解救一个人（或整个世界）。

在系列小说中，作者必须寻求多重驱动力：当前解开一个谜、解决一起争端的直接动机，以及高于一切的、横跨几部小说的抱负，如替父报仇或挽回自己在配偶心中的地位。

驱动力包括即时的，也包括持久的。大多数人都能够想象在非常特殊的情况下杀人：自我防卫或者保护爱人。但是连续多年不断杀人则需要一个不同类型的驱动力。对连环杀手来说，可能是深层次的心理疾病。在部队服役的话，可能是服从命令这样的外部驱动力。也可能是在监狱里工作的死刑执行人。

所有这些设想都取决于被驱使着做事的小说人物。

克拉伦斯·史密斯日常做着一份零售的工作，晚上回家坐在电视机前吃晚饭，然后上床睡觉，夜夜如此。读这样的故事一点乐趣也没有。当然除非作者能够使我们相信克拉伦斯有着丰富、吸引人的内心世界。或许克拉伦斯温和的外表下隐藏着儿时对他兄弟的愤怒，这愤怒不停溃烂，直到他彻底爆发。或许他对工作有绝妙的想象，只是因为害怕失败而被扼杀了，但很快就会开花结果。又或许，克拉伦斯受家族魔咒的影响，成了一个懒惰的人，直到一位邻居不期而至，送给他一个神奇的护身符，以报答他某天早上看似无关紧要的善举……有无穷的可能性，因为人类的动机是无穷尽的。

作为作者，你就是笔下世界的主宰，无所不知、无所不能。小说人物或许以为自己是为利他主义所驱使的，而你却知道（并且通过微妙的语言和线索也让你的读者知道），事实上她满心渴望的是让他人认为她是个好姐姐。另一个人物或许认为自己是为正义所驱使，而事实上驱使他的却是复仇的愿望。

利用人的欲望和需求，将你的人物推到悬崖边，甚至更远。永远不要忘记问你的主人公：是什么驱使你做这件事的？

练 习

翻阅报纸。找一篇描述令人信服的犯罪或推理文章。记者们应该不会仔细考虑情感或作案动机，你自己补充一下这些细节。

假设这是一个关于母亲杀死自己孩子的故事。什么能驱使她做出这种恶行？记住，每一个故事都有其多面性，即使是像杀婴这样可怕的犯罪也不例外。

描述一个导致这一犯罪事件的场景。这个孩子会让这个母亲回想起自己受伤的过去？这个母亲孤单一人，年轻、没有经验、没有依靠、没法休息？她在生孩子父亲的气？这个孩子是不是代表着她生活中让她害怕的人或物，所以她要将其杀害？这其中有没有可能有一点点利他主义的存在？

让故事继续发展。犯罪后那些天、那些时刻都发生了什么？十年之后呢？这次犯罪有没有导致这位母亲酗酒、吸毒？使得她珍惜和过于保护现在的家庭，却做着可怕的事来掩盖过去的罪恶？有人可能因此勒索她吗？或者她处理这一罪恶的能力将她变成了一个宽宏大量、坦率的人，一个仍旧为内疚所吞噬、在内疚驱使下变得利他、愿意帮助其他年轻母亲的人？

描述一个你的主人公无法放下过去的场景。 她的罪恶如何影响她生命中的其他人，例如家人、朋友、邻居？

试着与他人，例如一个写作小组，一同做这个练习，大家都针对同一篇文章做练习。每个作者都会选择不同的方式来解释这次犯罪（及其后果），这可以让你看到即使在相同的基本框架和事实下，一个小说人物的驱动力和动机可能有多么不同。

既要讲事实，也要撒谎

斯蒂芬·D·罗杰斯（Stephen D. Rogers），著有《枪杀》以及 600 多部短篇作品。他的网站上列有最新和即将完成的作品名称，还包括其他实时信息。那可都不是谎言。

一定是在学说话到上幼儿园的那段时间里，有一次我在回答母亲的问题时撒了谎。

虽然我已经不记得彼时的问题或答案，我却记得那次实验的结果。母亲即刻拉我到楼上的洗手间，用肥皂帮我洗了嘴巴。

那块肥皂是白色的，味道很糟糕。

我不想再重复母亲那天对我说过的话，因为我记不清她确切说了些什么，如果我重复错了，那表示我又撒谎了。撒谎是不好的。我现在明白这个道理了。

一嘴的肥皂会让你明白这些。

许多年过去了。期间我决定要当一名作家，二年级时，我收集了一些逻辑谜语和密码，拼成了一本书。不是虚构，是事实。

快进到四年级。不知道什么原因，家里的电视信号很差，我们收不到超高频（UHF）频道，这意味着我周六下午没法看《生物双功能》这个节目。

我决定既然看不成怪兽电影，就自己写一个，于是我开始写一本小说，写一位先生从凯马特①回家的路上，听到广播说有人发现了巨型恐龙。他赶回家提醒他的家人时，他们正在客厅里休息，客厅装有

———————

① 美国零售公司。

深色木质镶板，铺着浅绿色的地毯。

故事就讲到了这里。我写到浅绿色的地毯就停笔了。我觉得正是这个细节的真实性凸显出其他一切都是谎言。

直到那个时候，我才意识到，成功的小说并非说谎，而是在陈述事实。我明白到我并没有足够的生活经历去讲述关于恐龙的事实以及一位试图保护家人不受恐龙伤害的父亲的真实情感，所以我放弃了那个写作项目。

快进到六年级，这时我总结出来这样一套理论，即生活经验可以是比喻性的，也可以是字面意义上的，这样我开始写一本描述一个黑手党职业杀手的小说。

尽管我从未杀过人，我却了解做一件让社会不悦的难事所面临的挑战。毕竟，我没有出去打球，而是待在屋里写故事。

这个职业杀手有一点很奇怪。不管他打了或杀了多少人，对于自己的行为，他从不撒谎。事实上，他从来没有撒过谎。

我的下一个主要人物也不撒谎。下下一个以及接下来的几十个人物中，没有一个撒谎的。我写的男女老少，不管是好人还是坏人，都不撒谎。

快进到高中，这时我开始写更多推理小说。我最先明白的道理之一就是推理小说涉及秘密，而保守秘密需要撒谎。

很明显，杀手需要撒谎来摆脱谋杀嫌疑，但是其他人也为各种各样的理由而不得不撒谎。他们通过撒谎来掩饰尴尬；他们通过撒谎来给侦探留下好印象；他们通过撒谎来掩盖他们忘记的事。他们撒谎——正如作者发现撒谎可以使故事变得复杂一样——然后抛出红鲱鱼。

侦探也撒谎。他们对嫌疑人撒谎，为的是引他们认罪。他们通过撒谎来掩盖自己所犯的错误。他们通过撒谎来保护同事、保住工作。

甚至，如果我们将隐瞒细节也包括在谎言之内，连受害人也撒谎。

我咬着牙，训练自己对人物宽容一些，他们需要撒一点小谎，而不是百分百诚实。错不在他们，而在于我自己。

在继续写作的过程中，我的观点发生了一些变化。我的人物即使会撒谎，也是出于诚实的动机，我讲的故事是真实的，正如所有的故事都应该是真实的一样。

我继续写作，最终我的作品开始畅销。

我的书卖得出去这件事也让我的观点受到了重视。我开始写评论和讲课，发现要么我母亲曾经拿着肥皂挨家挨户串过门，要么写作中人物过于诚实这一问题比我最初认为的更为普遍。

为什么这是个问题，理由变得更加显而易见。

从不撒谎的人物是不真实的。不撒谎的人物不会引起尽可能多的冲突。从不撒谎的人物是扁平的。

事实上，人物能够而且必须总是讲实话的观点本身就是一个谎言，它会使得故事没法出版。

正是这个时候，我润色并编写了下面的练习。

练 习

从主要人物开始，接着到其他人物，不管其重要性如何，逐个记录如下的短小场景，这样就可以确定人物怎样撒谎。

1. 为照顾另一个人物的感受而讲善意的谎言。

2. 针对一些无关紧要的事情对另一个人物撒谎。

3. 针对一项本应完成却没有完成的任务对另一个人物撒谎。

4. 为了隐瞒一个令人尴尬的真相而对另一人物撒谎。

5. 为了逃避罪责而对另一个人物撒谎。

考虑、反思如下细节：

人物撒谎时说话方式有改变吗？说话声音有改变吗？话会更少还是更多？

撒谎时会防御、攻击还是逃避？

人物撒谎的方式是直截了当、半真半假，还是隐瞒真相？

撒谎时肢体语言有何变化？想象面部、手部、整个身体的变化，可以同时想，也可以分开想。

谎言的大小以及谎言被揭穿后可能产生的后果对这些细节有什么样的影响？

谎言中包含了多少真实成分？

人物撒的谎效果如何？

撒谎对象善于识破谎言吗？这个人口头上、情感上、身体上分别是如何应对谎言的？

将你的人物放在一起，组成一个小组。比较对照你得出的答案，以确保你的人物不是千篇一律的。如果其中一个人物因说话语气改变而暴露了谎言，另外一个应该通过转移目光暴露，而下一个可以通过改变姿势暴露。

忠实于你的人物以及他们各自的故事。

既要讲事实，也要撒谎。

埋下伏笔

杰拉德·比安科（Gerard Bianco），著有获奖推理/惊悚小说《交易大师》。他为自己的小说制定的营销策略作为特稿刊载于卡罗尔·霍尼格的作品集《写给作者的图书活动策划指南》。比安科关于推理小说写作艺术的讲座深受作者和读者的欢迎。他正在写第二部作品《不当选择》——另外还有一些短篇小说、诗歌以及两个戏剧。

阅读一本伟大的小说很多时候就像骑马，时而小心翼翼地缓缓行走在不熟悉的草地上，时而颠头晃脑一路小跑，时而又上气不接下气嗖嗖飞奔。骑马紧张又刺激，其中一个重要原因就是它如此多变的速度，另外一个原因则是恐惧（如果掉下该死的马背怎么办？）。

在这种隐喻下，写推理小说就有些像为骑马人铺设道路。作者必须将各种各样的地形考虑进来，好让这次马背之行趣味盎然并有几分挑战性。必须有长满绿草的小山可上，有景色如画的缓坡可下，路途必须迂回曲折，有长满树的小径，还有为激烈驰骋而设置的又长又平坦的直道。

为了做到这一点，作家们使用各种各样微妙和不那么微妙的技巧，来更好地讲故事，为推理/悬疑故事的成功添加不可或缺的魅力。在众多可用的技巧中，可以考虑一下下面这种。

埋伏笔。 如何写出一本使人爱不释手的推理小说，以至于读者会说："我根本放不下这本书"？雷蒙德·钱德勒、厄尔·斯坦利·加德纳以及阿加莎·克里斯蒂这样的作家是如何创作出让我们不忍释卷的故事的？他们使用的技巧之一便是埋伏笔。这些作家在他们的推理故事中洒下几个微小的、不易察觉的谜团，预示着邪恶——小说后面会发生无情、残忍、残酷、寡廉鲜耻的事。这些小的谜团很多时候都放在章节的结尾处，这增加了故事的广度，使读者的兴趣成功地从开始一直延续到结尾。这些小的谜团与"犯人是谁"这个大谜团结合在一起，促使读者不停地快速翻书，不等你说完"贝克街221B号"，就已经又翻篇了。

在系列讲座"创作成功推理小说的小技巧"中，我强调了采取必要的额外步骤绕过当今激烈的市场竞争的重要性。结合伏笔这一技巧，会让你比同行高出一筹。电视及电影行业都明白伏笔对于吸引观众注意力的重要性。商业广告、电影短片以及预告片中都充满了刺痛神经的不确定性，这些不确定性让观众渴望了解更多。

让我们通过一些例子看一下上面提到的作家是如果利用伏笔这一写作技巧的。

● 雷蒙德·钱德勒在《再见吾爱》第四章最后写道："我从忘忧旅馆走出来，穿过街道回到我的车上。这一切来得太容易了，简直不费吹灰之力。"即使不是脑外科医生也能知道，故事后面"不会这么容易"。有了这两个短小的句子，钱德勒使得我们不停地想象下一步会发生什么。

● 厄尔·斯坦利·加德纳在《音乐母牛案》第十三章结尾处写道："坐标已将七号车的位置锁定在200英尺范围内。陷阱已准备就绪。"在这些句子的背后，你听不到可怕的音乐演奏吗？

● 阿加莎·克里斯蒂在短篇小说《双重线索》中证明了她"侦探小说女王"的称号实至名归。她介绍了白罗的潜在恋人、恶魔般的人物罗萨考夫女伯爵，并通过白罗的口吻预言女伯爵与侦探有一天会重逢。在这个故事中，白罗最后向黑斯廷斯叹道："一个非比寻常的女人。我有一种感觉，我的朋友——一种很确定的感觉——我会再见到她的。我想知道是在什么地方。"克里斯蒂的这一伏笔使她的读者们坐卧不安，一心盼着她的下一个故事。

一旦你开始认识到作家是如何使用这些微妙的谜团使得读者快速

读完故事的，你就开始明白它们的重要性，并在自己的推理作品中使用它们。重要的是，请你一定记住，跟大多数写作技巧一样，不要过度使用这种刻意的强调，否则你的故事会变得繁冗、累人。对话要明快，描写要简练。不要说多余的话，意思讲明白即可。这种简洁的风格会创造出一种紧迫感，而这种紧迫感会让读者渴望从你那里得到更多。

下面这个例子是拙作《交易大师》第十一章的结尾部分，是一个关于伏笔和简洁的例子：

> 他缩着肩膀，头也不回地快速退场了。到了角落处，他转向左边。接着，当他确定没有被人看到时，全速跑向自己认为的自由，但是恰恰相反，他跑向的跟自由毫不相关。

练 习

重新读一遍你最喜欢的推理小说，找出那些作者穿插在作品中使你想知道下一步会发生什么的微妙谜团。

练习给一个章节写十个不同的结尾，一定要埋下伏笔，诱使读者因为放不下而彻夜不眠读你的书。

线索无处不在

佩吉·埃尔哈特（Peggy Ehrhart），曾是大学英语教授，目前致力于创作推理小说、演奏蓝调吉他。她专攻中世纪文学，在该领域以玛格利特·J·埃尔哈特为笔名发表了大量学术著作，她的短篇小说也获得了很多奖项。她是美国推理作家协会以及犯罪写作姊妹会的长期会员。著有"麦克斯·麦克斯韦蓝调"系列推理小说《甜蜜的人走了》以及《无论如何没朋友》。

线索是传统推理小说的脊梁。这些年来，推理小说这种体裁有所拓展，发展出许多子类型，但经典的形式可追溯到埃德加·爱伦·坡的《莫格街谋杀案》（1841）。这种形式后来由亚瑟·柯南·道尔发扬光大，在推理小说的"黄金时代"（约1913年至第二次世界大战）为英国作家所称颂。而今，仍然有许多作家如 G. M. 马列特、朱莉娅·斯宾塞-弗莱明等采用这种形式写作。

想想《莫格街谋杀案》或者夏洛克·福尔摩斯的案子。我们会看到一个最初的设置，常常是一个犯罪现场，伴随着众多眼花缭乱、令人迷惑的细节。《莫格街谋杀案》呈现给我们的包括"涂着血的剃刀"，"两三绺又长又密的灰色头发……看上去像是被连根拔起了"，以及"装有价值近4 000法郎黄金的两个包"。

侦探会分析这些细节或者线索，在侦查的过程中发现越来越多的线索。他最终将所有证据拼在一起，来解释发生了什么事情，并指出凶手。

如果你立志写传统风格的推理小说，应该好好研究一下线索。

线索是推理小说中指向或者似乎指向解决方案的任意事物。线索可以是一个微笑、一种声音、一种味道——甚至，像柯南·道尔的《银斑驹》中一样，可以是一次缺席。狗没有叫这个事实帮助福尔摩斯找到了凶手。但为本次练习着想，这里我们选用的线索是实物。

线索无处不在。在日常生活中，注意观察一些细节，这些细节可以写入推理小说。有一天在曼哈顿，我坐在车里，等下午六点的停车位，我看到街上有一个人在翻堆在路边的垃圾袋。他在捡可回收的瓶子，用来回收卖掉。我看到他将几个瓶子放到了购物车里。然而，有时候他会向垃圾袋里看，即使有瓶子，他也不捡。

他为什么不要那些瓶子呢？我很纳闷。对了，也许那些瓶子没法卖钱。也许是些葡萄酒瓶，而不是啤酒瓶或者汽水瓶。但我让想象力掌控一切。如果是我的侦探在观察街上翻垃圾袋的人呢？如果这一景象发生在一个猝死者的公寓前，而侦探又对此人的猝死非常感兴趣，那会怎么样呢？

我的侦探解决与音乐有关的犯罪案件。有一种风格的蓝调吉他乐叫做瓶颈——吉他手用边缘打磨光滑的瓶颈来拨弦，而不是用指尖将琴弦压向琴格，由此发出的声音有一种超凡脱俗的美感。

我决定写一个场景，在这个场景中，我的侦探询问街上这个人为什么不要某个垃圾袋中的瓶子。"没有瓶颈，"他说，"不能回收。"这一回答使得侦探意识到死者生前正在准备一场即将到来的吉他比赛，他本来要在这场比赛中露一手他的瓶颈吉他技巧。这样，侦探离破案更近了一步——在瓶颈吉他爱好者这个充满竞争的世界中，有的是谋杀动机。

练 习

在你的周围走走，当你观察周围的环境时，可以让你的想象力漫游。找一些能让你提出问题的东西。

去年有几个星期，我每次在寂静的郊区镇上散步，都会在排水沟、人行道以及别人家的草地上看到散落的扑克牌。

　　找到你自己的类似谜团，将它当做最近一次谋杀案的线索，虚构一位受害人、一个凶手和一个动机，弄清楚你的侦探如何在线索的提示下离破案更近一步。

法证技术最前沿

道格拉斯·柯里昂（Douglas Corleone），著有"凯文·柯维利"犯罪小说系列，由圣马丁旗下的弥诺陶公司出版。他的处女作《一个男人的天堂》获得 2009 年弥诺陶图书奖/美国推理作家协会犯罪小说处女作奖。他还著有《着火的夜》（2011）以及《邪恶的选择》（2012）等小说。柯里昂曾经做过刑事辩护律师，目前住在夏威夷群岛，专门从事小说写作。

世上没有逃避技术。经验丰富的犯罪小说家对这一点的了解不比任何人差。今天，执法人员利用最先进的技术来解决从肇事逃逸到凶杀等各种案件。如果你的犯罪小说是以现在（或者未来）为背景的，那么故事将有可能包括一些法证学方面的内容。

策划犯罪小说时，作者必须放在心上的是，法证技术不仅仅在调查犯罪行为时用到，在法庭分析和呈现证据的过程中同样会用到。想想经典电影《十二怒汉》。50 年前，陪审团在可疑的目击证人以及"宿怨"这些仅有的证据下就可以审议谋杀案。而今，在所给证据条件下，即使 12 个怒汉中最愤怒的那个也不得不从最开始就投"无罪"。当然，在 21 世纪，像这样缺乏物证的案子根本就不会进行审判。如果是在今天，那 12 个怒汉会讨论微量迹证这类问题，包括头发及纤维分析、基因等。

在策划你的犯罪小说时使用法证技术有三方面的挑战。首先，你的技术必须是真实的，结论必须是正确的。这需要做调查研究。在写我的第二部小说《着火的夜》时，我翻阅了不下六本书，从中学习侦查人员如何判断起火点、如何排除意外的可能性，以及采取哪些步骤来发现纵火犯的身份。除了参考书本，我还联系了这一领域的专家向他们咨询一些技术问题。我所学到的很多东西都没有写到故事当中，但是，知道这些幕后的知识让我更有信心将我的小说写得富有权威性。

我大部分的研究成果都没有写到书中，因为这太枯燥了。这就说到了下一个挑战——让故事保持戏剧性。科学不是总能吸引人的，你必须当心，不要把读者带入冗长的科学解释的泥潭。将观点解释清楚就可以了，没有必要更多地依赖科学。做到这一点有一种方法，就是将科学解释放在对话当中。冗长的解释可能会让读者昏昏欲睡，但机敏的对话却可以让故事动起来。一个懂得法证学的人和一个不懂的人之间的快速问答事实上可以将科学知识点解释清楚，同时提高故事的可读性。

在犯罪小说中使用法证技术的第三项（很可能是最大的）挑战是保持新鲜感。我已经数不清《犯罪现场调查》有多少衍生电视剧了，还不算几十部翻版作品。如果你看这些节目，会觉得在法证学领域已经不可能再出新花样了。但这恰恰是你发挥创造力的时候。科学本身并不需要全新，但你使用科学的方法需要常用常新。例如，在我的小说《一个男人的天堂》中，我使用了唇纹鉴定（口唇观察法），不仅作为嫌疑人在犯罪现场的证据，还创造了一场富有戏剧性的法庭听证会，以确认这样的证据在审判时是否应该被接受。

使用法证技术会让你立足于犯罪小说的最前沿。下面的练习可以帮助我决定法证学的一个领域是否可以戏剧性地运用到我的故事中，以及我是否可以用一种新鲜的或新颖的方式将它呈现出来。看看它是否能够帮助你将法证技术运用到你的故事中。

练　习

1. 选择法证学的一个领域，例如指纹鉴定、血迹形态、压印证据（如鞋子和轮胎）、微量迹证（如头发和纤维）、枪械测试、纵火调查或验尸结果（如伤口识别和毒理报告）。

2. 利用至少两种独立的资源来研究这一领域。网上可以找到很多信息，但要确保其来源的可靠性。也有很多专门为犯罪小说作家写的书。一般都可以在当地书店的作者参考书区域找到。不要害怕接触当地的执法机构或刑事辩护律师。专家一般都是和蔼可亲的，很愿意帮助作家。书出版的时候，可以在致谢词中加上他们的名字。

3. 想想这一法证学领域如何能以一种新鲜的方式呈现在你的故事中。跳出固有的思维模式。首先写下在侦破犯罪案件的过程中，这一法证学知识一般是怎么使用的，例如像鞋印这类压印证据一般是用来证明犯罪嫌疑人在犯罪现场。一个聪明的罪犯会怎样利用这一知识来左右执法部门？

4. 最后，筹划一个场景，讨论这一法庭证据及其暗示的内容。主要通过对话的方式来实现。尽量避免使用太多的技术术语，也不要屈就读者。两位专业人士（可以是一位法证学家和一位凶杀案侦探）会怎样讨论这一证据？他们会如何使用它来确定嫌疑犯的身份？

9

罪案现场：创造场景

冲突和场景设计

詹姆斯·汤普森（James Thompson），在世界范围内发表的第一部小说《雪天使》是北欧犯罪推理小说的代表作品，其中的神秘谋杀案以北极冬季无尽的黑夜为背景。《雪天使》入围《图书榜单》2010 年度最佳犯罪小说处女作，并被美国推理作家协会提名埃德加最佳处女作奖。

在我们开始之前，问自己两个关于你正在创作的作品的基本问题。

首先，你的故事是否有足够的吸引力，读者关心它的结局吗？要回答这个问题，得问问自己是否讲述了一些读者不知道的事情，是否以一种读者从未见过的方式展示了这个世界？这是一项令人望而生畏的任务。

其次，读者与你的主人公能够达到足够的共鸣，关心他/她的成败吗？你在这些领域的成败取决于你在每一个场景中对冲突的处理。

故事是由几个基本模块构成的。从大到小包括故事整体（以高潮结束）、幕次（大多数故事包括三幕）、场序、场景（手头任务）以及停顿，即场景中的转折点。

作为讲故事的人，我们的责任是讲出真相。并不是终极的、不可知的真相，而是我们所讲故事的戏剧真相。我们创作人物，并试图揭示人物的内在核心。我们只能通过冲突来达到这样的目的。人们说什么并不重要。定义我们的是我们的行为。

压力越大，生活中面对的选择越艰难，我们越能认识到真正的自己。冲突可以揭示人物。正因为如此，小说的主人公才至关重要。如果你的主人公并没有与其能力相当或更加强大的对手，你是看不到他/她的能力极限的，这样你也不能充分挖掘冲突，你故事的潜力也得不到充分发挥。

重要的改变通过冲突发生。每一处停顿的设计都应该以冲突促成变化。

练　习

我希望你在一个月的时间中，每天写一个场景。天天如此。如果有一天你没法用电脑，就在兜里揣一张纸和一支铅笔头。

场景的长度并不重要，可以包括 5 处停顿，也可以包括 50 处。重要的是，在每一个场景中，要有变化在冲突中产生并推动故事向前发展。

考虑到我讲故事素来以黑暗、形象闻名，下面我对你提出的苛求可能会让你感到惊讶。每个场景中的人物必须保持相对冷静。不得采取暴力，不得用生气的语气说话。

这个练习有两个目的。其一，帮助你养成每天写作的习惯。其二，确保你学会永远不把蓄意破坏与冲突混为一谈。我觉得一个月以后，一个黄金法则将会慢慢在你脑中扎根，即每个场景必须使故事向新的方向发展。

利用日常活动营造矛盾情感、加剧紧张状态

凯特·M·乔治（Kate M. George），著有获 2009 年达芙妮·杜穆里埃杰出推理小说奖（主流分类）的《佛蒙特州夜袭》，以及其续篇《加州阴谋》。凯特目前和丈夫以及四个子女住在佛蒙特州中部，家里养着三条狗和两只猫。

细节。对任何项目来说，成也细节，败也细节。细节是在虚构小说中创造真实环境的要素，无论这些细节是不是事实，它们都会提供给我们一个人物活动的框架。生活中的细节构成我每天的节奏，只与我自己相关。我的主人公的生活细节将我们拉到她的生活现实当中去，这对每个读到她故事的人来说都是至关重要的。没有它们，我们就像在真空中活动一样。

所以问问你自己这个问题：当你折一块毛巾的时候，你的双手在做什么？毛巾面料摸起来感觉怎么样？做沙拉的时候，你在想什么？你在感觉、闻、看胡椒和西红柿吗？或者你的思想在别的地方，而双手在机械地完成任务？回想一下这些时刻，这会给你的写作带来生机。

我曾经在一家高档酒店工作过，在这里，床单必须熨得平平整整，质地必须是百分之百纯棉。一个巨大的熨平机占了洗衣房一大块地方。我将它称作熨平机，而不是熨斗，因为它与我见过的所有熨斗都不一样。它至少 10 英尺长、6 英尺高，顶部有一个金属烟囱突出来，滚筒一个接一个地转动着，每一个都特别烫，如果不小心碰到了，手指会被烫出水泡。

站在熨平机旁是很热的，冬天我们从屋里跑进跑出感到冷的时候

还好，但到了夏天，如果空调跟不上，那就很悲惨了。到处都是热棉布的味道。尽管铺了地板垫，我们弯腰从洗衣车底部取枕套时，还是会感到腰疼脚痛。

熨一条床单需要两个人合作。第一步是两人一起将湿床单的顶部摊开，送入滚筒。注意事项是手指不要被绞住或烫伤。接着，快速后退一步，抓住床单中部，从中部往下拉紧，穿过机器。如果没拿好，没让织物从指缝中过，就会起皱。如果起皱了，必须重新弄湿，再次过机器。床单很烫，折叠时会烫到手，但是如果放凉了，就会起皱，又不得不——你猜到了——重新熨。

有时候，亚麻制品或者床单会裹住滚筒，导致熨平机被卡住。我们需要留心，一旦发生这种状况，必须按下紧急关闭按钮；一旦没注意，熨平机卡住了，整个操作就会中断。因为从床单到桌布一切都得熨烫，所以发生上面这种事情将是很严重的问题。有一天晚上，我一心想着打破我之前保持的熨烫餐巾数量最多的纪录，击败跟我一起工作的女人们，却没注意到我放进机器的餐巾没有出来。那晚熨平机卡得很厉害，连我们的秘密武器——金属钩——都没法把那些餐巾勾出来。后来不得不请维修人员拆开来修。那天晚上客房部每个人都不好过，对我来说尤其糟糕。老板很不高兴。

毛巾不需要熨烫，但和其他东西一样，它们也需要用一种特别的方法折叠。水疗毛巾需要按长度折成三折，商标折在里，但棉标签露在外，然后卷起来。擦手毛巾的折叠方法和洗澡毛巾不同，洗澡毛巾的折叠方法又和大号浴巾不同。这是一名客房服务员首先要学习的。如果你犯了错，你会被无数的人唠叨，耳朵都能磨出茧，所以我们要么很快学会，要么就换其他的工作。

类似上面那种场景已经成为了布里·麦高恩以及我自己生活的一部分。这些从我的经历中获得的细节，充实了我作品中人物的生活。我采用下面的练习让自己陷入回忆，结合记忆与想象写一些场景，将读者拉入布里的世界。依靠从写作练习中获得的细节，我使自己的人物和小说变得有血有肉。

<h1 style="text-align:center">练 习</h1>

分手之后会发生什么？火灾？谋杀？生活像往常一样继续，但是你的主人公却不可挽回地改变了。洗碗、洗衣服、做饭，这些活儿都必须干。你要做的是将经历了人生变故的主人公放到一个日常情境中去，将生活琐事与不正常的思想与记忆结合起来，将日常生活与意外情况混在一起。你的主人公如何调和他/她目前所做的事情与刚刚经历的让肾上腺素飙升的事件之间的天壤之别？

一场危机过后，每个人物都会有不同的处理风格，在维持常态方面，都会有不同程度的成功。将你的人物置于日常生活中，观察他们如何应对，由此来发现人物在灾难后的表现。

你的女主人公是在考虑参加葬礼穿什么套装，还是仅仅穿与平常一样的衣服？她的脑子里在想些什么？衣服的气味、颜色以及质地勾起了她怎样的记忆与情感？她能够选出套装吗？这容易吗？困难吗？为什么呢？她或者他在想什么？

你的男主人公是死里逃生后在给自己准备晚餐吗？他有什么样的感觉？食物的气味和质地让他感到安慰？让他觉得胃难受？让他想起生命中的一个人？他脑子里在想些什么？

你的主人公白天工作时是一边克制着任性的想法一边努力保持正常吗？当他的心在别处时，他的身体还听使唤吗？还能维持平时的工作标准吗？还是他整个人已经崩溃了？人物如何回应？主人公在想什么？他的感觉如何？

你得为你的主人公选择灾难性的事件，下面这些情境也许能帮助你选定一个日常活动：叠衣服、写邮件、洗碗、洗澡、刷牙、开车、与母亲聊天、读书、上网、给车加油、洗车、买生活用品、买礼物、买衣服。也可以利用主人公的职业发现更多日常活动，从而以日常事务来衬托不寻常事件。

　　所以就这么做：设定好定时器，写整整十分钟，即使你认为在计时器停止前你就已经完成了，也要接着写。充分利用起你的空闲时间，进行写作。

动作与反应

约翰·卢兹（John Lutz），著有 40 多部长篇小说，以及 250 多篇文章和短篇小说，囊括了推理小说分类下的几乎所有体裁。他所获的奖项包括埃德加奖、夏姆斯奖、813 奖杯以及德林杰奖金奖。他是美国推理作家协会以及美国私家侦探作家协会前任主席。他的最新作品是悬疑小说《连环案》。他的小说《单身白人女性寻找同类》被拍摄为叫座电影《叠影狂花》，而小说《前任》也被家庭影院（HBO）拍成电影，约翰·卢兹是该电影编剧之一。

动作。现代惊悚小说很大程度上由它推动。是什么赋予它速度？

在这一体裁中，事情发生，并且很快发生。或者即将发生。或者已经发生。

对作者以及人物来说，这里都存在危险。

很多惊悚小说的沉没都是因为其中动作场景的植入很明显是为了制造一种发狂的节奏。这样，书就仅仅是书，而不是作者与读者通力合作、积极发挥想象力的一次练习。操纵木偶的手露了出来。契约被破坏了。读者再也不信任作者；潜伏在书本之外不远处的现实世界硬闯进来。小说只要有一个因素没有说服力，那么整篇就都没有说服力了。

那么，我们如何将动作变成故事必不可少的组成部分，给故事加分而不是减分呢？显而易见的方法包括通过减少形容词和副词来加快节奏。或使用句子片段（像上面几个段落那样），或者加入走动的钟，这样人物就不仅要和构成主要问题的其他人或事物作斗争，还要与时间作斗争。

有个技巧很有效，但却常常被忽略或者使用不充分，那便是调动大部分或全部感官。武器在阳光下闪烁或在阴影中看起来很可怕；血有一种腥味；斗士的皮肤汗涔涔很光滑；汗水有一股臭味；骨头碎裂时发出一种特别的声音；可能有刺耳的呼吸声、哭声、疼痛的呻吟，或者脚底从草地、泥土或碎石中擦过的声音。我们有视觉、味觉、触觉、嗅觉，还有听觉。即使是一个很简短的动作场景，这些感官也很容易全部用上。全部五种感官。光是读这些都会使我心跳加速。

然而，提到小说中的暴力，可能会出现很多问题。如果每隔十几页你的主要人物就要走进一个房间进行激烈的殴斗或枪战，这会令人难以置信。这里有一个技巧，即轮流使用各种类型的动作戏。如果第90页已经有一场漂亮的刀战，第100页再来一场便不是那么令人信服了。

你可以通过将动作场景分类而轻而易举地轮流使用它们（从而使其合情合理）。格斗、刀战、枪战、投毒、绞杀，更不用提引发暴力的各种方法了，仅举几个例子，如溺水、从高处坠落、被车辆撞倒、被动物吞食、被高空坠物砸到。

接着说追逐场景。有赛跑、追车、在地铁或建筑工地等有趣的场所追逐、人物拖着自己受伤的身体抢在对手之前伸手去够救命的武器、在船上或水中游泳追逐……我们目前涉猎的类型还仅仅是与时间本身赛跑。在炸药计时器无情滴答时逃脱或者找到避难所，在毒药剂量变得致命前找到解药，在为时未晚之际开动不听使唤的汽车或者摆弄好其他机械或技术装置。

惊悚小说家在这方面机会多多。

描述暴力的后果也会带来不错的效果。描述坏掉的家具和碎裂的骨头、瘀伤以及致命的刺伤、子弹或猎枪子弹造成的伤害。书中的暴力事件会在人物（以及读者）的头脑中再现，也可以让他们感到不安。感到不安证明读者很投入。

惊悚小说家所要努力打造的是一种强烈又安全的恐惧感。孩提时代坐过山车被吓傻后归于平稳、缓缓停下的经历你还记得吗？多么放松啊！你想做的第一件事就是再去买一张票，再玩一圈。不具备真正危险性的危险是令人陶醉的。

一部好的惊悚小说也一样。读者会想再经历一遍。想要去读这个作者的下一本书，或者补读这个作者以前出过的所有作品。

所以，如果你正在写一部惊悚小说——一部包含动作、速度和悬疑的书——有很多技巧可以促使读者抱紧书页不撒手。最有效果的技巧包括更换动作场景的类型以及充分利用全部或大部分感官。

多样化也是行之有效的，不仅仅在股票市场才是这样。在读自己写的东西时，确保你已经使用了这些技巧，并包含了不同类型的动作。这样读者才可能相信这个故事，这也是读者打开一本书的初衷。读者确实想要暂停怀疑。尽量避免连续出现两三次枪战或刀战、追车、暗室中头部受击。

这种事情仅仅发生在现实世界里。

练 习

过去的十年里，惊悚小说成为最受欢迎的小说类型之一。了解这其中的原因对我们很有帮助。

读一些最成功的惊悚小说，在有动作场景（或事后场景）的地方做出标记。注意作者是如何转换暴力类型来避免单调的重复的。

注意作者如何运用感官使读者参与到故事中去，以及如何通过描述凶案现场或其他暴力犯罪场景等事后现场让所发生的事在人物和读者的头脑中活起来。

当你读到一部好的惊悚小说——或者任意类型的小说——花一些时间来做一下分析。这部小说为什么会成功？出于什么原因你没有将它列入前十？更有甚者，当你读到一部糟糕的小说时，试着找出它不成功的原因。

无论你喜不喜欢，你读到的每一本书都是一堂课，你可以从中学习或将其忽略。

为主人公打造可信威胁

韦恩·D·丹迪（Wayne D. Dundee），生活在内布拉斯加州中西部，著有 7 部长篇小说、3 部中篇小说以及 20 多篇短篇小说。维恩的大部分作品都以私家侦探乔·汉尼巴尔为主角，最近也开始涉猎西部体裁。他的作品被翻译成了多种语言，获得了各种奖项提名，包括 1 项埃德加奖、1 项安东尼奖、6 项夏姆斯奖。他是《冷硬派》杂志的创办者及最初的编者。

人们很早就认识到，将那些让读者惺惺相惜的人物置于危险的境地，是推理/惊悚小说中制造悬念的好方法。这个人物可以是一个可爱无辜的人，可以是主人公的爱慕对象或伙伴……显然也可以是主人公本人。

尽管通过将主人公置于危险的境地可以制造悬念，这一点显而易见，但真正做到这一点却有很大的挑战。尤其当人物处于一个系列作品当中，而你又同我一样使用第一人称写作的话，就更难了。在这种情况下，读者很清楚，不管威胁多么可怕，叙述者/主人公一定会幸免于难……特别是在使用第一人称叙述的情况下，最后断不会是这样的结局："然后他们杀了我。"

那么，如何将主人公置于一种危险的境地，让读者至少有一丝局促不安，甚至担心最坏的结果发生呢？

让我们从威胁的来源说起吧：可以是一种险情（例如一场火灾或狂风暴雨），也可以是一个有说服力的坏人。

我们先来看看坏人，也就是与主人公作对的主要敌人。此人或者是一个反派人物，能够造成死亡或严重伤害；或者掌控着一些能带来同样恶果的势力；抑或二者兼具。这是一个极其危险、彻底无情的人，什么穷凶极恶的事都能做出来，没有什么比这样一个恶人更能让主人公展现最美好的一面，也更能增添读者心中的悬疑和焦虑的了。

詹姆斯·邦德系列（小说或电影）是很好的例子，某种程度上每个人都熟悉这个系列的作品。在面对最坏的反面人物时——浮现在脑海中的有布罗菲尔德，或者金手指以及他的心腹奥德乔布——邦德的状态最好。我们知道不管以何方式，邦德还是会取得最后的胜利，但是对手如果刻画得足够强劲，仍然可以带来悬念，制造出一种主人公身处险境的感觉。是的，我们知道老詹姆斯一定会成功过关。但是，如果他面临的威胁策划得当，问题就变成了："如何过关？"……悬念就这样产生了。

对于危险来自间接来源的情况，如上文提到的火灾或者暴风雨，可以用类似的方式处理。每位读者都能立即知道这类力量的破坏性，因此威胁这部分就可以很快确定下来。接下来的任务便是策划一系列令人信服的事件，将主人公以某种方式置于这种威胁之中，使其陷入困境或在灾难面前表现出脆弱。要将这一点有力呈现出来，需要以一定的节奏和语言捕捉这一场景/情境，将它灵活地呈现于读者眼前，让读者感到身临其境，仿佛正在经历主人公所经历的一切。

以我的小说《血和肉如此廉价》的高潮部分为例。这个场景中，我的私家侦探主人公乔·汉尼巴尔发现自己就要遭遇龙卷风。暴风雨已在他的周围肆虐，而他刚刚经受了一顿痛打，此时，

> 我挣扎着爬起来。再次想到了西木丢掉的手枪。我拼命扫视着地面，来回扭动着身体。如果我能够赶在……之前找到武器，并且设法将自己拖到它旁边的话……
>
> 我右臂一软，没支撑住，一下子鼻子朝下摔到一处泥泞、形如雪茄的凹地，我感觉到这一点的时候，猜测那是某条遗弃已久的车道的暗渠。暴风雨的整个活动中心发生了转移。我感觉到耳朵嗡嗡作响，像是在经历一场海拔高度的突变。狂风开始呼啸，如同气流被挤入变窄的通道。冰雹猛烈地扫射着我的脊背和双

腿。肆虐的狂风变成了一列、十几列、一百列呼啸而来的火车，并排全速前进。

从泥泞中抬起脸，在雨点和飞舞的碎片中，我眯着眼睛看到了它。它正穿过草甸径直朝我而来。闪电在背后将它点亮，多么富有戏剧性，又多么激动人心。那是一只粗壮的、蠕动着的、连接天和地的灰黑色圆管，它在高空中吞食电闪雷鸣，在地面上消灭泥土、草地、岩石、树木以及一切不幸挡在它路上的东西。龙卷风——这个星球上所能想象到的最凶猛的自然力量之一，每个夏季潜伏在中西部的恐怖事物。我曾多次见过龙卷风扫荡后的场面，但从未如此近距离地一眼望穿它的咽喉……

如果我达到了最初的目标，那是因为我让读者将他们所知道的关于龙卷风的知识与汉尼巴尔被这一破坏性力量袭击时的所见所感结合起来。我希望的结果是，读者对危险的感觉被放大，能够带来最大的冲击力。

永远记住，要对场景和人物进行生动的描绘，但同时也不要害怕让读者带一些他们自己的东西进来。换句话说，有时候，不要将所有的事情都讲述给你的读者，而是通过展示一些事情，让读者得出自己的结论。

为了强调这一点，让我们再次回到反派人物这里来。最需要避免的就是介绍加入一个"下流、邪恶、极其危险的杀人狂博士"。这种说法对读者来说毫无意义，也无法灌输任何恐惧的真实感觉，因为你没有给出任何依据解释为什么杀人狂博士很可怕、很危险。这种介绍想要奏效，唯一的方法是借由人物之口给出描述，或许可以放进对话交流里。然而，最行之有效的处理方法是通过设置关键的场景来层层展示这个反派人物所做的龌龊行为。这样，读者便可以得出自己的结论：这是一个危险的个体，其中的原因也通过故事的进展而清楚地展现了出来。在随后的故事情节中，当主人公与这个反派人物短兵相接时，主人公自然而然跌入危险的境地，因为你已经对这一切做了很好的铺垫。

相较于主人公贯穿始终的系列小说，对于单本惊悚小说来说，上面所讲的一切更容易实现，悬念也更强烈，因为它不能保证主人公能活到最后。但是不清楚最后谁会赢这部分悬念主要存在于读者头脑中。通过描写场景、创造人物来制造适当的危险与/或威胁感的原理是基本不变的。

最重要的是，通过创造让人信服的具有威胁性的反面人物或者情境，可以最有效地将主人公置于危险的境地。为了终极效果，形象生动地写出你的场景以及描述，将情节以合适的节奏铺展开来，一有机会就向读者展示——而非讲述——你希望他们体验的东西。

练 习

这个练习做起来快，也容易，而且适用于任何体裁、任何情境。最好之处在于，在这个练习中，作者能够返回去判断自己的写作效果。

首先，你需要从给你带来深远影响的一本书或一部电影中选出一个段落或场景。可以是戏剧性的场面、爱情戏、动作戏，甚至也可以是幽默的东西……随你所愿便好。如果你藏有这本书或这张 DVD，可供你完成练习后参考，那就最好不过了。

一旦你做出了选择，做练习前，尽量不要重新阅读或者观看这段剧情。这里的目标并不是要你完全按照第一次经历时的样子再现这段剧情，尤其在你选的是一段文章的情况下。我们的想法是尝试用自己的语言捕捉这个场景或者这段文章的精华——为什么它能打动你，为什么它会给你带来深远影响。再来看看以你的写作能力，是否能够传达出同样的感觉。

当你用自己的语言满意地写完这段剧情后，返回去看看原作，并做出对比。确切的对话——或者姓名、头发颜色或衣着风格——这些都无关紧要。事实上，在这些事情上增加一些你自己的创意可能更好。重要的是：那些最初让你对这段剧情念念不忘的戏剧性、情感、刺激或者幽默，你都成功捕捉到了吗？

你对这段剧情的展现能够经受住考验，给其他读者带来同样的感受吗？对这些问题，如果你能够真正给出肯定的回答，那么你离你的目标——即让你的原创作品能够打动读者并长久留存于读者心中——又近了一步。

你可以选择不同的片段来重复做这个练习，直到达到目的为止。

老话说，真正有才能的作家，即使最开始故意模仿他人的风格，最终也会表现出自己的才能，形成自己的风格。我相信这一点。写作就是表达形象、语言以及事件，将这几项结合在一起，讲出故事，并希望留下深远影响。无论使用什么样的催化剂来磨炼这种能力，只要最终目的是形成自己的声音，就都是可以接受的。

叠加悬念：如何构建充满微型转折点的场景，让读者不断猜测、忧心并持续翻页？

梅格·嘉迪纳（Meg Gardiner），著有畅销全球的两个惊悚小说系列。《中国湖》获得了 2009 年埃德加最佳平装本小说奖。《肮脏秘密俱乐部》是 2008 年亚马逊十大推理与惊悚小说之一，曾获《RT 书评》评论家选择奖。《骗子的摇篮曲》被斯蒂芬·金选为 2010 年最喜爱的小说之一。梅格·嘉迪纳出生在俄克拉何马州，曾在洛杉矶当律师，在加利福尼亚大学圣巴巴拉分校教过写作，如今居住在伦敦附近。

没有转折，场景便不成其为场景。没有至少一个人物或好或坏的命运转变，一篇文字只能是说明、对话或者描述。只有当变化发生时，场景才会形成。嘞！

转折应该发生在场景的结尾部分，境况的这种变化与转变能够推动故事情节发展。设计一个场景时，最初你可能把这个转折点设置成一次惊喜/意外。剧情缓缓发展，而后男主人公突然宣布他已秘密结婚。或者，一对夫妻骑着摩托车经过一处转角，突然头朝下栽下悬崖。

惊喜或出其不备的一刻会让读者紧急刹车，然后，你希望他们迫不及待地翻到下一页去读下一个场景或章节，直至读完整本书。

惊喜能给读者带来快乐。但是如果惊喜到来之前一切都平淡无奇，那么作为作者，你已经失败了。为了真正抓住读者，在大的场景中，需要设置微型转折点，它有出其不意、迂回曲折的小径，以及跌宕起伏的人物期待和情感。这可以化轻松为坚毅，制造悬念，增加张力。

这么做就如拧紧螺丝，可以增加压力、叠加悬念。

生活从不会一帆风顺。书中人物的生活，尤其在犯罪小说和悬疑小说中，同样充满波澜和挫折。而这正是读者喜欢看到的，也是犯罪小说的刺激和兴奋点：在人物面临人生中最大压力或危机的时刻，从身体、情感以及道德上对人物的挣扎感同身受。所以，应该创造让读者惺惺相惜的人物，并将他们置于危险境地。这样读者就会一路相随。

通过不断试验和犯错，我学会了如何在场景中拧紧螺丝、增加压力。我写《中国湖》初稿时，有一个信息类（好吧，说明类）场景，是大木偶剧场①那种类型。女主人公伊万·德莱尼参加一个极端牧师倡办的教会活动。伊万的嫂嫂也加入了由这个牧师领导的群体，在火热的布道过程中，伊万意识到这个教派渴望世界末日的到来。

接着，一个男人突然大喊大叫地冲进来。他语无伦次地对着牧师狂叫不已，然后转身跑掉。布道混乱收场。

结尾很戏剧化。那又怎么样呢？伊万是个旁观者。她没有卷入这场戏。这里没有动作情节、没有迂回曲折，什么都没有。

第二稿时，我在伊万前进的道路上设置了一些障碍。她不再仅仅是观察布道，而是因为知道自己不受欢迎，躲在了临街教堂的后面。结果一个狂热的信徒揭发了她的外人身份。顿时，群情激愤。伊万向嫂嫂疾呼求救。但是牧师让嫂嫂立即做出决定：拒绝撒旦……以及伊万。伊万向她乞求道：请帮帮我，让我看到你还是我的朋友，我们还是一家人。然而，与之相反，她的嫂嫂唆使众人攻击伊万。安保暴徒拎起伊万，沿着过道一路拖出去——她希望是拖到街上丢下，但可能是拖过去暴打。众人正向她靠近。

这时，说胡话的那个男人闯了进来。

他的闯入使得场面顿时停滞。但这并没能挽救伊万。这个闯入者蓬头垢面、来势汹汹，可能是喝醉了，而且肯定身染疾病。也许是传染病。好可怕的一个人。嗯。

---

① 法国巴黎一家戏院。

这是第二稿。我知道场景仍需扩充。第三稿：闯入者胡言乱语时，被保安抓住。他挣脱保安，夺门而出。

嘟嘟。还是不够。

重写。他继续胡言乱语。保安抓住他的衣领，试图将他拖走。他紧紧抓住伊万来支撑自己。

伊万被那个人紧紧抓住，她发现他发着烧并咳嗽不止，而且可能精神错乱。他们跌跌撞撞来到临街教堂的平板玻璃窗前，径直从窗户穿了出去。

这回我满意了，而且读者也会坚持读下去。

你注意到了吗？通过设立微型转折点，人物有了生命，人物关系初显轮廓，我也为场景设计出了更好的结尾。这就是我重视这个练习的原因。

练 习

从场景创意开始。想一个带有转折点的基本创意：一个从 A 到 B 的场景。用文字粗线条勾勒出大概。

现在回过头来设置障碍和出乎意料的麻烦。在路上设置各种反转。阻碍主人公的道路。轮番抛下障碍物，身体上的、心理上的，偶然的、蓄意的。故障。捣乱。山崩——言语上、字面上或者情感上。

下面是一个例子。从 A 到 B：女主人公得知一个杀手闯进了她最好的朋友家中。她一路飞奔赶往那里，想要避免凶案发生。

在最初的草稿中，女主人公可以径直赶到朋友家，冲进去，挽救将要遇害的朋友。

现在往里填内容。通过处处施加压力阻挠女主人公实现愿望，这样便可以增强悬念和紧张感。

女主人公发现凶手在朋友家里。她努力打电话去提醒朋友，但是电话怎么也打不通。她必须亲自赶过去。但是摩托车无法发动。她接线点火发动摩托车，然后风驰电掣地赶去朋友家。

她已经看见朋友家就在前方——但一辆失事卡车横在马路中间，挡住了她的去路。她撇下摩托车，穿过拥挤的车流跑向目的地。她给警方打电话——他们会派人过来支援。但是警察也被失事车辆挡在了路上。

现在就靠她自己了。她到了朋友家，发现房门大开。难道她来晚了吗？她跑进房子。凶手打了她一顿。她必须找到一个武器。她抓起电钻——可是没电了。她找到一根棒球棍，立刻往楼上跑。门被关上了，然后……

接下来的事情就交给你了。

展示性爱场景

薇琪·亨德里克斯（Vicki Hendricks），著有黑色小说《纯洁的迈阿密》、《鬣蜥蜴之爱》、《自愿的疯狂》、《天蓝色》以及《残酷的诗歌》。其中《残酷的诗歌》入围 2008 年埃德加奖。她的作品集《佛罗里达哥特故事集》于 2010 年出版。亨德里克斯生活在佛罗里达好莱坞，在布罗沃德学院教授写作。她的故事情节和背景反映了她参加跳伞、水肺潜水等极限运动的经历，也体现了她对佛罗里达环境的了解。

我不想令人失望，但描写性爱场景并不像参与性爱那样有趣。这一点你也许已经猜到了！不论是在犯罪体裁还是其他主流小说中，性爱场景基本上同任意其他场景是一样的，只不过一般会少一些对话。它的特殊之处在于用词，从粗俗的、浪漫的到床上的，但同样需要发挥一般场景功能：创造人物、推动情节、加强主题，尽管你的想象力是唯一的限制因素。性爱场景中一般只有两个人物（提醒：描写同性伴侣之间的性爱，在代词使用上要经受地狱般的考验。）动作可以从正常到古怪，性交不一定非要成功以及/或者愉快。

过去二十年最为人称道的性爱场景之一来自于哈里·克鲁斯的小说《身体》。小说描述了一个肥胖的处女在浴缸中被一个偏执的声称自己是"皮肤技师"的健美运动员诱奸。我最初引用这一场景是作为一个不那么令人愉快的性爱的例子，但克鲁斯的机智幽默和描写技能让这个场景在旁观者眼里有一种神秘的性感。

在长篇或短篇小说中，描绘性爱场景时可能自然而然会去塑造人物（说到令人捧腹、展现人物性格的场景，可以参见詹森·斯塔尔《扭曲的城市》中的自慰场景）、增强主题，但是为了推动情节发展，必须有催生变化的弧线和高潮——或许两个高潮（但不是必需）！由于缺乏精练的对话，潜台词——即潜在的感情、信念、动机以及没有说出的想法——在制造冲突、创造场景弧线时就变得极其重要。即使冲突主要发生在主人公的内心，也应该转化为行动表现出来。

尽管描写性爱场景和其他任意场景并没有什么不同，犯罪小说中的性爱场景和其他任意主流小说中的性爱场景也十分类似，但做爱的动机有时可能涉及犯罪或者可以发展成犯罪。想想詹姆斯·M·凯因在《邮差总按两次铃》中描写的弗兰克和科拉初次见面时的一小段性爱场景。在那个年代，凯因的描写尺度不会超过接吻——这里是咬了一口，但他通过几处细节足以让人感受到激情，让我们相信人物只有杀死科拉的丈夫才会得到满足。

另一种情况可能是主人公希望操纵另一个人物或者放弃自我控制。如果作家特别聪明，那么冲突甚至可以在小说的主人公及其对手之间展开。詹姆斯·M·霍尔的处女作《在白天的掩护下》中有一个有趣的性爱场景就很好地证明了这一点。在这一场景中，长期敌对的对立双方花了足够长的时间战胜各自的动机，进行了一场可信的、美妙的性爱。由于联系和分离是情节结构中一个错综复杂的部分，因此身体的交媾可以为变化或发展提供戏剧化的动作情节。

在我的小说《纯洁的迈阿密》中，主要人物是一个痴迷于性的脱衣舞女，所以诸多性爱场景展示了她的性格，也使得她受人控制而不自知。在《残酷的诗歌》中，主要人物是一个自由职业的妓女，她在多个场景中的迷人性爱将其他两个叙述者同她堕落、危险的生活方式连在了一起。

创造性爱场景时，提前交代充分的潜台词是很重要的，这样，读者能够从动作行为中解读出全部阴谋以及情感力量。一旦脱掉衣服，就没有时间解释了。我的练习要求你将重点放在潜台词上，这样场景有了合理的目的，就没有人会说它没有根据了。为了达到最佳效果，选两个你已经很熟悉的人物来写。

练 习

第一部分

在 A 栏，列出动机、恐惧、希望、信念、遗憾、情感等你希望在主人公的改变或发展中发挥作用从而推动情节发展的因素。如果你正在创作一个短篇或长篇小说，你应该已经知道重要的是什么。可以是关系改变或自我实现。甚至可以是为高潮而设置的一个大逆转。在 B 栏，列出少量对话以及性爱性质的动作，使 A 栏中的项目戏剧化。

第二部分

将你的栏目收起来，让自己进入做梦的状态。想象一下场景：地点、气氛、表面、身体。写下来。让你的主人公采取行动，让另一个人物做出回应。除非卡住写不下去，否则不要回去看栏目。

各就各位，预备，开拍！

洛伦佐·卡尔卡泰拉（Lorenzo Carcaterra），著有八部作品，包括《安全地带》、《沉睡者》、《阿帕奇人》、《黑帮》、《街头男孩》、《天堂之城》、《追逐者》以及《午夜天使》。他是电视节目《法律与秩序》的作者及制片人，曾经担任哥伦比亚广播公司电视剧《高级警察》的总编辑三年。他为电影制片人写电影脚本，为好几家电视台写试播节目的剧本。目前，他正创作一部小说，同时在写奥利弗制片公司的一个电影脚本，还在给巴瑞·莱文森写试播节目。

我喜欢动作场面，无论这种场面发生在电影、电视还是书中，我都喜欢。我尤其喜欢大场面动作戏——从肯·福莱特的《针眼》到迈克尔·曼的《盗火线》中行动出错的银行抢劫，再到基弗·萨瑟兰在《24 小时》中再次除掉一个目标。

我料想自己对动作片的喜爱是潜移默化的。我在纽约的"地狱厨房"长大，那里住的都是些硬汉，包括父亲在内的很多人都曾在监狱中度过一段艰苦岁月。他们都是用身体说话的人，活在当下，他们对任何事件或者威胁第一反应都是拳打脚踢，而且行动迅速。让他们讲故事，多半是围绕困境中被抓获的罪犯——从"双枪"克劳利与全副武装的警察中队在西区第 96 街仓库展开的枪战（詹姆斯·卡格尼的电影《一世之雄》的创作灵感正来源于此）到发生在第 23 街附近第八大道的药店电话亭的"疯狗"文森特·科尔机关枪白日谋杀案。

我小时候看的电影主角都是城市动作片硬汉——从卡格尼到亨弗莱·鲍嘉，再到爱德华·G·罗宾逊，一直到当时的"冷酷王"：斯蒂夫·麦奎因、查尔斯·布朗森和克林特·伊斯特伍德。我们车厢式公寓里的电视（还没被当掉的时候）通常会被调到动作片《铁面无私》和李·马文的英雄系列片《M 小组》。

对动作片的这种喜爱也影响了我的读书品位，我喜欢的书有：大仲马的所有作品，尤其是《基督山伯爵》（这本书到现在仍是我的最爱），以及维克多·雨果、杰克·伦敦、拉斐尔·萨巴蒂尼和亚瑟·柯南·道尔等的作品，再后来，年纪稍长时，又喜欢上了乔治·V·希金斯、埃尔莫尔·伦纳德和艾德·麦克班恩的作品。

毫无疑问，父亲和周围的人讲给我听的故事，以及那些故事引领我看到的图书、节目和电影，都对我的创作产生了影响。我的小说《黑帮》就是从许多个炎热夏夜里听来的犯罪故事延伸而来，彼时消防龙头打开，冷水将人们从难以忍受的闷热中解救出来。另一本书《街头男孩》以"二战"最后几年的意大利为背景，是受母亲的经历启发，在那段动荡的日子里，母亲在连续数月的狂轰滥炸中幸存下来，但她痛失丈夫、兄弟和一个婴儿。

我一直努力妥善处理所写的动作场景，但并不总能成功。动作场景很容易脱离轨道，朝着卡通类型的暴力场景发展，偏离原本应该传达的危险与痛苦，这种背离原意的错误我犯过太多次，多到我不愿一一承认。最好的动作戏速度飞快，并且不像我们希望的那样干干净净、轮廓分明——动作场面经常是凌乱的，几乎总是很血腥，更多的时候会导致尸横遍野。在小说中处理生与死的问题时，所传达的文字与画面必须尽可能深地扎根于现实。

这就是我的目标，虽然并非总能实现，但我一直在努力争取。这要归功于很多年前给我讲故事的那些人。他们讲故事时应该也是有着这样的期待——希望他们的故事可以反映他们的现实。

他们也许不是圣徒。

事实上，他们多数都是罪人。

但他们都是讲故事的高手。

练 习

我们先来设定一下。我们要除掉一个黑帮分子。此人不是普通的市井流氓，而是一个依靠自己能力在纽约市大街长大的硬汉，凭借武力和智慧一步步升到了罪犯首领的位置。他逃脱了牢狱之灾，杀的人不计其数，还不光是敌人，现在已经活到将近60岁，要知道，他圈子里的大部分人30岁都活不到。

他现在行动日趋迟缓，不像从前那样反应灵敏、身手敏捷。他的直觉本能仍在——那些东西不会从一个真正的黑帮身上消失，但是反应速度会比之前慢一两秒。过着他那样的生活，这一两秒很可能让他丢掉性命。

他正驱车赶往西侧公路①的一个废弃码头，去那里与人会面。时间正值傍晚，天刚刚黑。他独自一人，开着一辆新型凯迪拉克，随身带着两支枪——一把0.38口径的史密夫威信特殊弹、一把9毫米巴拉贝鲁姆。他出发去会见对手帮派的带头人，这个人跟昔日的他很像，只不过更年轻、更凶残。这次他们会面，就是要达成和平协议，结束双方之间的争斗，这些争斗给双方都造成了大量的经济损失和人员伤亡。

他开车进入废弃码头敞开的大门。在他身后，车辆正在拥挤的西侧公路上缓慢前行。他的车打着近光灯，慢慢行驶，两支手枪放在伸手可及的位置上。他感觉到周围有埋伏，但并不确定，他不敢贸然采取行动，因为行动时机早了或晚了都不行。

这个场景的关键在于：他怎样生，就要怎样死。

他需要以一个黑帮硬汉的形象落幕。

那是读者所期望的。

也是人物本身想要的。

现在，去写吧，享受其中的乐趣。

---

① 位于美国华盛顿。

10

改造你的故事：修改加工

草稿之间

简·布罗根（Jan Brogan），记者，著有以罗得岛的普罗维登斯为背景、广受好评的"哈莉·埃亨"推理系列。她的第一部小说《最终副本》获得《德鲁德推理小说评论》编辑推荐奖。曾在非虚构写作、推理小说写作和剧本创作工作坊教写作。

作者们采用不同的方式动笔创作新的小说。有的作者在开始写作前准备大量的人物档案，概述每个情节细节。有的作者则根本不做计划，他们讲述的是与之心灵相通的人物，让他们在故事中决定自己的命运。但无论你是哪种作家——强迫自己列大纲型的还是凭感觉行事、崇尚自由型的，通过对作品进行有组织的修改，你都可以从中获益。

我经常鼓励新作者写第一稿时要尽可能快速和松散。降低标准后，作者能少一些自我批判，多一些创造性。如果你怀着批判的心态，过多纠结完美的行文或标点符号，你就不可能顺利进入写作状态，不能很好地沉浸于故事中。

在某些方面，创作初稿就像织布一样——创造素材。一旦有了足够的材料，你需要的就是按照式样或计划进行裁剪，并将布片缝制成衣服。

当作者仍在进行初稿创作、制定决策、尝试故事情节和人物发展的多种可能性时，作家的群体批判甚或自我批判应该采纳多少是难以评估的。可能会有矫正不足的倾向——应该采纳的意见没有采纳；也可能存在矫枉过正的倾向——下意识地修改太多。

初稿中有很多好的想法和坏的想法，关于其中各个章节或场景也有很多好的和不那么好的批评意见。问题是，如何才能找到正确的视角区分这些想法和批评？再有，要进行组织决策并记录需要做出的改变，最有效的方法是什么？

　　除了制定综合评审过程以外，我还学会了使用从剧本创作中演变而来的四幕剧结构，以此识别发展缓慢、需要收紧的故事情节，以及需要变得更为宏大、更为刺激的场景。

　　于是，这样一部推理小说就诞生了：它深知自身要向何处发展，并且以一种让读者爱不释手的步调向这个目标发展。正如每一个作者都有不同的方法进行草稿创作，稿件修改也有很多不同的方法。但是我所开发的这套我称之为"草稿之间"的系统，在我的写作过程中创造了奇迹。

练 习

所需材料：

四个马尼拉文件夹

一整叠信纸大小的书写纸

钢笔和/或铅笔

1. 完成第一稿后至少三天，最好是两周后，打印出所有的手稿。

2. 在这四个马尼拉文件夹上贴上标签：第一幕、第二幕、第三幕和第四幕。

3. 带上打印出来的手稿及所有材料，到安静的地方，找一张舒适的椅子，坐下来阅读——最好远离你写第一稿的地方。（冬季时我喜欢壁炉，夏季时则更倾向于遮阴的门廊或甲板。）

4. 根据下面的指导，将纸稿分成四部分或四幕。每个部分应该在一个转折点结束。（不要太在意具体在哪里划分，这个过程结束之后，你最终可能会做一些修改。）

● 第一幕，一般占手稿的 20％～30％，作为准备阶段让故事开始运作。

- 第二幕，约占手稿的 30%～40%，在故事的中间结束，作为一个转折点开启故事发展的新方向。

- 第三幕，占手稿的 30%～40%（取决于第二幕的长度），从故事逆转写到高潮。

- 第四幕，占手稿的 10%或更少，解开主要情节。在这部分做收尾工作，通常解释线索如何归结到一起，以及主人公从这个特定的故事中可能学到或得到的东西。

5. 从第一章开始，慢速阅读，并为每章做详细的书面笔记。这些笔记可以记下从指代模糊的代词到人物发展的任何问题。包括你脑中出现的新想法，例如："X 需要增加深度，暗示与 Z 的关系破裂"或"此处理下可以获得毒药的伏笔"。在手稿左边空白处写上问题出现的页码。即使是对整个章节的大致批评，也记下这一批评是在哪一页首次出现在你脑海中的。按章节将手稿订在一起，放在合适的马尼拉文件夹中。

每章的笔记数量并不重要，手写笔记才是重要的。大量研究表明，用手写能够刺激大脑的不同部位，对我来说，这个过程进行一半到四分之三时，奇迹就会出现。突然间，我可以看清我所犯的一团糟的错误了。我可以清楚了解我的推理小说想要讲什么了。每个人物的角色和旅程都变得清晰起来。我有了新的权威、更强有力的声音，我也知道是要接受还是丢弃在这一过程中得到的任何批评。

6. 下一步，回到电脑前。就像是坐在酒吧高脚凳或午餐柜台旁一样，讲述这个故事，第一次解释给朋友听。不要拘泥于细节。重点是组织你的思路。如果情节有漏洞，你会看到它们。如果作品迂回缓慢，你也会清楚了解它们。故事结构会变得明确。

7. 你现在可能想删除或添加一些章节或场景，重新划分手稿，或者将章节从一幕移到下一幕。根据故事梗概和章节笔记，你可以为整本书写出简要的修改计划。

　　只处理结构上的变化，或是涉及添加或者强化人物、重新整理线索或影响通篇主题的重大改变。不要重复章节笔记中已经详细说明的改变。

　　8. 通过写修改计划、故事梗概以及记章节笔记，你对如何重写第二稿已经有了一个蓝图。开始修改每一幕之前，我会重新阅读整个修改计划。然后，我捡起章节笔记开始重写，每解决一个问题就画叉划掉该处笔记。有时，在重写的过程中，我断定笔记不对，还是原稿好。这也是可以的。过程并不完美。

　　这种方法可能看似工作量很大，但我自己的惨痛经验告诉我，这种做法可以节省时间，减少无穷尽的、不成功的草稿带来的头痛。

关于修改

布莱恩·埃文森（Brian Evenson），著有 10 部小说以及小说集《神游状态》。最新作品《最后的日子》获得美国图书馆协会颁发的 2009 年最佳恐怖小说奖。小说《敞开的窗帘》入围埃德加奖。他在罗得岛的普罗维登斯生活、工作，指导布朗大学的文学艺术课程。

让一本好书和一本伟大的书之间产生天壤之别的就是修改：花时间弄清楚细节，从而使得对话令人信服、情节发展前后一致、描述明快准确、气氛恰到好处。对于推理以及犯罪小说来说，这一点尤其重要。故事一旦显出拼接痕迹，或者作者无意中泄露了故事走向，就会毁掉读者的阅读体验。这些失误会使读者怀疑作者的权威，质疑小说的真实性。

有时，那种不信任可作为工具为你所用——有时候需要让读者怀疑情境或者人物所言的真实性——但这项工具应当少用，用起来也要非常小心谨慎。

我写长篇或短篇小说时，会努力在初稿中将故事态势及情节介绍到位。我设法建立对事件顺序及所发生事件的基本感觉、对冲突的清晰理解以及对各种人物及其相互关系的认识。我发现，如果所有这些都做到了，我就有了一个稳固、有力的叙事框架，围绕这个骨架，我可以补充肌肉和皮肤。如果初期这个框架做得不到位，那么要将这个短篇或长篇小说（尤其是长篇）打造成令人信服的生命活体，就会困难得多。

在后面的几稿中，我会想很多有关故事节奏、人物具体用语、小细节之间相互作用的方式以及揭示事件的时机和人物等方面的问题。

我希望我所构建的故事有一种自然肌理，能够造就一种美好而紧张的阅读体验，让读者沉浸其中——这也是我自己作为读者所希望获得的阅读体验。

如果你开始没有这种基本框架，修改便是另外一回事，那是更绝望又费时费力的过程，最终你往往删掉故事的大部分，大块调整文本顺序。花的时间通常比放弃整个项目重新开始还要多。我认识的很多作家说起修改小说都有一腔苦水要倒，在他们看来，修改似乎无穷无尽，却总做不到恰到好处，至今小说还躺在某个抽屉里，没有做好出版准备。

强化修改需要做大量工作，但有时是值得的。有些项目会将你紧紧抓住，拒绝放手。我写小说《敞开的窗帘》时，我以为我知道这本书要如何发展。我有一个提纲，知道什么时候应该发生什么事情，感觉就像有一幅不错的路线图。事实上，写前两个部分时，我的确知道该如何进行。接着到了最后的第三部分，我意识到我所计划的一切都出了问题。仿佛跟着地图到了一个地方后，发现有一座桥被冲垮了。

然后我做了一件蠢事。我没有设法理出故事本身应有的发展方向，而是坚持提纲，不顾一切按照提纲写了下去。不出所料，最终我得到了一副躯体，头和躯干看起来像人，腿却完全属于另一个物种。所以我扔掉了最后一部分又尝试了一次，我不太情愿放弃提纲，但舍掉了其中的一部分。这个版本也很糟糕。

后来，我花了很长时间——先是数周，然后是数月——把提纲放到一边，思考应该发生什么事情，我尝试了不同的结局，都以失败告终。最后只剩下 1 000 多页被我弃用的材料。我知道整个创意是好的，也知道我心里有货，但就是不知道怎么让它奏效。好几次我几乎要放弃这本书，却总又回过头去看它。终于有一天，突然间，在最不经意的时候，我再次开始写第三部分，这时灵光一闪，我突然知道该怎么写了。这本书最终入围埃德加奖。

这是关于修改的一个重要方面：知道什么时候不放弃。坚持不懈，愿意花时间和苦工夫把书写成自己想要的样子，努力把一本不错的书变成一本好书，再努力把一本好书变成一本伟大的书。

写小说就像谈恋爱，一段关系想要成功，你需要付出很多。写小说也是一样。但你也要知道何时放手，向前看。

练　习

选一个你感觉停滞不前——无法继续——的场景，改用另一种声音：如果原文是第一人称，改为第三人称；如果原文是第三人称，则改为第一人称。如果是以侦探的口吻写的，则改为凶手的口吻，想想凶手可能会注意到哪些侦探注意不到的事情。

然后坐下来仔细阅读一下你改写后的内容。关于这个场景，你有什么之前没有注意到的新发现？有没有发现之前并不明显的裂缝或缺陷？问题是否在于视角？是不是你最初以某个人物的第一人称视角写作，却尝试着传达了这个人物了解不到的信息？问题是否在于第三人称视角没有你想象的那么客观？这种方式让你与场景保持距离，你可以退一步更客观地看待它。

现在把修改后的场景还原为修改前的声音，但不要参考原始版本——就在修改后的版本上进行还原。尽量保留新版本中你喜欢的地方，同时做到与原先的声音相吻合。

建议： 在修改过程中，我经常发现我不确定人物的声音——她后来的说话或行为方式与早期相比已经发生了某种变化。

判断问题出在哪里最简单的方法是删掉所有静态文本。从人物最初的对话中节选几处，然后从中间的对话中节选几处，再从最后的对话中节选几处。把这些单独复制到一个文件中，不要添加任何其他内容，然后通读一遍。发生了什么变化？没有变化的是什么？回想这本书：她有改变或不改变的理由吗？

这一步通常会揭示你所需要知道的事情。但有时你还需要再深入一步，从对话中间多节选一些内容出来。不光是她讲的话，还有她讲话内容的前后几行，都可以节选出来，依此判断她在跟谁讲话。此时问题多半会清楚显现。

从第一页开始吸引住读者

M. 威廉·菲尔普斯（M. William Phelps），犯罪学专家、讲师、电视名人、调查记者，著有畅销全美、发行量超过 100 万册的 17 部非虚构作品的获奖作家。菲尔普斯上过多个广播电视节目，包括：加拿大广播公司《早间秀》、美国广播公司《早安美国》、《蒙特尔·威廉姆斯》、《调查发现》、《杰拉尔多》，上过法制频道、探索频道、福克斯新闻频道、学习频道、传记频道、历史频道，以及美国广播网、天主教电台、ABC 新闻广播、调频美国。他还为娱乐时间电视网的电视剧《嗜血判官》担任顾问。

谈到真实犯罪这一体裁，不得不提那本书（你知道是哪本）。现在就让我来谈一下这个问题，希望可以借此厘清让我们所有人作为读者不断翻页继续阅读一本好书的原因。

首先，引人入胜、令人愉快、信息量大的非虚构作品应该和伟大的小说一样专注于同一件事：讲故事。如果不能在第一页吸引读者，就别作他想了；你的工作没完成（很可能永远失去了那个读者）。这就是为什么经过几年反思，姑且称之为受过教育后的反思吧，我改变了书的开篇写作方式。

当代许多写真实犯罪小说的作家（包括早期的我）都以一种令人生厌的方式开始他们的作品，更别说这一体裁的历史中那些才华横溢的罪案记者了，比如：杰瑞·布莱德索、杰克·奥尔森、杰姆斯·B·斯图尔特，这应该感谢杜鲁门·卡波特。我指的是关于城市、小镇和/或案件发生地或其周围景观非常枯燥乏味的描述性段落。我一直猜想，这一策略背后的目的是想将读者带到这个栖息着邪恶的地方，让她在黑暗、罪恶的事情发生之前熟悉这一地带。

影视编剧使用这一策略。但与小说作家手中用来描绘小镇的工具相比，从上空向小镇俯冲而来的摄影机是一种完全不同的工具。当你的书以公路、小道、桥梁、天气和树木作为开始，便少了几分悬念。我们知道作者为什么在典型的郊区建立田园诗般的所在，在这个地方似乎不会发生任何出格的事情：读者啊，我们在这里，在美国的国土上，在 66 号公路上，可以确定的是，这里有个怪物潜伏在每一个角落——而在你的预期中，这是世界上最不可能发生谋杀的地方。

来看看下面的例子：

> 马萨诸塞州北安普顿这个新英格兰风格的小镇十分古朴，小镇边缘，部分景观如桌面般平整——数英亩的农田，从高空俯瞰，让人恍然觉得东北的这一块地方与印第安纳或者堪萨斯……别无二致。

现在，怀着一点谦卑，我要告诉你上面这个精心构思、文采斐然的段落（呃）节选自我的第一本书。然而，说真的，这些词语传达了什么故事要点吗？这些精雕细琢的句子——甚至可以说是神奇的句子！——推动故事发展了吗？或者将读者吸引到本应充满悬念的叙事中并恳求她翻页了吗？

记住这一点，再来看《冷血》的开篇。你知道，就是我前面提到的那本书（顺便说一句，我不太相信这本书是卡波特自己写的，我认为它仅仅是"纪实小说"——事实大于虚构）。它是这样开篇的：

> 霍尔康博村坐落在堪萨斯西部种植小麦的高地平原上，是一处荒僻之地，其他堪萨斯人称之为"在那边"。

现在，你能看出我的早期风格是从哪里抄来的了吧？打开几本安·鲁尔的书，你就会明白我的意思：精心构思的、旨在使读者置身于郊区乐园中的数段（甚至数页）风景描写（一般包括州际公路外加起伏的群山）。

这些年来，我变成了编辑口中的"现实类惊悚小说"作家（激动吧，嗯?），我意识到，将这些信息（枯燥乏味的地理学废话）放在除开头以外的其他任何地方，都更有机会抓住读者的衣领，给她的阅读体验增加一些刺激因素。第一页时你拥有读者的全部注意力。你希望吸引她，而不是用爱默生和梭罗式的过分华丽的行文吓跑她。

思考一下这个例子："她为了保命正在殊死搏斗。这是巡警迈克尔·费尔斯通知道的唯一的事，他坐在巡逻车方向盘后，打开警灯和警笛，飞驶而去。"

开篇几个充满动作和悬念的句子将一些问题深埋在读者心中：谁为了保命在殊死搏斗？为什么？发生了什么？你可以利用这个策略多卖会儿关子（所有伟大作品都会卖关子、玩策略），只要你最终会告诉读者答案，而不是带他们走上一条无果之路，直到情节片段或章节结尾也得不到答案。必须要有回报。也许不是解决方法，但是要让你的读者保持好奇心。

关于最初几页的另外一个建议（就当是额外奖励吧）。在任何一本书的开头，你都需要立即将该书的（叙事）语调设置到位。我常常在节奏和韵律上花大量（也许太多）的时间。我指的是句法：你的句子在段落结构中跌宕起伏的方式。

多数情况下，我尽力坚持一条简单的规则。如果我写了一个长句，那么我会接一个短句。同时，我尽量注意每个句子相比其前后句子的单词数量。例如：

> 他走进房间。环顾四周。坐到金属椅子上。吸了口气。（He walked into the room. Looked around. Sat down on the metal chair. Took a breath. ）

不管你（或你的读者）是否意识到了这一点，读者读过这些句子后，脑海中会建立一种有节奏的脉冲，你在告诉读者行文如何流动：五词/两词/六词/三词……

尽管如此，还有一点需要引以为戒：如果你以一种节奏开始，那么你需要一直保持这个节奏写下去。否则，猜猜结果会是什么？你将失去你的读者。

我们开始写书或故事时，有许多可供选择的叙事手法。如果我们做出正确选择，读者瞬间就会觉得亲切。如果我们没有做出正确选择，读者就会愤怒地将书"啪"的一声合上，大骂"太差了"。的确，在多数情况下，我们只需要认识到自己犯下的错误，然后遵循每个写作老师不断重复灌输给我们的金科玉律：改写，改写，改写。

我曾多年讲授一门我专为立志当作家的人设计的课程，叫做"如何出版"。"写作最重要的部分"就是阅读，这句话每节课我都必定对学生重复三四次。"作为正在努力跨进这一行的新作者，我们读得必须比写得多！"我总这么告诉他们。

为了使自己的作品出版，你必须理解、领会已出版的作家，并从中学习。我们知道窍门、角度。我们犯过错误——最重要的是，从错误中总结过教训。我的意思是，如果你要写真实犯罪小说，那么请阅读这一体裁的作品，研究这一体裁的成功作者，感受一部真实犯罪小说有着怎样的结构。这种做法同样适用于爱情小说、推理小说等。

你要养成一习惯，密切关注你所读到的任何真实犯罪作品的开头几页。通过这么做，你会发现大多数作者——至少那些伟大的作者——都以充满动作和悬疑的场景开篇。开篇立即有重要事件发生。这是影视编剧喜欢用的另一个把戏：他们让影响到随后电影情节发展的事情发生在第一个 45 秒内。

练 习

阅读你自己的作品，真实、客观地读一下那些开篇的句子和页面。然后（真诚地）问问自己：这会吸引我的读者吗？回到我之前提出的几个问题，再问问自己这些问题：

- 这些词语实际上传达了什么故事要点吗？
- 它们推动故事发展了吗？或者将读者吸引到本应充满悬念的叙

事中并恳求她翻页了吗?

瞧，所有新作者都会犯的最严重的错误之一，就是不用读者的眼睛审读自己的作品。你并不是为自己、邻居、配偶、兄弟或姐妹写作（顺便说一句，你绝不应该把作品给这些人看），你是为读者而写作。你的读者希望完全沉浸在书中。

最后，作为真正的试金石，当你认为已经把那些开篇句子、段落和页面修改到位，已经使其尽可能充满悬念，读一读自己的作品，并进行录音，几天后再回放录音。你会听出你在哪里犯了错误，在哪里使读者昏昏欲睡。

快速启动你的故事

特威斯特·费伦（Twist Phelan），毕业于斯坦福大学，曾是原告辩护律师，著有广受好评的以法律为主题的"品尼高·皮克"推理系列（毒笔出版社）。她的短篇小说收录于多部文集及推理杂志中，获得或被提名惊悚奖、艾利斯奖和德林杰奖。特威斯特目前正在写一本以圣菲为背景的悬疑小说，这部小说的主人公是一名商业间谍。

写悬疑小说的时候，我希望读者能够即刻被故事吸引住。我利用情节触发器来达成这一点，它开启或者加快动作情节——它吸引读者，并使叙事进行。它并不一定是事件，也可以是加入的一个新人物或新情况。不管采取什么样的形式，我会尽可能把这一触发器安排在离第一句话最近的地方。

我怎么判断自己想出了呈现情节触发器的最好方式呢？草拟开头后，我会重新写出 12 个版本。是的，我真的是指 12 个版本。有时，我会选择这 12 个版本中的一个来开始我的故事。其他时候，我会使用最初的版本，而用这 12 种替代结构来加强、打磨最初的版本。不管是哪种情况，通过这项练习，我快速启动叙事的机会都会增加。

练　习

这里有 12 种开启故事的方式。只要你认为适合你所选的素材，可以使用尽可能多的技巧来改写开篇章节，然后判断哪一种技巧最有利于快速启动故事、吸引读者、找到正确的叙事形式，即你所要讲述故事的风格或声音。

1. 仅采用对话，不叙述。对话必须包含情节触发器。

2. 介绍主要人物，加入情节触发器——在这种情况下可以是人物所做的事情。例如，表现人物对报纸上一篇文章的反应或让人物在内心与自我对话。

3. 在主人公之外另选一个人物，以这个人的视角开始叙事。例如，让反派人物观察主人公或者通过次要人物描述背景环境。记住，情节触发器必须包含其中。

4. 以简短的开场白开篇。在这种情况下，情节触发器必须出现在主要情节动作之前。将这段开场呈现为动作场景，而非讲述场景。例如，有一起谋杀，杀手身份隐蔽；侦探将在主故事中查出他或她是谁。

5. 省略所有的背景故事和倒叙。是的，章节中可能会出现信息缺口。但是读者不必预先或是按顺序知道所发生的一切。并且，读者不会仅仅因为了解人物的信息而对这个人物进行情感上的投资。对作者来说，情感投资意味着读者认同人物，对人物投入感情，或者情绪受人物的影响。吸引读者卷入人物情感的是人物当前所面临的境况，而非人物的历史。

6. 将过去以有限的方式编进开篇章节中。只使用主人公的记忆片段，如颜色、气味或谈话片段，来建立情节触发器。确保这些片段能够拓宽读者对人物的认识，并且不会阻止动作情节发展。

7. 以主人公的视角展现开篇章节。三次提及过去。比如，主人公可以说一栋建筑让他想起高中时躲在后面吸烟的那栋建筑，或者走进他办公室的女人与他姐姐一样是红色卷发。三次中应当有一次和情节触发器相关。

8. 从故事后面选择一个重大事件，在第一章给出预兆。比如，如果主人公在后面某个重要场景中用刀保护自己，情节触发器可以是让她在开篇使用刀。

9. 描述一件发生在开篇章节前的重要事件，将这次事件作为情节触发器。例如，主人公可以拜访一家教养院，十年前有两个女孩曾在这里消失。

10. 以一种不同的风格写开篇章节。如果最初是幽默风格，赋予其黑色调。如果是爱情悬疑，赋予其冷硬色调。

11. 把开头写成动作场景，推动情节发展。但是推动并不总意味着动作。页面上大片空白通常说明你工作做得不错；词越少意味着故事越紧凑。

使用行为动词（大吼、跑、大喊）。使用短小的简单句（将所有的从句改为独立的句子）。段落要短，只要一两个句子。除了视觉以外，应包括下面感官中的至少两种——听觉、嗅觉、触觉、味觉。描述场景焦点人物的两个身体特征，这一描述不得包括头发的颜色、眼睛的颜色、身高或微笑。应包括内在情绪（人物内心感受）。不应包括你在研究过程中学到的任何有趣的事情。

12. 采用与情节触发器相关的叙事钓钩结束这一章节。叙事钓钩的目的是让读者想要往后翻页，而不是收起这本书。下面列出了叙事钓钩的一些例子：

- 铺垫
- 人物的意外行为
- 主人公的预期（他/她不知道之前的行动会带来怎样的结果）
- 人物提出问题（尚未得到回答）
- 披露惊人的新信息
- 构建新的危机
- 人物的行为方式出人意料
- 揭示突如其来的顿悟

这些开场白一定程度上承载着不同的叙事风格。通过思考12种不同版本的第一章，你会为自己的书找到一种合适的声音。如果其中一个版本脱颖而出，成为最好的方法，那么你就可以快速开启故事了。如果有几个版本你都喜欢，那么在下一次重写开篇章节时将它们合并到一起。将所写内容打印出来并大声朗读，问问自己，是否每个句子都能增加故事的发展动力。（如果有一个句子做不到，把它删掉。）如此，你就可以得到故事开篇，至少是目前这一稿故事的开篇。

不断翻页

托马斯·B·卡瓦纳（Thomas B. Cavanagh），著有小说《凶杀之地》、《浪子回头》和《智力游戏》，其中，除其他荣誉外，《智力游戏》还获得佛罗里达图书奖流行小说金奖，并提名夏姆斯最佳私家侦探小说奖。托马斯还为尼克国际儿童频道、沃尔特·迪士尼公司等写了诸多获奖儿童电视节目。目前，他和家人居住在佛罗里达中部。

有些推理小说适合悠闲的节奏。侦探小说如果反映的是彬彬有礼的英国乡村以及舒适的美式床位加早餐般的生活，与之相适应的自然是那种进展缓慢的故事，随着叙事发展，逐步获得发展动力。

然而，推理小说还有其他类型——其中尤以惊悚小说为代表——这类小说节奏可以而且应该快很多。但是，作为一名作者，知道自己要创作让人爱不释手的故事与事实上为快节奏创造条件是两码事。

我曾经做过一份工作，几乎每周都要出差。事实上，我第一部小说的大部分内容都是在飞机上完成的。在飞机上，我特意选我认为节奏明快的小说去读，这样更容易打发时间。当开始认真考虑写一本属于自己的小说时，我意识到我想要写的正是我一直以来阅读的这类故事。

以下只是我观察到的其他作者在创作一本令人爱不释手的书时使用的一些技巧。在保持自己独特的声音和故事的同时，我尽量去模仿那些技巧。你也可以这么做。

前冲力。约翰·格里沙姆在他的法律惊悚小说中一贯避而不用次要情节和倒叙手法。虽然我不是绝对地说你在任何情况下都不能使用倒叙手法（也有很多倒叙用得非常巧妙的例子），但对于格里沙姆先生而言，采取避之不用的策略效果似乎相当好。这么做的目的在于不让任何事情削弱故事的前冲力。你希望情节的发展就像大圆石从陡峭的山坡滚落下来一样。一旦开始加速，便没有什么可以阻止它。拙劣的倒叙或一些位置不当的说明会使剧情发展脱离正确的轨道，掐断你苦心建立起来的故事节奏。

持续的紧迫感。 对我来说，或许创造快节奏的最重要因素就是持续的紧迫感。我说的这种紧迫感主要指的是作者而非人物内心的压力。在电影创作中，编剧和编辑必须将场景转化为故事，利用最短的银幕时间获取最大的经济效益。小说家本质上做的是一样的事情。

当你开始创作一个场景时，要问自己两个问题：

1. 我最晚什么时候可以进入这一场景？
2. 我最早什么时候可以退出这一场景？

作为作者，你只愿在一个场景上花费必要的页面时间来达成场景目的，无论这个目的是推动情节发展、彰显人物性格、设置虚假线索，还是其他。如果场景中重要的部分是两个人在自助洗衣店对话，你真的需要描写这两个人进入大楼、等候洗衣机、投币和注入洗衣液这样的经过吗？

考虑在重要信息呼之欲出之际进入对话。想象你每开始写一个场景，钟表便在你面前滴答不停，恳求你赶紧、赶紧、结束……很多作者的写作过于冗繁，过早陈述场景，而又不知何时收尾。

多重视角。 在不同人物间转换视角可方便切入及切出（借用电影术语）场景。尽管人物还处于整个大场景中，出于节奏考量，可以转换到另一个人物的视角，创造新的场景。

这一点最适用于以第三人称讲述的故事，因为不同的场景，可以钻入不同人物的脑袋中去。然而，即使人物视角保持不变，通过时间和空间转换，在第一人称故事中（例如，在私家侦探小说中很普遍的视角）可以达到同样的效果。

吊人胃口。 最后，创作令人爱不释手的作品最有效的方法之一就是让读者在本应放下书的时刻——即章节结尾——想要继续读下去。通过故意让场景在情节进行到一半时戛然而止，使故事悬而不决，这是一种经典的吊人胃口的方式。你的目标就是吊读者胃口，让他们迫不及待地翻页，对接下来发生的事情想要一睹为快。你可以在下一章开头就结束这个被打断的场景，要时刻记住滴答的时钟以及保持情节尽快发展的需要。

另一个策略就是在下一章开头不提之前的场景，而是跳到另一个与之不相干的场景。因为读者想知道前一章节的结局，这会激励他们去读完这个不相干的场景，从而不断翻页，一直读下去。当然，如果处理不当，这种策略会削弱小说的前冲力。

一旦你能够说服读者翻过那一页，看看接下去发生了什么，使他为了看书而推迟预期的睡觉时间，你就已经成功了。你已经创作了这样一种小说：当读者从书中抬起头时，会惊讶地发现，从开始阅读起，时间已经过去了那么久，飞机已经准备最后着陆了。

练 习

重新阅读你最近写的场景。确认你在小说中写入此场景的主要原因。也许是介绍新人物、提供重要说明、对将来的事件埋伏笔、提供线索、扼要重述年表，或是其他原因。

一旦确定了此场景的目的，就画线把它标出来（也许是一句话或一个段落）。如果你不能确定这个场景的目的，那么你应该认真地重新考虑是否还需要这个场景。

然后，检查一下在场景目的的两端，你分别写了多少内容，以便开始和结束这个场景。客观地进行分析，评估你是否确实需要这么多准备工作来开始这个场景，是否需要这么多收尾工作来结束这个场景继而过渡到下一个场景。

我们来做个实验，试着直接删除场景的开头和结尾（你自己决定

删掉哪里，但是删减幅度要大），然后看一下场景是否还成立。如果
已经不再成立，那么你删减幅度过大了。如果场景依然成立，可以实
现其目的，你就知道你其实并不需要那些多余的准备和收尾工作，它
们只会使故事臃肿、节奏减慢。

11

杀手连载：从单本到系列

将系列小说进行到底

沙伦·怀尔德温德（Sharon Wildwind），加拿大推理小说家、写作教师，坚持写日志。其首部推理系列的主人公是两位女性越战老兵：伊丽莎白·佩普霍克和阿维娃·罗森。

经纪人和出版商会问："是系列小说吗？"对此，最常见的两种回答如下：一是"如果第一本书反响热烈，我也许会考虑出系列作品"，二是"我希望它是可以永远持续下去的系列小说"。这两种都不是经纪人或出版商希望从作者口中听到的答案。他们想要知道的是市场潜力——有多少本书？多久出一本？书中讲述的是哪一时期的事情？而作者思考的则是，我的人物需要讲多少个故事？

考虑创作系列作品时，问自己四个问题：

1. 我的健康状况如何？

2. 我目前的义务是什么？

3. 未来 5 年我的潜在义务是什么？

4. 将未来 5～10 年的时间奉献给这个系列，对此我有什么样的愿景？

如果你已经或者可能百务缠身，那么也许你可以选择创作包括 3 部而非 5 部的系列作品，或者为每部作品预留出更多的时间。

创作系列小说就像培养孩子，每 12～15 个月诞生一名新的婴儿。你不仅需要孕育这个新生命，还得悉心照料已经出生的孩子。让一个系列持续下去，需要撰写新书，还要营销、推广已经写好的书。

年复一年由同一家出版社出版的永不完结的系列作品已经成为过去。系列作品已经发生了变化，变得越来越短。有时一个系列中每本书都由不同的出版社出版，每个装帧都不一样。现在一套成功的系列作品包括 3～5 部作品。超过 5 本就是飞来横财了。将最初的 3～5 部作为你系列作品的入门套件。这让你进入市场，并给你机会判断下一步想要的是什么。

每套系列小说都需要时间弧线。你的作品对于书中人物来说有多大的时间跨度？有些读者会对每两周发现一具尸体（推理小说）或拯救一次世界（惊悚小说）的人物心生厌倦。有些则不在乎。他们只想阅读好的故事。与此相反，如果两本书之间时间跨度太大，书中人物慢慢变老的问题该作何处理？

有一些人物不会变老。1956—2005 年间，艾德·麦克班恩让"87 分局"系列作品持续了 56 本，同时衍生出无数的电影、电视和漫画。警局集合厅发生了变化，侦探参与的战斗也发生了变化，但是整个系列中人物年龄却几乎保持不变。

对于我自己的系列小说，我想写成 5 本书。出于个人原因，我把第一本书的日期定在 1971 年 7 月。那是我从越南归国的日期。我知道最后一本书将会发生在西贡刚被攻下后。第 1～5 本书会贯穿四年光阴，而且我决定让书中的人物实时变老。我审度这些书的时间段，1971 年和 1975 年，发现对于书中人物来说，一本书跨越一年看起来是合乎逻辑的。

练 习

步骤一：这个系列最初有多少本书？

步骤二：对书中人物来说，这个系列的时间跨度是多久？

步骤三：写这个系列需耗时多久？

步骤四：你的系列弧线是怎样的？

每套系列小说都需要一条弧线。困扰人物的问题是什么？这些问题是如何变化的？潜在的情境是否足够强劲、复杂，足以撑起多条故事线、带来人物命运的多种变化？下面的例子给出了一些长篇系列小说的弧线。

安妮·佩里的威廉·蒙克/海斯特·赖特丽系列：蒙克逐渐从失忆症中康复，不得不接受事故前的自己与现在想要成为的人之间的差异。

厄琳·福勒的本尼·哈珀系列：一个年轻的寡妇再婚并逐渐承认她的第二段婚姻与第一段婚姻全然不同，并且因为这种不同而使第二段婚姻格外甜蜜。

费伊·凯勒曼的彼得·德克尔和里娜·拉扎勒斯系列：一个传统的犹太妇女和一个不十分笃信宗教的犹太男子跨越截然不同的宗教和世俗世界，寻求彼此之间的平衡。

步骤五：你的真实生活经历与这些书的关系是怎样的？

这被认为是你的平台。

步骤六：将这些信息组合在一起，形成故事梗概。

写一个 500 字①以内的系列小说故事梗概。下面是一个例子。

"新西方女性"推理系列

这是一个计划以新墨西哥的图克姆卡里为背景的一套三本书的推理系列。主人公是独立的西方女性：拉蒙娜·桑多瓦尔，一个离了婚的前科犯，下决心重获对她两个十多岁女儿的抚养权；贝蒂（薇普）·桑多瓦尔，拉蒙娜的姑姑；洛伊斯·汉纳，原先是大农场主，现在是农业教师。这个系列所覆盖的时间框架为 9～10 个月。我预计每 14 个月完成一本书。

我的父母和丈夫都是农场主。我母亲和洛伊斯一样，是新墨西哥牛仔公主公司的前任董事长，新墨西哥牛仔公主是全美女牧场主股份有限公司的州立分公司。在这些女性周围生活本身就是

---

① 字数指英语情形。

一种教育。

这一系列小说的暂定标题为：

● 《台地的女人》，已完成并提交给您

● 《风归谁所有？》——进行中

● 《火中的台地》——计划中

在《台地的女人》中，拉蒙娜确信她前夫图谋不轨，但是谁会相信她这样一个前科犯呢？然而，薇普和洛伊斯相信她。前夫从一个凶案现场消失，拉蒙娜的女儿们因此受困于少管所，拉蒙娜无视假释规定、冒着重回监狱的风险去彻查真相。

水权纠纷一直以来都是西部的一部分，但有人可以拥有风吗？在《风归谁所有？》这本书中，一家大公司起诉洛伊斯，以工业间谍的罪名指控她的学院。拉蒙娜申请女儿监护权的案子即将开庭，她敢冒险让自己被推到一场恶劣凶杀案调查的风口浪尖吗？

为什么薇普夜晚偷偷溜去图克姆卡里山见一个老头？老头离奇死亡后洛伊斯为什么不再和薇普说话？在《火中的台地》中，威胁着台地和拉蒙娜女儿们的不仅是一次牧区火灾。就像作品中的人物所发现的那样，旧秘密是最可怕的秘密。

故事梗概在多大程度上限制着你？在这个例子中，你对人物设定做出了大致承诺，并将潜在主题设置为拉蒙娜能否得到女儿的抚养权。你也大致承诺每 14 个月完成一本书。在那之后，你有足够的回旋余地。

如果"是系列小说吗？"是第一个问题的话，最后一个——循环往复无止境讨论的问题——是"这个系列结束了吗？"答案是："不大可能。"为此努力吧！

人物弧线与故事弧线：开发成功的系列人物

凯特·弗洛拉（Kate Flora）律师，著有七部"西娅·科扎克"系列推理小说、两部"乔·伯吉斯"警察程序小说以及一部单本悬疑小说。她的作品《寻找艾米——缅因凶杀案纪实》获得 2007 年埃德加奖提名。她的伯吉斯系列的第三部小说名为《救赎》（2012）。弗洛拉曾担任犯罪写作姊妹会的会长。2011 年之前，她是精品出版社的合伙人，该社出版了新英格兰作家的七部犯罪小说集。其中，一部获得菲什奖，另一部获埃德加奖提名。

我认为走到这一步的作者对人物弧线和故事弧线之间的不同应该已经深有体悟，我的建议就是在这个基础上给出的，但还是简单回顾一下：一部人物重复出现的犯罪小说得以正常铺展，离不开两条不同的弧线——故事弧线以及人物弧线。

根据这一体裁的惯例，也为了满足读者的期望，故事弧线在每本书中都必须相对完整，"谁做的"、"为什么做"这样的问题应当得以解决，正义得到伸张。因此，当计划撰写一部犯罪小说时，作者必须已经构思出剧情，清楚谁是受害人，受害人如何被杀、缘何被杀、死于何地，书中从头到尾会埋下哪些线索与红鲱鱼。此外，作者还需要清楚故事中包括哪些人物、这些人物的目的是什么。既然矛盾推动故事发展，那么作者就必须了解主人公和反面人物的目标，谎言、疑点在何处穿插，绝境、困境何处出现，侦探探案过程中会出现哪些障碍，这些障碍如何克服，哪些貌似无关紧要的信息最终却被证明是重要的。

在系列犯罪小说中，常设人物的弧线与故事弧线有以下不同：虽然每一本书中的故事都是完整的，但人物的故事却不完整，所以，系列中的每本书都更像是人物生命中的一个篇章。换一种说法，如果说书的结尾谜团必须得到妥善处理，人物的故事则可能充满疑问、复杂性、变数和未解之谜，这些将在后续作品中得到处理或进一步解决。读者希望对系列人物有更多了解，希望看到人物经历书中这些事件后得到成长或变化，并不希望看到最终结局。在每本书的进程中，人物都在进行一次旅行。问问自己：这是一次怎样的旅行？人物又会有怎样的转变？*

写完一个系列中的几本小说后，许多作家都表示对小说系列人物的一些最初设定心生悔意。有时这是因为最初这个人物是为一本书设置的，不料被编辑定义为系列人物。有时是一个渐变的过程，比如，第一本书中看起来很浪漫的一次怀孕，到了后面的书中却变成了无休止的育儿困境。有时挑战在于如何砍掉书中人物的另一半，而不惹恼喜欢他/她的读者。有时作者本身也开始厌烦书中人物的男朋友，或者面临着不知如何将关系推向新高度或者让人物移情别恋这样的挑战（正如在现实世界中一样）。有时作者也可能厌烦自己的人物。

接下来就是人物将来可能会用到的强项和技能，你或者赋予了她，或者没有。她需要克服的或在重要时刻拖她后腿的弱点。抑制她发挥自身潜能或者阻碍她相信别人、发展成熟感情关系的恐惧与不安。还有人物的工作这一持久挑战。这份工作会一直适合你的人物吗？还是被证明是无聊的或是不灵活的？

不管这些挑战源自何处——随着书中系列人物生活不断向前，这些挑战会纷至沓来——准备工作做到位，好多挑战都是可以提前预知的：在女主人公（或男主人公）首次出现前，花费一些时间提前做些准备，深入了解人物，以便在她解决谜团之时利用其缺点、盲点以及

---

* 注意，有些系列小说的人物是保持静止不变的，例如苏·格拉夫顿笔下的金西·密尔虹。也有很多推理小说刻意选好系列故事的时间跨度以及主人公的年纪增长幅度。

优势。

练 习

A. 了解你的人物

填写人物发展清单时，为你的每个中心人物作人物速写。你一定听说过这种做法，可能还很抗拒。但是，不要把这项任务当成家庭作业一样厌恶，把它当做一项探索发现的练习，试试用下面的方法为速写做准备。

1. 从清单中选一个主题，然后以人物的视角写一段关于这个主题的自由联想。看看人物向你展现了什么，她的声音是怎样的，她用了什么样的语言来描述对这个特定主题的感受。

2. 从清单中另选一个主题，重复这个练习。只要你愿意，随便重复多少次都可以，准备写书时，可以考虑参考一下这个清单，预想你的人物将会在哪些方面成长和改变，降服坏人、破解罪案这样的挑战将会如何改变她。

人物发展清单				
人物姓名		年龄	出生地	种族背景	工作
昵称（如果有，谁起的？为什么起？）		头发颜色	眼睛颜色	体型	身高

细节	
排行老几/兄弟姐妹	合群还是孤僻？
婚姻状况/恋爱状况/对婚姻的态度/恋爱史	银行存款余额/对金钱的态度
文化水平/父母的文化水平	健康问题/难题/挑战？
对工作/老板/同事/权威的态度	是否喜欢运动？
野心程度	爱好和特殊兴趣？
专业领域及其透露出的关于她的信息	宠物？
宗教背景/宗教信仰/迷信（如果有的话）	最喜欢的音乐？
开什么类型的轿车/卡车？为什么？	最珍惜的财物？
与母亲/父亲的关系	字写得怎么样？
最好的朋友是谁？为什么？	最喜欢/最不喜欢的衣服

B. 探索主要人物的世界观

1. 开车时带上你的人物，并让她讲讲看到了什么。她对其他司机有何感受？对交通呢？对自然景观和地形地势呢？注意她所留意到的事物。

2. 根据你从阅读清单所了解到的信息，考虑一下这些要点如何适用于你小说中的主人公。写一些场景，将你的人物置于其中，并与另外一个人物发生冲突。她会如何反应？对峙结束后她有何感受？

3. 设计小说情节时，考虑一下要把人物放置到怎样的情境中——危险的情境、浪漫的情境、令人沮丧的情境、纯粹的疲惫或恐惧状态。然后想一想人物如何因这些经历而改变。这么做会让你更清楚地了解情境中的情感，作为作者的你了解了，读者也会跟着了解。

深层挖掘	
性格中最好的品质	对身体的态度
最大的恐惧	对死亡的态度
最大的缺点	对什么感觉羞愧？/对什么感到自豪？
最大的优势	最见不得人的秘密/致命的弱点
关于自己最大的盲点	对公众言论的态度
她小时候是什么样的？	青少年时候是什么样的？
目前最大的问题	初露端倪的最大改变
她的房子/公寓是什么样的？	冰箱里有什么？垃圾桶里有什么？
对小孩/老人的态度	私心里的偏见
对工作/学校/日常活动的态度	最早的记忆
睡眠好吗？	她会怎么死？什么时候死？

记住，建立读者与书中人物的情感联系永远是你工作的一部分。这么做才能留住读者，让他们期待读到更多。

系列"圣经"的重要性

比尔·克赖德（Bill Crider），著有"丹·罗兹警长"系列以及超过 75 部其他小说。他和妻子朱蒂还有两只猫生活在得克萨斯州的艾文。他在网络上花的时间太多，花在写作上的时间却不多。

我写过几个推理系列，其中"丹·罗兹警长"系列已经写了 19 本，还在继续写。所以你也许会认为我知道自己在做什么。

这你就错了。不过，我现在对写系列小说这件事确实比刚起步时了解得多，所以也许我能帮助你避免一些我曾经犯过的错误。

比如，我开始写"丹·罗兹警长"系列的第一本小说时，并不知道一些作家在写作时要先列提纲。我原以为写一本书不过就是讲故事，边写边编就可以了。那是我所犯的第一个错误，但不是最严重的错误。最严重的还在后面。

当我收到彼时沃克出版社的推理小说编辑露丝·卡文发来的稿件录用函时，我特别注意到了最后一行字："您正在写续集，对吗？"

我从未想过我的书能卖出去，因此也就没怎么考虑过会有人想看下一本关于这些人物的书。我并没告诉露丝·卡文我的想法。给她回信时，我告诉她我的确正在写一部续集，那时，我确实开始这么做了。

从那时起，麻烦就开始了。

写第一本书时，我边讲故事边创造人物和场景。我创造了整个镇，把它放到一个虚构的县中，这个县里还有许多其他镇。这些镇里有居民、街道和商户。人物都各具特色，比如头发颜色、嗓音、走路和笑的方式等，不一而足。

当然这都是很自然的事情。不存在任何问题，至少第一本书是这样的。写第二本时问题来了，因为你意识到必须使人物看上去、听上去和第一本时一样。你不能改变他们的头发颜色，不能挪动商户的位置，改变人物姓名也不是个好主意。

有些作者能记住他们故事中人物以及布局布景的一切细节。在写"丹·罗兹警长"系列的第二本时我也能做到。那时我还年轻，并且距离我完成第一本书才过了几个月。这没什么大不了的。

第二本书卖得不错，接着是第三本、第四本。不久以后，记忆开始变得模糊。或者，至少我是这样。我发现我得翻阅之前的书查找人物开什么样的车或者住什么样的房子。

请别忘了我说的这些都发生在电脑时代以前。我用一台电动打字机工作，所以无法打开之前的底稿，使用搜索功能。一切都是通过最老式的方法来完成的。我至少认识一位作家声称，偶尔会给读过她所有书的朋友打电话求助，询问是否记得某些具体的内容，这样就省得她回过头去找了。

练　习

我为什么跟你说这些？就是为了告诉你打算创作系列小说甚至有创作系列小说想法的人，都应该有一本"圣经"。这里指的并非宗教经典，而是一个事实纲要，列出贯穿整个系列的那些事实。你想要纳入其中的内容如下：

1. **人物。**关于人物，不管你写了什么，全都要放进来：性格特点、外貌特征、怪癖、习惯、过去经历、恋爱关系、家庭，以及需要你记住的其他任何事情。对书中的每一个人物都要这么做，即使是最不起眼的那些，因为你也不能确定哪些人会出现在之后的小说中。再小的细节也要做记录，因为任何原因不明的改变，都一定有读者会发现。

2. **环境。**关于你的人物所生活的虚拟世界的一切：住宅、商户、郊区、街道、建筑物。鉴于过去的错误和教训，在一个系列中，我甚至为故事里的一个镇子画了地图。正如上面第一点提到的那样，任何细节都不可以忽视。

3. **事件。**发生在人物生活中的重要事情。例如，如果有人举办了一次特别的聚会，这个聚会也许会在之后的某本书中提到。如果发生了大灾难（某人的房子着火了，某人发生了严重的车祸），这个灾难很可能会被再次想起和提及。你得能够回想起其中的细节。

4. **情节。**你应该对每本书的情节做一个简短的描述，这样你就会知道谁对谁做了什么事情。也不必详细地列出第一、第二，但你永远不知道未来某本书里会发生什么。"丹·罗兹警长"系列第一本中发生的某个事件15年后被我用作了另一本小说的情节出发点。

修改手稿的时候是更新系列"圣经"的最佳时间。这时你通常可以发现任何需要加入的内容，这些更新将使你的"圣经"要多详尽有多详尽。

将系列小说的所有相关信息都放在一个文件夹里保存在电脑中（当然，安全起见，最好在其他硬盘中存个备份，以防万一），这样你的系列小说写作生涯会变得更加顺畅。这样做能够让你气定神闲，省下很多额外的工夫，也不必再去叨扰好友。夫复何求呢？

作者网址

Lou Allin louallin.com

Emily Arsenault emilyarsenault.com

Deborah Turrell Atkinson deborahatkinson.com

Frankie Y. Bailey frankieybailey.com

Aileen G. Baron aileengbaron.com

James Scott Bell jamesscottbell.com

Gerard Bianco gerardbianco.com

Juliet Blackwell julietblackwell.net

Jon P. Bloch drjonpbloch.blogspot.com

Rhys Bowen rhysbowen.com

Rachel Brady rachelbrady.com

Simon Brett simonbrett.com

Jan Brogan janbrogan.com

Graham Brown authorgrahambrown.com

Robert Browne robertbrownebooks.com

Andrea Campbell womenincrimeink.blogspot.com

Rebecca Cantrell rebeccacantrell.com

Lorenzo Carcaterra lorenzocarcaterra.com

Thomas B. Cavanagh thomasbcavanagh.com

Henry Chang chinatowntrilogy.com

Philip Cioffari philipcioffari.com

Jane K. Cleland janecleland.net

Reed Farrel Coleman reedcoleman.com
Sheila Connolly sheilaconnolly.com
Deborah Coonts deborahcoonts.com
Douglas Corleone douglascorleone.com
Bill Crider billcrider.com
Bruce DeSilva brucedesilva.com
Matthew Dicks matthewdicks.com
Sean Doolittle seandoolittle.com
Wayne D. Dundee waynedundee.com
Peggy Ehrhart peggyehrhart.com
Hallie Ephron hallieephron.com
Brian Evenson brianevenson.com
Kate Flora kateflora.com
Jack Fredrickson jackfredrickson.com
David Fulmer davidfulmer.com
Meg Gardiner meggardiner.com
Kate M. George kategeorge.com
Kathleen George kathleengeorgebooks.com
Sophie Hannah sophiehannah.com
Karen Harper karenharperauthor.com
Gar Anthony Haywood garanthonyhaywood.com
Lynne Heitman lynneheitman.com.
Vicki Hendricks vickihendricks.com
Reece Hirsch reecehirsch.com
Roberta Islieb lucyburdette.com
Peter James peterjames.com
Chris Knopf chrisknopfmystery.com
Harley Jane Kozak harleyjanekozak.com
William Kent Krueger williamkentkrueger.com
Ken Kuhlken kenkuhlken.net
Will Lavender willlavender.com
Robert S. Levinson robertslevinson.com
Steve Liskow steveliskow.com
Sophie Littlefield sophielittlefield.com
John Lutz johnlutzonline.com
Doc Macomber docmacomber.com

Tim Maleeny	timmaleeny.com
G. M. Malliet	gmmalliet.com
Christopher G. Moore	cgmoore.com
Jim Napier	deadlydiversions.com
Diana Orgain	dianaorgain.com
Katherine Hall Page	katherine-hall-page.org
Louise Penny	louisepenny.com
Henry Perez	henryperezbooks.com
Twist Phelan	twistphelan.com
M. William Phelps	mwilliamphelps.com
Cathy Pickens	cathypickens.com
Stephen D. Rogers	stephendrogers.com
Stephen Jay Schwartz	stephenjayschwartz.com
Michael Sears	detectivekubu.com
Kelli Stanley	kellistanley.com
Valerie Storey	valeriestorey.com
Andy Straka	andystraka.com
Marcia Talley	marciatalley.com
Jaden Terrell	jadenterrell.com
James Thompson	jamesthompsonauthor.com
Stanley Trollip	detectivekubu.com
Judith Van Gieson	judithvangieson.com
John Westermann	johnwestermann.com
Sharon Wildwind	wildwindauthor.com
Michael Wiley	michaelwileyonline.com
Kenneth Wishnia	kennethwishnia.com
Nancy Means Wright	nancymeanswright.com
Elizabeth Zelvin	elizabethzelvin.com

致谢名单

"Layering the Landscape" by Lou Allin © 2011 by Lou Allin

"Characters and Their Secrets" by Emily Arsenault © 2011 by Emily Arsenault

"Protagonist in Jeopardy" by Deborah Turrell Atkinson © 2011 by Deborah Turrell Atkinson

"Creating Depth through Character Relationships" by Frankie Y. Bailey © 2011 by Frankie Y. Bailey

"Plausibility" by Aileen G. Baron © 2011 by Aileen G. Baron

"Maintaining Suspense" by James Scott Bell © 2011 by James Scott Bell

"Planting a Seed" by Gerard Bianco © 2011 by Gerard Bianco

"Driven 'Round the Bend: What Drives Characters?" by Juliet Blackwell © 2011 by Juliet Blackwell

"Creating Believable Dialogue" by Jon P. Bloch © 2011 by Jon P. Bloch

"The Importance of Setting—Grounding Your Story in Time and Place" by Rhys Bowen © 2011 by Rhys Bowen

"No Sloppy Seconds: Write a Purposeful Supporting Cast" by Rachel Brady © 2011 by Rachel Brady

"Controlling the Flow of Information" by Simon Brett © 2011 by Simon Brett

"Between the Drafts" by Jan Brogan © 2011 by Jan Brogan

"Humanizing the Character Arc" by Graham Brown © 2011 by Graham Brown

"The Parts People Skip" by Robert Browne © 2011 by Robert Browne

"Investigative Techniques" by Andrea Campbell © 2011 by Andrea Campbell

"Murder from the Point of View of the Murderer, Victim, and Detective" by Rebecca Cantrell © 2011 by Rebecca Cantrell

"Ready, Set, Action" by Lorenzo Carcaterra © 2011 by Lorenzo Carcaterra

"Keep the Pages Turning" by Thomas B. Cavanagh © 2011 by Thomas B. Cavanagh

"Setting and Atmosphere: Writing *from* the Element and Writing *in* the Elements" by Henry Chang © 2011 by Henry Chang

"Creating Mood in Crime Fiction" by Philip Cioffari © 2011 by Philip Cioffari

"Avoiding Saggy Middles" by Jane K. Cleland © 2011 by Jane K. Cleland

"Let's Get Engaged" by Reed Farrel Coleman © 2011 by Reed Farrel Coleman

"To Whom Does Your Character Turn When She Needs Help, and What Do They Bring to the Equation?" by Sheila Connolly © 2011 by Sheila Connolly
"The Offbeat Protagonist" by Deborah Coonts © 2011 by Deborah Coonts
"Forensics: The Cutting Edge" by Douglas Corleone © 2011 by Douglas Corleone
"The Importance of a Series Bible" by Bill Crider © 2011 by Bill Crider
"Scene of the Crime" by Bruce DeSilva © 2011 by Bruce DeSilva
"Villains" by Matthew Dicks © 2011 by Matthew Dicks
"Road Trip" by Sean Doolittle © 2011 by Sean Doolittle
"Convincing Threats for Your Protagonist" by Wayne D. Dundee © 2011 by Wayne D. Dundee
"Clues Are All Around You" by Peggy Ehrhart © 2011 by Peggy Ehrhart
"Choosing Details to Reveal Character" by Hallie Ephron © 2011 by Hallie Ephron
"On Revision" by Brian Evenson © 2011 by Brian Evenson
"Character Arc Versus Story Arc: Developing a Successful Series Character" by Kate Flora © 2011 by Kate Flora
"Murder with Giggles: Humorous Voice in Crime Fiction" by Jack Fredrickson © 2011 by Jack Fredrickson
"The Reality Show Called Settings" by David Fulmer © 2011 by David Fulmer
"Ratcheting Up the Suspense" by Meg Gardiner © 2011 by Meg Gardiner
"Using Everyday Activities to Create Conflicting Emotions and Increase Tension" by Kate M. George © 2011 by Kate M. George
"Casting Your Characters" by Kathleen George © 2011 by Kathleen George
"First Lines" by Sophie Hannah © 2011 by Sophie Hannah
"Amateur Sleuths for Professional Authors" by Karen Harper © 2011 by Karen Harper
"You Can't Cheat an Honest Reader" by Gar Anthony Haywood © 2011 by Gar Anthony Haywood
"What Drives Your Character?" by Lynne Heitman © 2011 by Lynne Heitman
"Exposing the Sex Scene" by Vicki Hendricks © 2011 by Vicki Hendricks
"The Most Common Mistakes in Plotting a Thriller (from Someone Who Has Made Them All)" by Reece Hirsch © 2011 by Reece Hirsch
"Characters from the Inside Out" by Roberta Islieb © 2011 by Roberta Islieb
"The Importance of Research" by Peter James © 2011 by Peter James
"What Madison Avenue Can Teach You About Writing Better Dialogue" by Chris Knopf © 2011 by Chris Knopf
"The Telling Detail" by Harley Jane Kozak © 2011 by Harley Jane Kozak
"Setting and a Sense of Place in Mysteries" by William Kent Krueger © 2011 by William Kent Krueger
"Crime Fiction—What For?" by Ken Kuhlken © 2011 by Ken Kuhlken
"The Hook: Killer Beginnings in Mystery Fiction" by Will Lavender © 2011 by Will Lavender
"The Truth Is in the Fiction" by Robert S. Levinson © 2011 by Robert S. Levinson
"Voice and the Private Eye" by Steve Liskow © 2011 by Steve Liskow
"Creating Emotional Depth" by Sophie Littlefield © 2011 by Sophie Littlefield
"Action and Reaction" by John Lutz © 2011 by John Lutz
"Finding the Key Strengths and Weaknesses of Your Detective Character" by Doc Macomber © 2011 by Doc Macomber
"First Lines—An Exercise for Writers" by Tim Maleeny © 2011 by Tim Maleeny
"Stormy Weather" by G. M. Malliet © 2011 by G. M. Malliet
"The Cultural Setting and the Cultural Detective" by Christopher G. Moore © 2011 by Christopher G. Moore
"Putting Your Protagonist in Jeopardy" by Jim Napier © 2011 by Jim Napier

"Putting Yourself in the Characters' Shoes" by Diana Orgain © 2011 by Diana Orgain
"Point of View: An Exercise in Observation" by Katherine Hall Page © 2011 by Katherine Hall Page
"Setting as Character" by Louise Penny © 2011 by Louise Penny
"Conflict! Conflict! Everywhere!" by Henry Perez © 2011 by Henry Perez
"Getting Your Story Off to a Fast Start" by Twist Phelan © 2011 by Twist Phelan
"Hooking Your Reader From Page One" by M. William Phelps © 2011 by M. William Phelps
"Character Motivations" by Cathy Pickens © 2011 by Cathy Pickens
"Tell the Truth and Lie" by Stephen D. Rogers © 2011 by Stephen D. Rogers
"Dontcha Just Hate the Research Part?" by Stephen Jay Schwartz © 2011 by Stephen Jay Schwartz
"A Feeling for Location and Culture" by Michael Sears © 2011 by Michael Sears
"She Can Bring Home the Bacon" by Kelli Stanley © 2011 by Kelli Stanley
"Deep Motivation: Characters Have Feelings, Too" by Valerie Storey © 2011 by Valerie Storey
"Sea of Troubles: The Art of Outlining" by Andy Straka © 2011 by Andy Straka
"Detectives Have Weaknesses, Too" by Marcia Talley © 2011 by Marcia Talley
"Make 'Em Real: Reveal Your Characters Through Relationships" by Jaden Terrell © 2011 by Jaden Terrell
"Conflict and Scene Design" by James Thompson © 2011 by James Thompson
"Writing a Non-English-Speaking Character" by Stanley Trollip © 2011 by Stanley Trollip
"Writing the First Chapter" by Judith Van Gieson © 2011 by Judith Van Gieson
"Build the Cast for Your Police Procedural" by John Westermann © 2011 by John Westermann
"Keeping a Series Going" by Sharon Wildwind © 2011 by Sharon Wildwind
"Writing in Place" by Michael Wiley © 2011 by Michael Wiley
"Getting Out of Your Comfort Zone: Writing from Different Points of View" by Kenneth Wishnia © 2011 by Kenneth Wishnia
"Discover Plot and Character Through the Journey Quest" by Nancy Means Wright © 2011 by Nancy Means Wright
"'Let Me Out!' Helping Characters Find Their Voice" by Elizabeth Zelvin © 2011 by Elizabeth Zelvin

创意写作书系

　　这是一套广受读者喜爱的写作丛书，系统引进国外创意写作成果，推动本土化发展。它为读者提供了一把通往作家之路的钥匙，帮助读者克服写作障碍，学习写作技巧，规划写作生涯。从开始写，到写得更好，都可以使用这套书。

综合写作		
书名	作者	出版日期
成为作家	多萝西娅·布兰德	2011 年 1 月
一年通往作家路——提高写作技巧的 12 堂课	苏珊·M. 蒂贝尔吉安	2013 年 5 月
创意写作大师课	于尔根·沃尔夫	2013 年 6 月
作家创意手册	杰克·赫弗伦	2015 年 1 月
与逝者协商——布克奖得主玛格丽特·阿特伍德谈写作	玛格丽特·阿特伍德	2019 年 10 月
心灵旷野——活出作家人生	纳塔莉·戈德堡	2018 年 2 月
诗性的寻找——文学作品的创作与欣赏	刁克利	2013 年 10 月
写好前五页——出版人眼中的好作品	诺亚·卢克曼	2013 年 1 月
写好前五十页	杰夫·格尔克	2015 年 1 月
从创意到畅销书——修改与自我编辑	詹姆斯·斯科特·贝尔	2016 年 1 月
来稿恕难录用——为什么你总是被退稿	杰西卡·佩奇·莫雷尔	2018 年 1 月
虚构写作		
小说写作教程——虚构文学速成全攻略	杰里·克里弗	2011 年 1 月
开始写吧！——虚构文学创作	雪莉·艾利斯	2011 年 1 月
冲突与悬念——小说创作的要素	詹姆斯·斯科特·贝尔	2014 年 6 月
情节与人物——找到伟大小说的平衡点	杰夫·格尔克	2014 年 6 月
人物与视角——小说创作的要素	奥森·斯科特·卡德	2019 年 3 月
情节线——通过悬念、故事策略与结构吸引你的读者	简·K. 克莱兰	2022 年 3 月
经典人物原型 45 种——创造独特角色的神话模型（第三版）	维多利亚·林恩·施密特	2014 年 6 月
经典情节 20 种（第二版）	罗纳德·B. 托比亚斯	2015 年 4 月
情节！情节！——通过人物、悬念与冲突赋予故事生命力	诺亚·卢克曼	2012 年 7 月
如何创作炫人耳目的对话	詹姆斯·斯科特·贝尔	2016 年 11 月
超级结构——解锁故事能量的钥匙	詹姆斯·斯科特·贝尔	2019 年 6 月
故事工程——掌握成功写作的六大核心技能	拉里·布鲁克斯	2014 年 6 月
故事力学——掌握故事创作的内在动力	拉里·布鲁克斯	2016 年 3 月
畅销书写作技巧	德怀特·V. 斯温	2013 年 1 月
30 天写小说	克里斯·巴蒂	2013 年 5 月
从生活到小说（第二版）	罗宾·赫姆利	2018 年 1 月

虚构写作		
小说创作谈	大卫·姚斯	2016 年 11 月
写小说的艺术	安德鲁·考恩	2015 年 10 月
成为小说家	约翰·加德纳	2016 年 11 月
小说的艺术	约翰·加德纳	2021 年 7 月
非虚构写作		
开始写吧！——非虚构文学创作	雪莉·艾利斯	2011 年 1 月
写作法宝——非虚构写作指南	威廉·津瑟	2013 年 9 月
故事技巧——叙事性非虚构文学写作指南	杰克·哈特	2012 年 7 月
光与热——新一代媒体人不可不知的新闻法则	迈克·华莱士	2017 年 3 月
自我与面具——回忆录写作的艺术	玛丽·卡尔	2017 年 10 月
写出心灵深处的故事——非虚构创作指南	李华	2014 年 1 月
写我人生诗	塞琪·科恩	2014 年 10 月
类型及影视写作		
金牌编剧——美剧编剧访谈录	克里斯蒂娜·卡拉斯	2022 年 3 月
开始写吧！——影视剧本创作	雪莉·艾利斯	2012 年 7 月
开始写吧！——科幻、奇幻、惊悚小说创作	劳丽·拉姆森	2016 年 1 月
开始写吧！——推理小说创作	劳丽·拉姆森	2016 年 7 月
弗雷的小说写作坊——悬疑小说创作指导	詹姆斯·N. 弗雷	2015 年 10 月
好剧本如何讲故事	罗伯·托宾	2015 年 3 月
经典电影如何讲故事	许道军	2021 年 5 月
童书写作指南	玛丽·科尔	2018 年 7 月
网络文学创作原理	王祥	2015 年 4 月
写作教学		
小说写作——叙事技巧指南（第十版）	珍妮特·伯罗薇	2021 年 6 月
你的写作教练（第二版）	于尔根·沃尔夫	2014 年 1 月
创意写作教学——实用方法 50 例	伊莱恩·沃尔克	2014 年 3 月
故事工坊（修订版）	许道军	2022 年 1 月
大学创意写作·文学写作篇	葛红兵 许道军	2017 年 4 月
大学创意写作·应用写作篇	葛红兵 许道军	2017 年 10 月
小说创作技能拓展	陈鸣	2016 年 4 月
青少年写作		
会写作的大脑 1——梵高和面包车（修订版）	邦妮·纽鲍尔	2018 年 7 月
会写作的大脑 2——怪物大碰撞（修订版）	邦妮·纽鲍尔	2018 年 7 月
会写作的大脑 3——33 个我（修订版）	邦妮·纽鲍尔	2018 年 7 月
会写作的大脑 4——亲爱的日记（修订版）	邦妮·纽鲍尔	2018 年 7 月
奇妙的创意写作——让你的故事和诗飞起来	卡伦·本基	2019 年 3 月
成为小作家	李君	2020 年 12 月
写作魔法书——让故事飞起来	加尔·卡尔森·莱文	2014 年 6 月
写作魔法书——28 个创意写作练习，让你玩转写作（修订版）	白铅笔	2019 年 6 月
写作大冒险——惊喜不断的创作之旅	凯伦·本克	2018 年 10 月
小作家手册——故事在身边	维多利亚·汉利	2019 年 2 月
北大附中创意写作课	李韧	2020 年 1 月
北大附中说理写作课	李亦辰	2019 年 12 月

创意写作课程平台

从入门到进阶多种选择，写作路上助你一臂之力

【品牌课程】叶伟民故事写作营

故事，从这里开始。

如果你有一个故事创意，想要把它写出来；

如果你有一个故事半成品，想要把它改得更好；

如果你在写作中遇到瓶颈，苦于无法向前一步；

如果你想找一群爱写作的小伙伴，写作路上抱团取暖——

加入"叶伟民故事写作营"，让写作导师为你一路保驾护航。

资深写作导师、媒体人、非虚构写作者叶伟民，帮助你实现从零到一的跨越，将一个故事想法写成一个完整的故事，继而迈出从一到无限可能的重要一步。

【写作练习】"开始写吧！——21天疯狂写作营"

开始写吧！——21天疯狂写作营，每年招新，专治各种"写不出来"。

你有没有遇到过这样的情况：

拿起笔来，或是把手放到键盘上，这时大脑变得一片空白，一个字也写不出来？

或者，写着写着，突然就没有灵感了？

或者，你喜欢写作和阅读，但就是无法坚持每天写？

再或者，你感觉写作路上形单影只，找不到志同道合的小伙伴？

"开始写吧！——21天疯狂写作营"为你提供一个可以每天打卡疯狂写作的地方。

依托"创意写作书系"里的海量资源，班主任每天发布一个写作练习，让你锻炼强大的写作肌。

★ ★ ★

写作营每年招新，课程滚动更新，可扫描右侧二维码了解最新写作营及课程信息，或关注"创意写作坊"公众号（见本书后折口），随时获取课程信息。

创意写作课程平台

精品写作课

作家的诞生——12位殿堂级作家的写作课

　　中国人民大学习克利教授10余年研究成果倾力呈现，横跨2800年人类文学史，走近12位殿堂级写作大师，向经典作家学写作，人人都能成为作家。

荷马：作家第一课，如何处理作品里的时间？

但丁：游历于地狱、炼狱和天堂，如何构建文学的空间？

莎士比亚：如何从小镇少年成长为伟大的作家？

华兹华斯和弗罗斯特：自然与作家如何相互成就？

勃朗特姐妹：怎样利用有限的素材写作？

马克·吐温：作家如何守望故乡，如何珍藏童年，如何书写一个民族的性格和成长？

亨利·詹姆斯：写作与生活的距离，作家要在多大程度上妥协甚至牺牲个人生活？

菲兹杰拉德：作家与时代、与笔下人物之间的关系？

劳伦斯：享有身后名，又不断被诋毁、误解和利用，个人如何表达时代的伤痛？

毛姆：出版商的宠儿，却得不到批评家的肯定。选择经典还是畅销？

作家的诞生
——12位殿堂级作家的写作课

一个故事的诞生——22堂创意思维写作课

　　郝景芳和创意写作大师们的写作课，国内外知名作家、写作导师多年创意写作授课经验提炼而成，汇集各路写作大师的写作法宝。它将告诉你，如何从一个种子想法开始，完成一个真正的故事，并让读者沉浸其中，无法自拔。

郝景芳：故事是我们更好地去生活、去理解生活的必需。

故事诞生第一步：激发故事创意的头脑风暴练习。

故事诞生第二步：让你的故事立起来。

故事诞生第三步：用九个句子描述你的故事。

故事诞生第四步：屡试不爽的故事写作法宝。

图书在版编目（CIP）数据

开始写吧！：推理小说创作/（美）艾利斯（Ellis, S.），（美）拉姆森（Lamson, L.）编；孙玉婷，郭秀娟译 .—北京：中国人民大学出版社，2016.7
（创意写作书系）

书名原文：Now Write! Mysteries：Suspense, Crime, Thriller, and Other Mystery Fiction Exercises from Today's Best Writers and Teachers

ISBN 978-7-300-22896-9

Ⅰ.①开… Ⅱ.①艾… ②拉… ③孙… ④郭… Ⅲ.①推理小说-小说创作-创作方法 Ⅳ.①I054

中国版本图书馆 CIP 数据核字（2016）第 104030 号

创意写作书系
开始写吧！——推理小说创作

雪莉·艾利斯　　编
劳丽·拉姆森

孙玉婷　郭秀娟　译

Kaishi Xieba

出版发行	中国人民大学出版社			
社　　址	北京中关村大街 31 号		**邮政编码**	100080
电　　话	010 - 62511242（总编室）		010 - 62511770（质管部）	
	010 - 82501766（邮购部）		010 - 62514148（门市部）	
	010 - 62515195（发行公司）		010 - 62515275（盗版举报）	
网　　址	http://www.crup.com.cn			
经　　销	新华书店			
印　　刷	北京联兴盛业印刷股份有限公司			
规　　格	145 mm×210 mm　32 开本	**版　次**	2016 年 7 月第 1 版	
印　　张	11.5 插页 2	**印　次**	2022 年 5 月第 3 次印刷	
字　　数	279 000	**定　价**	45.00 元	